# DEBRUÇOU-SE

Um livro de Elza Fernandes Torres
e Aaron Salles Torres

# DEBRUÇOU-SE

Editora Nelpa

Salles Torres,Aaron e Fernandes Torres, Elza
Debruçou-se / Aaron Salles Torres e Elza Fernandes Torres
São Paulo : Nelpa, 2009.

**Conteúdo:** Literatura

1.Literatura

---

**Índice para catálogo sistemático:**

1. Literatura
2. São Paulo

---

**Revisão:**

*Maria Cleonice Leme Sanches*
*Marcela Vieira*

**Diagramação e Capa:**

*Editora Nelpa*

**Impressão e Acabamento:**

*Editora Nelpa*

---

**NELPA - L. DOWER EDIÇÕES JURÍDICAS LTDA.**

R. Dr. Barros Cruz, 63 - V. Mariana – 04118-130 – São Paulo – SP
Telefax: 11 5549 8254 – E-mail: sac@nelpa.com.br –
http://www.nelpa.com.br

# Índice

# CAPÍTULO 1

Desceu os degraus daquela escadaria como fossem os últimos. Não foi cautelosa. Fora jogada a uma dimensão outra, onde tempo e espaço se anulavam de forma tal, que ultrapassavam sua compreensão. Quando se colocara sobre seus próprios pés após a arrastada sessão de martírio psicológico, algo havia se quebrado. Não somente sua visão de mundo ou de si mesma, mas também o único elo que restava entre si e a realidade. A ela, não era mais tão óbvio o discernimento entre si própria e todo o resto. Tudo se tornara opaco, realmente fora de foco. Não se despediu de sua advogada. Também não se importou com a presença de Sua Excelência, o juiz. Olhou para os olhos do homem que um dia julgara conhecer tão bem, mas não foi capaz de vê-los com clareza. Em algum momento da sessão, sua retina parecia ter saído do lugar. Precisava fugir dali imediatamente, fugir daqueles fantasmas de significados perdidos e, se possível, ir para longe de si mesma. Andou.

Conhecia bem a cidade. Nascera e fora criada naquela terra, da qual era íntima. Porém, nunca lhe parecera tão pequena como agora. Pisava com pés de gigante. O gigante era ela, apesar de diminuída; ainda que não se sentisse cansada, estava prestes a cair em um chão que começava a desconhecer. Quanto mais ela seguia, mais se sentia capaz de andar. Poderia andar até o fim daquele dia e o começo do outro. Não lhe faria diferença. Andava sem rumo. Ia para onde as pernas a conduzia. E foi tomada por um transe auto-induzido – após frustradas tentativas, encontrara o botão para se desconectar durante alguns instantes. Caso encontrasse a própria mãe, já morta, não a reconheceria. Nem ao menos seria familiar a visão dos próprios filhos, nunca antes tão distantes. Em segundos esparsos, algumas imagens e pensamentos atravessavam as avenidas – um dia, floridas – de sua mente. Entretanto, essas raras ondas cerebrais que por seu cérebro ousavam transitar eram atropeladas por ela, que em sua própria cabeça abrira uma clareira.

Assinara tantos papéis na dilacerante sessão do fórum que seu nome era a única coisa que não pudera esquecer. Faria-o, se pudesse, mas não podia. Em poucas situações se sentira tão aleatoriamente representada por seus substantivos próprios: Maria Eugênia Mancini.

Refletia sobre esses substantivos e também sobre o que representavam. Quando a algum conhecido seu nome era citado, pensava, eles sabiam que a ela se referia. Mas o que era, de fato, não mais sabia. Somente pensava em si como um vazio. Um vazio como o do terreno onde um dia fora erguida uma casa que, de tão mal construída, depois de derrubada não deixou no solo qualquer cicatriz de seus alicerces. Repentinamente, sentiu-se ultrajada por seus pais que, quase meio-século antes, haviam-na chamado de algo que nada significava. Nada traduzia. Era somente um som que não explicava nem a si mesmo. Quantas mais haveriam com o seu nome? Milhares, cada uma com seu buraco, com sua falta de estória, com sua desimportância histórica. Eram o que eram porque, por um acaso, não eram mais nada. Ela também se sentia assim. Por vezes, pronunciava vagarosamente *Maria Eugênia Mancini*, em voz alta, como que ditando a um dicionário eletrônico que, por sua vez, era incapaz de sugerir algum sinônimo.

Em sua bolsa carregava as chaves do carro, do qual também não se recordava. Então, lembrava-se de muito pouco. Suas pernas pareciam saber mais que sua própria mente em relação ao seu destino. Tocou a campanhia daquela casa na área central treslagoense, quarteirões já distante do fórum. De impaciente que estava, aqueles poucos segundos que se passaram não tinham fim. Resolveu não mais esperar. Deveras, sua amiga tinha algo mais importante a fazer do que ficar em casa. Lembrou-se que havia se oferecido a acompanhá-la até o fórum, mas que a havia dispensado - sabia que a moça não tinha tempo para gastar com essas coisas tolas; tinha filhos pequenos e lecionava em uma escola de idiomas. Por ter desencontrado a professorazinha, de repente se encontrava ainda mais perdida. Uma vez que aquele plano frustrado era o único que suas pernas haviam traçado, nenhum outro podia elaborar então. Não se importou em se sentar no meio-fio por um instante. Tinha a sensação de estar invisível - talvez porque todos os outros estivessem tão translúcidos naquela tarde. Por um breve intervalo, sua respiração parecia menos ofegante. Um meio-fio nunca dantes lhe parecera tão confortável. Mas reclamou do buraco que só então notara em sua meia-calça. *Puta que pariu!* Seria possível que o buraco tivesse estado ali durante todo o tempo que passou no fórum? Talvez seria por isso que tudo se efetivara. Homem algum questionaria a decisão de abandonar uma mulher com buracos em sua meia-calça. Não notou, mas em sua pequena crise de paranoia conseguia estar mais próxima à barreira de sua normalidade do que em qualquer outro instante desde que se levantara aquela manhã.

Em um estalo, estava tão centrada que se deu ao luxo de observar formigas que trabalhavam aos pés de uma árvore próxima. Como todas as outras, aquelas formigas carregavam pequenos pedaços de folhas cortadas em muitos outros bocados. Naquele breve retorno a si, as operárias lembraram-lhe de que possuía um carro. Suas pernas não precisavam carregá-la, diferentemente das formigas que não tinham outra alternativa senão a de levar sobre as costas os destroços do que passado haviam sido folhas. No presente, ela também era um destroço, mas, em um automóvel, ainda possuiria algum valor. Sem um pensamento mais, levantou-se.

Com os pés no chão, seu cérebro retornou ao estado de vazio. Novamente era um gigante para quem as distâncias de um ponto a outro não eram muito mais do que pontos. Andando por aquelas ruas centrais, no entanto, repentina e rapidamente era remetida a situações que ali vivera. Raras vezes havia deixado o local e, embora para muitos Três Lagoas fosse não mais que um desconhecimento, para ela; aquela cidade traduzia passagens inteiras de sua falta de história. Certo dia olharia para o passado e viria o quanto fora tola. Mas, enquanto caminhasse por aquelas largas ruas e avenidas, não se ateria a reflexões. Deixar-se-ia levar pelas memórias de infância, trechos que ela julgava esquecidos, de quando, moleca, trepava naquelas árvores troncudas para roubar frutos. Tivera em sua fase de criança vastas experiências. Seria de se esperar que tivesse sido mais bem preparada para lidar com momentos como aquele. Mas, não. Lágrimas escorriam sem controle por seu rosto e ela não mais fazia questão de enxugá-las. Sabia que pelo caminho encontrara alguns rostos familiares, apesar de não ter se dado ao trabalho de identificá-los. Ao menos em um aspecto era justa consigo própria: reservara a si o direito de não se importar. Era irracional e não tentava se corrigir. Assim, quando cruzou seu caminho uma antiga vizinha - com a qual, menina, costumava jogar queimada na rua -, nem olhou para ela. Não se importou em recordar, mas aquela era também a madrinha de sua filha mais nova. Alguns metros após o encontro, lembrou que seu pai trabalhara com o pai dela na construção da barragem. Repentinamente, veio-lhe à mente uma imagem da qual raro se lembrava. Era seu pai ouvindo o rádio com o amigo sentado à porta de sua velha casa em uma quente tarde de domingo, enquanto as crianças brincavam no quintal. Uma das gurias era ela, sempre a última a se cansar de qualquer brincadeira. A vizinha também invadia suas memórias. Sempre se relacionara muito bem com ela, mas uma peça da engrenagem que antes as unia ruidosamente se desprendera. Gostava do amigo de seu pai como se fosse um tio, mas aquela mulherzinha! Odiava-a como a poucas outras. Foi que, há oito anos, na ocasião do batismo de sua filha, a anta aparecera com um conjuntinho igual ao seu. A antiga vizinha sabia que Maria Eugênia havia escolhido aquelas mesmas peças para vestir na igreja, mas mesmo assim vestiu roupas simplesmente idênticas. E nunca pediu desculpas, tampouco foi perdoada por isso, pois Maria Eugênia sabia que ela havia feito de propósito. A burra morreria sem saber o motivo de, repentinamente, ter passado a ser ignorada por completo.

Felizmente, a infância de Eugênia havia sido mais feliz do que aquele episódio do batismo, porque naqueles tempos passados e idílicos podia assistir a tudo à distância, coisa que havia longos anos vinha evitando, embora esta atitude lhe fosse natural. Agora que precisava ser ativa, sentia que muita coisa lhe escapava, e não mais tinha a escolha de se afastar - era afastada. Até seu pai agora a deixava erma. A cada dia, tornava-se uma ilha mais isolada; qualquer braçada sua só deixava a situação pior. Fora esse o começo de sua atual condição. Sabia que o maior perigo da profissão de salva-vidas é o desespero daqueles que estão por se afogar. De tão irracionais, os afogados agarram-se de tal maneira ao salvador que algumas vezes o resgate faz-se impossível, e ambos morrem juntos. Tinha a consciência de que isto lhe ocorrera. Afogando-se em si própria, tentara trazer todos os próximos consigo. Estes, percebendo que nenhuma ajuda seria suficiente, acabaram por deixá-la só. Apenas agora, no caminho de volta para seu carro, estava ela sóbria o suficiente para se dar conta do que passara. Entretanto, não poderia consertá-lo. Como os afogados, sabia estar prestes a pôr um fim a si mesma. Mas, por não fazer isso intencionalmente e, sim, em busca de ajuda, e por aquele momento ser o mais baixo momento de sua descida até então, ainda aquela tarde dava as braçadas desesperadas que a traziam cada vez mais perto da exaustão.

Em algum ponto do caminho, um de seus saltos se quebrou. Ela não percebeu imediatamente, submersa estava em sua própria água. Água viscosa. Quando deu por si, estava mancando. A auto-imagem que possuía naquele momento, com sua meia-calça furada e seu alto salto quebrado, era a de um daqueles monstros de filmes de terror. E a forma que encontrou de consertar o problema foi, no mínimo, adequada. Pela segunda vez naquela tarde, sentou-se em um meio-fio. Ali confortada, tirou o sapato esquerdo e o bateu no cimento até que seu salto estivesse rompido e igual ao defeituoso. Um grupo de rapazes conversando em suas bicicletas à porta de um bar de esquina por certo achou estranho aquele comportamento, mas ela, cujas retinas da alma estavam novamente fora de lugar, não lhes deu atenção. Desde criança, achava mais fácil brincar de esconde-esconde com a cabeça tapada ou com os olhos fechados, pois, se não estivesse no melhor dos esconderijos, ao menos não passaria pelo terror de assistir a seu algoz andar cautelosamente em sua caça. Somente então notava o quão ridículo era, para uma mulher casada, ter escondido sua cabeça sob cobertas, travesseiros ou almofadas toda vez que tinha uma relação com o marido que partira. De certo ele estaria por encontrar uma mulher que o olhasse nos olhos, nos momentos de prazer, e esta não abandonaria.

Sentia-se ainda mais ultrajada quando pensava na possibilidade de Ricardo não a substituir por ninguém, mas de a ter abandonado em troca de uma tal liberdade. Fora essa a explicação que dera, embora ela não quisesse acreditar. Ele ousava sentir-se melhor só, que em companhia dela. Isto, ela não compreendia, visto que a solidão fora sempre seu grande medo. Toda aquela nova realidade a aterrorizava tanto que só podia pensar nela agora, voltando para seu carro recém-lembrado. Retornava também, lentamente, a si própria. Ele, que ela sempre julgara compreender bem, tinha por ela pura incompreensão e ódio. Como pudera abdicar de toda a segurança, de toda a história, de todo o trabalho ao longo dos vários anos para ter, em troca, somente solidão? Não fazia muito tempo, na única discussão que tiveram, antes que ele se mudasse para um hotel e pedisse a separação, dissera que ela o sufocava. Somente então ela podia se lembrar exatamente das palavras que ele usara e, talvez por isso, aquela coisa sobre os salva-vidas penetrara tão profundamente sua mente. "Você está me matando sem me deixar respirar", ele disse e bateu a porta. Ela ficou ali na sala, perdida, olhando para uma ponta em seu tapete que se desfazia em linhas avulsas. Quando se recuperou do choque, foi até a calçada para verificar se ele ali ainda estava. Mas, na verdade, não sabia quanto tempo levara para digerir o pouco que lhe fora dito. Ricardo era uma pessoa pacata, com paúra de discussões. Ela o excusaria por aquelas palavras a qualquer sinal dele, visto que, de qualquer maneira, já não se podia lembrar delas, pois tinham-na surpreendido. Quando se colocou em pé novamente, a noite já se fazia notar e, provavelmente, ele, fazia horas, havia partido em seu carro.

Ela não dormiu. Somente esperou. Às onze horas da manhã do outro dia, a empregada a flagrou dormindo no chão da varanda. Desistiu de ligar para o celular de Ricardo e foi para a cama. Dali não saiu até as cinco horas da tarde do outro dia, quando um mensageiro apareceu para buscar as roupas de seu, havia muito, distante marido – roupas, as quais ela se negou a entregar, dizendo que ele as viesse pegar pessoalmente. Ricardo nunca apareceu. Realmente, os momentos da discussão foram os últimos que ele passara naquela casa. Dias depois, ela queimou as peças de roupa dele que lhe traziam as memórias mais dolorosas, incluindo o terno que ele vestira na ocasião de seu casamento. Mas salvou o resto. Este foi o mesmo dia em que fora notificada de que estavam se separando judicialmente. Sua vida era outra desde então e, embora tentasse com esforço, Maria Eugênia não teve tempo de se lembrar de qual havia sido a causa da última discussão. No meio-fio, pela primeira vez rememorou as últimas palavras dele, ainda que só isso.

Estava agora em frente a seu carro, estacionado nas imediações do fórum. Ali parada, enquanto pegava as chaves em sua bolsa, pôde ver, com o canto de seus olhos, a advogada, que lhe acenava, deixando somente agora o templo da justiça. Eugênia a ignorou, fingindo não a ter visto. Realmente, não estava disposta a perder seu tempo com falsidades. Lembrava-se de que não tinha gostado da defensora desde a primeira vez que a vira; arrependia-se de não ter ouvido a própria intuição enquanto havia tempo. De certo, tudo teria um desfecho diferente se tivesse trocado a advogada em tempo. Pensara nisso, mas não o fizera em consideração a sua amiga Zoraide, que lhe havia indicado a profissional. Deveria saber que não poderia deixar nas mãos da amiga um assunto tão delicado como aquele, em uma situação em que toda a sorte do mundo seria bem-vinda. E Zoraide sempre fora muito azarada. Enfim, por longo tempo se martirizaria por aquele erro. Naquele instante, porém, tinha as chaves do carro em suas mãos, e queria sair dali de imediato. Antes de entrar no veículo, notou que estava tão nervosa quando estacionara que os pneus haviam se esfregado contra a sarjeta e agora estavam manchados de branco.

Entrou com pressa no carro e jogou de lado os sapatos sem saltos. Colocou os óculos de sol para tapar os olhos inchados e, ao enfiar a chave na ignição, notou que os faróis altos estavam acesos. Se dirigira até ali com aquelas luzes ligadas, era certeza que todos a teriam por obtusa. Mas o pior era que nem se lembrava de quando os tinha acendido, o que só poderia significar que estava dirigindo havia tempos daquela forma. Os outros tinham razão em fazer dela motivo de piada. Entretida em reflexões sobre sua etiqueta ao volante, quase se esqueceu de desligar os faróis. Mas acabou fazendo-o. Por fim, deu a partida em seu automóvel, presente de aniversário de Ricardo, no ano anterior. Tinha no tocador de CD's um álbum de Elis Regina, o qual também havia sido um mimo do atual ex-marido, pouco antes da briga que resultara em sua separação. Muito embora soubesse que deveria amar a cantora, já estava decidida a quebrar aquele CD em mil pedaços tão logo chegasse em casa, pois trazia tristes lembranças - fora um presente de aniversário de casamento, o último. Também pensava no que fazer com o carro. Mantê-lo, não iria. Após ter deixado o carro morrer, finalmente começava a se mover, quando pôde avistar Ricardo deixando o fórum e se dirigindo a seu veículo em uma rua lateral. Ele certamente se havia permitido ficar para conversar com seu melhor amigo, que ali trabalhava. De certo, comemoraram na lanchonete a nova solteirice dele. Sempre muito educado e afável com todos, Ricardo conquistava mais amigos do que era capaz de administrar. Ela, Maria Eugênia, podia contar nos dedos de uma só mão os amigos que pessoalmente fizera enquanto fora casada com ele.

Com os olhos fixos no ex-marido e fazendo um contorno para que pudesse retornar mais facilmente para casa, Maria Eugênia não notou o carro que vinha em sua direção e que se chocou lateralmente com o seu. Mesmo pega de surpresa e assustada com o acidente, foi capaz de voltar os olhos rapidamente para Ricardo e assistir a sua partida. Só então, estava pronta a dar atenção ao ouriçado dono do outro automóvel. Mais uma vez, desde a discussão com Ricardo, e especialmente naquele dia, não fora cautelosa.

# CAPÍTULO 2

Nunca houvera entre Maria Eugênia e seu ex-marido proximidade e afinidade maiores que aqueles trinta e tantos metros que os separaram em frente ao fórum, em que um respirava aliviado, a outra esmiuçava seu próprio ego, ambos racionalmente cientes, no fim das contas, que não apaziguavam a miséria da vida um do outro. Anos de convívio não haviam sido suficientes para pôr um fim aos problemas de comunicação que se estabeleceram desde sempre entre os dois. Ali, ao menos expressaram suas vontades tão bem, melhor que em qualquer momento anterior àquele. Eugênia, calada, com seu olhar de introspecção cancerosa. Ricardo, a usar suas poucas palavras para deixar clara sua grande necessidade de se distanciar da esposa – fato que o juíz acatou.

Desde os tempos colegiais ME se decidira por não depositar todas as suas fichas no ato de fingir, pois apesar de não possuir talento para muitas coisas, era pior ainda como atriz. Assim, ela, que mesmo no meio de centenas de pessoas conseguia se fazer só, tinha seu desencaixe na sociedade lido de muitas outras formas que não falta de pertencimento. Isso sempre despertara antipatia naqueles que a conheciam ainda mais superficialmente que os que a conheciam bem – escolhiam por sempre dar o pior sentido à sua pobre atuação social. Apesar de, desde a entrada na fase adulta, idealizar o contrário, sempre acabava por se trancar em si nos momentos e nas situações que pessoas, marido, filhos, bichos e acontecimentos tornavam-lhe mais insuportável a existência. De fato, pelas situações vividas naqueles anos de união com Ricardo, era empurrada a se fechar ainda mais, pois toda vez que tentava preencher com o homem o vazio em seu peito, fracassava. Ricardo não era o marido-pai com quem sempre sonhara.

Não menos irônico era o fato de que o momento de maior sucesso naquela união, que durara mais de uma década, fora, também, o início de seu fracasso. Até então, haviam Ricardo e Eugênia pactuado sobre seus papéis: o dele, de ditar e o dela, de acatar. A Ricardo, não haveria mais fácil, porém frustrante personagem que o estabelecedor das distâncias – havia muito, arrependia-se de se ter unido por matrimônio àquela mulher que não lhe despertava, sequer, excitação. Por sua vez, sempre estrangeira no mundo que a rodeava, não seria tão difícil a Maria Eugênia dizer *amém* a tudo o que lhe era imposto. Nem de longe a mais brilhante das mulheres, Eugênia não notava que os esforços inconscientes do marido eram sempre no sentido de a afastar dele. Ela preferia abaixar a cabeça a alugar os ouvidos a qualquer tipo de conversa. Sinceramente, Maria Eugênia nunca se interessara em Ricardo em outro sentido senão no seu papel de marido, o qual ele jamais teve vocação para cumprir. De qualquer maneira, estando mediocremente bem o papel que a ele cabia desempenhar, ela tentava descansar seu próprio coração. Maria Eugênia não era dada a questionamentos. Toda vez que ousava compreender o porquê de sua permanente falta de saciação, atravessando as fronteiras de sua burrice estratégica, seu ar lacônico se agravava. O marido, assim, ainda mais ela deixava desinteressado.

..............................................................................................................................

Da situação que levou a união matrimonial de Ricardo e Maria Eugênia a seu ápice e, então, abismo invisível em uma mesma tarde:

Em um plano cruzado/rabiscado/populista, a situação financeira não era boa. Ricardo, crendo num tino para os negócios que nunca teve, a despeito da vontade de Maria Eugênia associou-se a um amigo para abrir uma casa de materiais de construção. "Eu quero diversificar" – arejou-se o marido. "Se der certo, abrimos uma filial e eu fecho o consultório. Estou cansado de ficar olhando dentro da boca dos outros." Em verdade, fazia pouquíssimos anos que o marido dedicava-se à odontologia; tal súbito nojo pela profissão era modismo dentre seus colegas às voltas com seus trinta anos. Após meses de fabulosos fracassos, por fim, venceu a lei do mercado e fecharam, Ricardo e seu ex-sócio, a loja, atolados em dívidas. Os cortes que procederam foram desastrosos. Economizar era a ordem do dia e, à noite, era a palavra que todos penetrava, engravidando seus pesadelos. *Não precisa usar um absorvente novo todo dia, não é? Quando não descer, pode muito bem reusar o mesmo no dia seguinte. As crianças podem parar de levar lanche para a escola. Duas refeições por dia são o suficiente. É até mais seguro para os dentes. Podemos muito bem passar sem telefone. Estamos falando muito. Olha o desperdício de energia! Banhos de vinte minutos são um exagero! Ainda mais que são dois por dia. Um já está bom demais.* E, entre um comando e outro: "É obvio que a bendita casa de materiais de construção nunca deu certo. Neste país miserável, quem é que constróe?" Enfim, Eugênia não aguentava mais as proibições de Ricardo que, autonomamente e a seu prazer radical e catártico, dispensou a empregada. Comiam, dormiam –

com condicionadores-de-ar desligados-, e por pouco não cheiravam mal.

Além de tudo, Maria Eugênia, a pedido do marido, matriculou-se em aulas de crochê – atividade da qual sempre desdenhara, pois era aquele o passatempo preferido de sua mãe. Provavelmente um dos seres de menos talento que já pairara sobre a face da terra, a Maria Eugênia tal empreendimento se revelou fracasso ainda maior que a casa de comércio. Com seus cabelos pretos e quase lisos, quase domados, presos atrás da nuca, e com seus olhos quase verdes compenetrados mais nas maravilhas que as colegas de classe cosiam com aquelas agulhas obtusas que em seu próprio [des]trabalho, parecia uma mulher de sua idade vivendo dois séculos antes – confusa, frustrada, confinada e, com os anos, tornando-se rapidamente inapta à vida. Portanto, o resultado era esperado: peças estruturalmente problemáticas, ora distorcidas e com bicos irregulares, ora cheias de cicatrizes. Feias e inúteis, eram Frankensteins do crochê. Eugênia, entretanto, era incapaz sequer de relacionar a conseqüência à causa: suas peças nunca impressionaram a ninguém, pois eram, simplesmente, horrendas e disformes. A despeito de tudo, obstinou-se a seguir o plano que Ricardo havia traçado para ela, de vender peças manufaturadas de crochê para ajudar no orçamento da casa. Do alto de sua incapacidade para os negócios, o marido de Maria Eugênia realmente acreditava que aquele dinheiro faria uma diferença na grande dívida que ele adquirira.

Seguiu ela a procurar compradores para seus desastres artesanais. Começou pelo pai, homem rude que nunca fora sequer capaz de se vestir por si próprio. Envergonhava algumas de suas filhas por sua mania de andar com camisas que, além de serem remanescentes da década de 1970 - a última década em que saíra às compras-, eram rasgadas, marrons e com imperdoáveis variações do mesmo odor de suor. Tivera ele, entretanto, o dom de criar dinheiro. Aliás, Dono Antônio de Souza tinha duas qualidades: sempre grande e endinheirado; bom e dedicado amante. Nunca deixara de impressionar ME com seu tamanho e a comprar com suas ações paternas. Naquela ocasião, como sempre, arcava ele com a empreitada da filha e do esposo. Adquiriu dela vários jogos de crochê, embora sem nunca ter tido a iniciativa de os exibir, pois tampouco sabia o que adornar com eles. Era Antônio um homem sem o menor tato para as coisas do lar, motivo pelo qual sua grande casa vivia em frangalhos desde que a última filha se mudara de lá, após o falecimento da esposa. E foi a única pessoa que comprou os crochês sem se admirar da quantidade de defeitos que Eugênia conseguira juntar neles.

Mesmo que o pai em um primeiro momento não se dispusesse a colecionar aquelas preciosidades, Maria Eugênia sempre havia sido uma pessoa forçosa. Por esse motivo, fez somente duas amigas em toda a sua vida - a última, escolhida a dedo tempos depois da empresa dos artesanatos. Desde a infância, já se tornava conhecida e lembrada por sua completa falta de carisma. Era evitada por toda sua família – os únicos que se sentiam mal em a tratar com tal desprezo eram suas irmãs e, por vezes, o próprio marido. Porém, mesmo sendo este o caso, naquela empreitada conseguia atingir consideráveis volumes de venda também com aqueles que a tentavam evitar. Forçosa! Máscula como o pai e sem a esperteza da mãe, era a mais destrambelhada das irmãs. Acabava Maria Eugênia por levar seus conhecidos a comprarem seus crochês por ser completamente insensível às sutilezas do ser humano e inatingível a todos os que tentavam usar de delicadeza para lidar com ela. Cada pessoa comprava três, quatro jogos de crochê – para eles, dezenas de coisas iguais-, os quais por fim doavam a pessoas tais quais a própria artesã que lhes vendia, que não discerniam o certo do errado no mundo dos bibelôs. Dono Antônio de Souza e o próprio Ricardo, entretanto, ainda foram os maiores compradores: o primeiro, com dez jogos e o segundo, com cinco para seu consultório. A amiga Zoraide somente não fazia parte do páreo pois à época passava por dificuldades financeiras e comprou apenas quatro jogos. Após meses dedicando-se à aprendizagem sem qualquer progresso e finalmente percebendo que não encontrava muitos de seus conhecidos há séculos, pois agora, não somente sultimente a evitavam, como corriam dela e das peças que produzia, Eugênia passou a se sentir ainda mais desmotivada, produzindo cada vez menos, fazendo que aumentassem as cobranças de Ricardo. De fato, a despeito das dívidas em que se envolvera, ele se tornara sócio do clube da cidade, em conjunto com seus - até então – odiados colegas de profissão, e contava com o dinheiro dos crochês para pagar as mensalidades.

Maria Eugênia, que, com a dispensa da empregada, ficara também com os serviços rotineiros e detestáveis da casa, criara nojo das agulhas obtusas e, mais ainda, das detestáveis aulas semanais. Levantava-se com o dia ainda escuro e era sempre a última a se deitar. Lavava, passava, faxinava, cozinhava, remendava, fazia crochês e economizava. Acabou por sentir que era motivo de chacota pois, apesar de toda sua dedicação, tanto os trabalhos artesanais quanto os domésticos eram indignos do tempo gasto neles. Os crochês... os crochês! Quanto a sua casa, destacava-se pela cor rosada que tomava conta dos vasos sanitários, pelos montes de cabelo nos ralos das pias e pelo negro que tomara o espaço entre azulejos e pisos. Fungos cresciam na matéria que dia após dia se acumulava no fundo dos copos e a pia era uma armadilha natural para moscas – grudenta de respingos de óleo, prendia pela eternidade as voadoaras que se sentassem ali. As roupas apresentavam, agora, a marca inconfundível dos Souza: amareladas na área das axilas e amarronzadas nos colarinhos e abotoaduras. Parecia filha de quem era. Ricardo, pela cor de seus trajes, lembrava mais um açougueiro de vacas que de bocas humanas. A casa de imundícies maiores que os próprios ocupantes era devorada por seres já macroscópicos, a tal ponto de nem mesmo as irmãs e Zoraide quererem visitá-la. Esta última chegou a se oferecer para ajudar a colocar tudo em ordem, mas uma Eugênia ofendida rejeitou a oferta.

Quando um lento enterro nas vísceras fétidas da economia parecia ser seu fim, a solução encontrada por Maria Eugênia para o desastre social e sanitário em que se encontrava sua vida foi indigno de sua opaquês intelectual, e certamente de fazer inveja a qualquer Ricardo mediano. Era a terceira vez que se matriculava no mesmo curso de crochê e se cansava de ver as colegas se formarem e irem e novas virem, apresentando progressos inalcançáveis para ela. Ao mesmo tempo, era forçada a continuar frequentando tais aulas, visto que quanto mais longe ficava delas, piores ainda se tornavam seus trabalhos sem a ajuda da professora. Nem sua cegueira para o que havia de mais óbvio impedia que visse o que havia muito era claro para todos, inclusive para o obtuso Dono Antônio: Eugênia era incapaz de fazer crochê.

Aquela tarde, sentia-se inútil e enojada, tanto com sua professora, quanto com as novas colegas de turma. O curso era fornecido em uma residência na rua 13 de Junho, numa pequena área espremida entre os terrenos da N.O.B. e o bairro Santos Dumont. A casa em que estudava era antiga e de uma arquitetura interessante e decadente. De mais marcante, possuía colunas inclinadas e circulares na pequeníssima varanda, além de pisos e janelas de cor vermelha. No mesmo terreno, ao lado da residência, um pequeno salão improvisado e afastado da rua, com suas portas escancaradas escondidas dos passantes por um mural de madeira, que forçava a todos a contornarem para finalmente chegarem à minúscula e quente sala de estudos. Nesta, cadeiras antigas eram posicionadas contra as paredes, deixando ao centro espaço para a professora, que ia e vinha de sua mesa aos fundos do local para verificar suas aprendizes. Estando Eugênia à esquerda de quem entrava, podia ver, através da janela da sala de aula, a janela da cozinha da residência, que se estendia paralela ao salão. Naquele fim de tarde de calor exagerado, sentia-se subitamente instigada pelo cheiro da comida cozida no cômodo – um odor que, de tão familiar, despertava-lhe uma fome desesperada. Como sempre fazia, esgueirou-se para fora dali por trás da distração da professora – sempre passava ao menos um terço de seu tempo ora sentada na latrina, ora bisbilhotando o quintal da residência, onde mangueiras e galinhas cresciam marginalizadas. O banheiro fora projetado especialmente para os frequentadores das aulas – apesar de fazer parte do corpo da residência, era voltado para o estreito corredor entre esta e o salão. Naquela tarde, porém, antes mesmo de chegar à casinha, entretera-se ME ao encontrar as filhas de sua professora sentadas ao beiral da porta da cozinha. Possuíam as meninas nas mãos delicadíssimos trabalhos de crochê, os quais manufaturavam entre uma brincadeira e outra. Surpresa, agachou-se Eugênia a conversar com elas. Sincera impressionada, desta vez não despertou nas crianças a antipatia usual. Pelo contrário, estas, educadas, mostraram-lhe seus trabalhos, com os quais ME encantou-se. Assim, foi convidada para ver o que mais as meninas possuíam no quarto.

A residência, como comprovou Eugênia, era na verdade um conglomerado de pequenas porções adicionadas umas às outras. Os fundos da construção – que incluía a cozinha – datavam aproximadamente dos anos 1930 ou 40, ao passo que a parte frontal provavelmente fora erguida na década de 1960. Passou pela cozinha toda cautelosa, para não ser notada pela professora no salão – na verdade, curvava-se. No caminho, enquanto as meninas falavam, notou o caldeirão de cheiroso feijão sobre o fogão a lenha – ao lado deste, um velho modelo a gás. O local, como verificou, estava aos cuidados das crianças - o feijão à mercê do desprotegimento. Morava na casa uma velha senhora, mãe da professora, que cuidava dos afazeres domésticos e das netas enquanto a filha lecionava, mas a idosa não se encontrava. Consequentemente, uma vez fora do perigo de ser notada pela instrutora buscando negócios de risco com as meninas, Maria Eugênia invadiu a casa, ávida por desrespeitar normas e o próprio lar.

Levaram-na as meninas para um pequeno quarto de paredes amareladas, à sua direita. Atrás da porta maciça e escura, dos tempos em que produtos eram fabricados para durar, Eugênia poderia ter notado a artificialidade de um cômodo preparado por uma avó para as esparsas ocasiões em que vinham passar noites consigo as netas. Em vez disso, enxergou um quarto que as duas crianças, inesperadamente, mantinham limpíssimo – a uma primeira vista, inabitado. E, assim, sentiu que estava lidando com quase-adultas. De fato, esperava um comportamento extremamente maduro daquelas pequenas criaturas, visto a rigidez com que a mãe destas as tratava. Testemunhara, já, ataques injustificavelmente violentos por parte de outrora meiga professora. Isto explicava a Eugênia a habilidade invejável com a qual as garotas teciam seus trabalhos de crochê, incomparáveis aos de suas colegas de classe e muito superiores a sua própria obra. Assimilando as novas descobertas, Eugênia, em um rápido golpe de raciocínio, surpreendeu as garotas:

- Por quanto vocês vendem os trabalhinhos?

Surpresas, explicaram as gurias que nunca haviam vendido nada do que produziam, uma vez que sua mãe discordava de tal procedimento. Indagadas sobre o porquê de tal comportamento e tendo demonstrado falta de compreensão das ordens maternas, foram iludidas pela Maria Eugênia invasora em uma argumentação digna de advogado. Explicou a mulher às pequenas que seus trabalhos possuíam falhas e que, desta forma, não atendiam as exigências do mercado.

- Mas porque eu gostei muito das duas, que são menininhas muito polidas, eu vou dar a minha ajuda neste negócio que estão iniciando e vou comprar os trabalhinhos de vocês.

Em realidade, a mãe das meninas e instrutora de crochê, que pertencia a um grupo religioso radical, dizia desejar que suas filhas acumulassem os pequenos artesanatos durante seus dedicados anos de infância para lucrarem com a venda destes quando fossem sábias o suficiente para lidar com dinheiro e o investir da melhor maneira possível. Mas, seu verdadeiro sonho era que formassem com os trabalhos os enxovais quando se casassem aos dezesseis anos de idade. Embora a progenitora-professora nunca admitisse, era, portanto, sua posição muito menos contra o trabalho infantil que contra o usofruto dos benefícios do dinheiro. Boa religiosa, desde cedo incluía tais armadilhas psicológicas na criação de suas filhas. Subitamente avessa a sentimentalidades, entretanto, imbuiu-se Eugênia da tarefa de comprar o crochê das meninas, várias peças datadas de antes de terem usado suas mãozinhas para escrever. Simplesmente usou a qualidade inebriante do dinheiro para pagar irrisória quantia pelo trabalho de anos. Retirou a mulher o dinheiro que tinha na bolsa, e com o qual não compraria pães-francês por nem dez dias para sua família. Encantadas com o cheiro de suor e de pelos pubianos que as notas exalavam, após anos sendo carregadas em bolsos junto a genitálias suadas, as garotas entregaram tudo o que tinham, nesse assalto a sua inocência. Tudo feito, Eugênia, já com uma sacola cheia de peças de crochês:

EUGÊNIA
(crescentemente nervosa)
Bem, eu já vou indo. Tem gente me esperando.

Ficou uma criança com sua inocência morta pelo caminho, brincando com as notas sebosas. A outra seguiu ME, em segundos chegando à cozinha.

nossa nunca vi feijão tão cheiroso na minha vida

- Quer um pouco? Pode comer.

Posso?

- Pode.

Em mais um arroubo de ousadia, me enfiou a concha que estava sobre o fogão à lenha na panela e levou à boca. Deliciada, repetiu a operação, não se preocupando em higienizar a ferramenta – mais tarde, arrependeu-se, temendo que o feijão fosse azedar e que descobrissem, finalmente, sua passada por aquela moradia. Antes de se curvar para finalmente se retirar do recinto, lembrou-se de que não havia pedido às meninas para manterem a transação ocorrida em segredo.

ah eu vou ficar muito triste se a mãe de vocês ficar sabendo do que aconteceu hoje está bom este vai ser um segredo entre nós três se alguém ficar sabendo a mãe de vocês vai ficar muito brava e pode sair até briga fale pra sua irmã você e a sua irmã não querem apanhar da mãe de vocês querem eu estou fazendo isto aqui pra ajudar mas a mãe de vocês não entenderia está bem e se conseguirem fazer mais trabalhinhos prà semana que vem me avisem que eu compro tudo arranjem um jeito de me contar quando eu chegar na aula está bem mas é segredo hein viu menininha guria eu estou falando com você ouviu

Finalmente, partiu. Antes de retornar à aula, já em seu término, deixou a sacola do outro lado do mural à frente da sala. Desculpou-se com a professora, argumentando coisas de mulher e entrando em detalhes sórdidos, e como as outras juntavam seus materiais para se irem, fez o mesmo. O pensamento insistente do que de imoral fizera fazia Eugênia começar a temer. Apressou-se para se despedir da professora e, passando pelo mural, recolher a sacola e sair dali. Assim o fez.

Chegando em casa, tirou os sapatos velhos e abafados e as meias molhadas de suor. Com os pés branquelos e ainda quadriculados pelas fibras do algodão, lançou-se em um tamanco e saiu se arrastando de volta para a porta da frente.

- Meninas, vocês não vão acreditar nos trabalhos de crochê que eu estou vendendo! Um mais bonito que o outro! Vocês vão ficar de queixos caídos! E o Natal está vindo aí... Vocês vão adorar!

E, assim, sem dizer *oi*, invadiu o espaço das domésticas do quarteirão e se entregou a elas, em mais um passo em seu súbito tino para os negócios. Encontrara-as ME à frente de seu portão, conversando, e, visto que as conhecia dos tempos em que tinha sua própria ajudante, dirigiu-se às tais expansiva como nunca – tudo calculado para seu próprio benefício. Se Dona Patroa estava tão maravilhada com os trabalhos de crochê a ponto de os vender de porta em porta, deveriam ser mesmo superiores. Pouco educadas que eram e facilmente maravilhadas com o delicado trabalho das meninas, as trabalhadoras não tiveram dúvidas em comprar as peças e pagar a ME o dobro, por cada peça, que a atravessadora pagara pela sacola inteira de trabalhinhos. Da mesma forma, Eugênia, em menos de um mês, trouxe sacolas e sacolas dos pequenos mimos. Pensava que, assim, abusando das contas domésticas das quase-escravas, ao menos não se tornaria motivo de risos diante de seus amigos e parentes. Não ousaria, pensou, oferecer a eles peças fabricadas por garotas tão novas e tão propensas a cometer erros – os quais por ela talvez passassem desapercebidos, mas que, jurava por Deus, estariam lá. Se não era hábil o suficiente para aquele artesanato, muito menos seriam aquelas duas crianças.

Porém, não contava Eugênia com o rápido crescimento do endividamento das domésticas para com ela, estourando logo os orçamentos das trabalhadoras. A partir da segunda semana em que enfiava as peças de crochê goela abaixo delas, o dinheiro se extinguiu e dona patroa passou, então, a manter um caderninho de fiados. Brevemente, as pobres coitadas deviam à novata comerciante de rua várias prestações – nunca entregariam em pagamento salários inteiros de um mês de trabalho, pois, por mais que a honradez delas estivesse em jogo, não se imporiam o castigo de passar fome. Tendo tal fonte secado tão prematuramente, Maria Eugênia viu-se obrigada a recorrer a uma tática que temia utilizar: foi oferecer os trabalhos a seus parentes e conhecidos. Desta vez, entretanto, para a surpresa da vendedora, as peças faziam enorme sucesso. Muitos dos compradores que usualmente demonstravam cara de nojo e dúvida quanto a comprar o deformado artesanato de ME, agora diziam *sim* sem pensar duas vezes. Muitos deles se endividaram mais ainda que as pobres domésticas, conquanto a proporção entre as dívidas e seus ganhos mensais fosse menor; conhecidas compraram dezenas de trabalhos – o suficiente para presentear cada membro de suas famílias no Natal e ainda decorar suas casas inteiras para as festividades de fim de ano.

Eugênia ficou satisfeitíssima com o próprio talento para os negócios. Tão logo recebesse pelas vendas feitas, esfregaria o dinheiro – e o sucesso – na cara de Ricardo; e jurou que contrataria sua própria empregada imediatamente após abrir uma loja de artesanatos, com as meninas cosendo em um quarto retirado e quente nos fundos. Adendum: quanto à sua antiga doméstica, fora contratada pela invejosa esposa de um ex-sócio de Ricardo, que costumava frequentar sua casa e que dera o bote tão logo a secretária colocara os pés para além dos domínios da empregadora. Já as trabalhadoras infantis entregavam as peças pontualmente, e cada vez mais. MEugênia lhes pagava a cada duas semanas – dinheiro que retirava do orçamento da feira de seu lar, visto que então havia sido paga por pouquíssimas de suas vendas. Como pudesse continuar se encontrando com as filhas da professora, a empresária resolveu continuar suas aulas, o que a instrutora cada vez mais estranhou, visto que não tinha a menor habilidade para o trabalho, não demonstrava qualquer evolução de suas técnicas, tampouco se esforçava para aprender.

Realmente, Maria Eugênia mal tinha tempo para duas vezes por semana coletar com suas tecelãs os produtos para a venda – agora, indicavam seu nome de conhecida em conhecida para que adquirissem seus adornos. Nos poucos segundos que gastava lidando com as pequenas crocheteiras, no entanto, tinha a impressão de que estavam cada vez mais esquálidas, com grandes olheiras e respiração ofegante, desenhando sem parar com suas agulhas em um canto sombrio e insalubre da habitação, ainda assim cobrindo as cabeças com largos chapéus de palha. Certa vez, Eugênia parou e soltou um gritinho agudo e curto, assustada pois tivera a impressão de que as gurias estavam se tornando bolivianas. Mesmo com repulsa, prosseguiu. Seu impressionante empreendimento, no entanto, deu com burros n'água tão logo fez o primeiro aniversário de mês de cada uma de suas vendas. Deu-se por si, naquele momento, do grande número de desonestos que a cercavam. Esperava ela que, no dia de vencimento das prestações, dezenas batessem a sua porta acenando-lhe com o montante que deviam. Abriu espaço em sua sala para que se montasse a fila. No fim, não foi bem assim. Vieram acertar as contas duas pessoas: seu pai e Zoraide – mesmo assim, o progenitor estava com dois dias de atraso, pois havia se *esquecido*. Não sabia ME o que fazer. Sentir-se-ia humilhada em ir de casa em casa para cobrar o que lhe era devido e portanto resolveu esperar sentada para que as consciências de seus clientes falassem mais alto. Não falaram. Não mais viu as empregadas – saíam e chegavam das casas vizinhas com tamanho silêncio, que era como não existissem ou praticassem algum ato ilegal. Desde quando havia sido abolida a escravidão? Quanto a seus conhecidos e familiares, chocou-se com o descaramento deles, a cruzar com ela o tempo todo sem dizer uma palavra sequer quanto ao que lhe deviam. Dada a interferência de Zoraide, que se sentiu aviltada pelo tamanho do calote dado na amiga, algumas pessoas chegaram a telefonar a Eugênia pedindo que fizesse as contas das quantias que lhe deviam, o que a vendedora fez com prazer. As quantias, no entanto, nunca chegaram. Sentiu Eugênia na pele desapontamento igual ao de Ricardo.

Tendo em vista seu fracasso, resolveu nunca mais aparecer nas aulas de crochê – pouparia, assim, o dinheiro da mensalidade e o pagamento pelas duas últimas semanas de trabalho que devia às filhas da professora. O telefone tocou várias vezes, mas pensou que, se não o atendesse, tudo estaria bem – sabia que não eram os maus pagadores arrependidos. Mas, não foi pacífico assim o desfecho deste capítulo de sua vida. Soberba como nunca havia dantes visto veio bater a sua porta a instrutora. Com seus cabelos escorridos e seu rosto magro de cão de rua, olhou para a casa de ME como fosse uma rainha visitando a câmara de dormir de um serviçal.

- Que chiqueiro!

ai meu deus do céu o que essa mulher quer

- Então... Você não veio mais na aula...

- É...

- Sabe que está até andando mais rápido agora? Eu estou conseguindo ensinar mais, o tempo está passando mais depressa... Mais agradável, entende?

- Entendo.

- Eu vou te fazer uma pergunta, você não fica chateada, não... Você é mongolóide, é?

- Quem? Eu? Não...

- Sei... Eu desconfiava mesmo que não era. Então, quer dizer que você pensou que ia escapar de pagar a mensalidade?

imagina

- Eu também fiquei sabendo que você andou comprando uns trabalhos das minhas filhas...

ai minha nossa senhora

- Elas me falaram no começo, mas eu pensei que você estivesse colecionando porque não bate bem da caixola... Mas, depois eu ouvi uma história aí que você está revendendo.

eu que nada

-De sonsa, você só tem a cara. Está é de pacto com o danoso, explorando as filhas dos outros.

Uma Maria Eugênia intimidada acabou por entregar à amedrontadora professora o dinheiro mensal de todas as contas da casa – referente a toda a prata que haveria produzido caso houvesse ela recebido por todas as suas vendas, o seu imaginado lucro e muito mais. Abaixou a cabeça e se envergonhou de ter sido ingênua o suficiente a ponto de pensar que se beneficiaria unindo-se à *gentinha* – às domésticas das vizinhas, à professora e às suas filhas. Se alguém saíra sorrindo da situação, foram as compradoras das peças e, mais ainda, a mestra. Umas tiveram natais ricos e gratuitos. A outra, costumeiramente uma religiosa com menos pecados que o próprio Jesus e pronta a julgar e condenar qualquer um de seu altar, além de ter recebido o suficiente para financiar não só as festividades de fim de ano, mas também a viagem de janeiro para a família inteira, espalhou a fama de uma Maria Eugênia exploradora do trabalho infantil para várias das clientes desta. Até nos ouvidos de Zoraide a calúnia foi parar. Por meses, riram nas costas de ME sem que ela soubesse o porquê. Descobriu meses mais tarde que a aparentemente perfeita mulher de saias longas possuía uma língua bipartida mais perigosa que a da serpente que ofereceu a Eva a fruta proibida, provavelmente colhões de boi.

Após o episódio, Eugênia tentou esconder do marido a grande quantia de dinheiro de que fora obrigada a abrir mão, mas por fim teve de criar uma mentira: fora assaltada. Para compensar pela gigantesca perda inesperada, sacrificou-se – atitude que pensava ser própria, mas que fora imposta pelo marido. Passou meses sem comprar nada para si ou cuidar de seu corpo. Unhas e cabelos desfeitos e quebradiços. Suas roupas eram piores que os trapos com que limpava os móveis. Vivia esgotada, fermentada e azeda. Talvez por isso, demorou tanto a perceber que Ricardo, por sua vez, escondido dentro de si mesmo, não abria mão de seus hábitos, nem para sair do buraco de dívidas que ele abrira. Continuava com o carro, vivia perfumado e, ao menos uma vez por semana, reunia-se com os amigos para a cerveja no final de tarde - sempre se via como uma exceção em sua humanidade, o único na casa a não fazer economias.

ah Maria Eugênia você se abaixou demais se ele passasse uma semana sem carne ou legumes o Ricardo daria um jeito faria umas horas extras agora com você se martirizando o que é que ele faz

Aos poucos, percebia que quanto menos gastava, menos lhe dava o marido. Quanto às dívidas do fracasso da empreitada comercial de Ricardo, diminuíam a passo lento. Eugênia, impossibilitada de levar adiante a administração doméstica com tão mínimas verbas, sorrateiramente passou a usar o dinheiro das mensalidades da dívida para fins familiares. Assim, em pouco tempo a casa se restabeleceu, embora o nome do marido escorresse pelo bueiro do sistema de proteção ao crédito. No dia em que recebeu o telefonema com o aviso, informou à pessoa do outro lado da linha o número do consultório de Ricardo. Ficara tão apavorada que se encontrava com pouquíssimo controle sobre a própria boca. Quinze minutos depois, Ricardo aparecia lá. Furioso, pisando firme, abriu o portão com as próprias chaves em vez de esperar pela dona de casa. Ela, que estava na cozinha, estremeceu toda e por pouco não deixou cair no chão todo o macarrão que havia cozinhado para o almoço de logo mais. Quando ele lhe dirigiu a palavra e passou a devorá-la viva, no entanto, de dentro dela explodiu uma fera que falou por vinte minutos sem parar sobre todo o martírio do último ano, desde o *assalto* que havia sofrido. Falou cobras, lagartos e sapos vivos – castigos bíblicos. Ricardo, surpreso, envergonhou-se por cada minuto de sua ridícula existência. Ali mesmo, retirou da carteira dinheiro de ressuscitação para a compra mensal no supermercado, roupas para ela, para as crianças e para uma nova empregada doméstica.

Era verdade que, desde que Eugênia passara a desviar o dinheiro próprio do marido, ela e os filhos haviam passado bons meses. Três. Bons três meses. Porém, nada comparado ao dinheiro que chovia naquele fim de manhã. Tão logo o esposo saiu arrependido, entrou ela em seu carro, encheu o tanque com gasolina e, com a ajuda de Zoraide, em uma hora havia contratado uma nova serviçal. Despejou a amiga e o novo elemento servil, buscou os filhos na escola e, antes mesmo do almoço que a recém-contratada ficara de terminar, levou as crianças para o pujante centro da cidade, onde compraram roupas e sapatos. Após aquela repentina boa surpresa e com o dinheiro gasto, porém, sentiu-se Maria Eugênia mal por haver tratado pobre Ricardo com tamanho ódio de recalque. Quando ele chegou à casa naquele dia - mais tarde que de costume, porque trabalhara horas extras-, a novamente subjugada dona de casa pôs-se a seus pés, a massageá-los.

Até aquela discussão, o marido não sabia que a pouco brilhante esposa possuía qualquer personalidade. Ele, que - sujeito sem maiores atrativos - sempre vivera de amores platônicos e maus tratos, pensara após a explosão dela que, enfim, viveria um verdadeiro romance. Aquela tarde, enquanto ME e as crianças jogavam seu dinheiro ao vento, viveu ele o momento de maior esperança nos intermináveis anos da união com ela - desde antes do casamento. Pensava que reviveria os sonhos da adolescência de passar a existência ao lado de uma mulher assim: deliciosa e indiferente. Desde sempre, sabia que Eugênia nunca seria deliciosa – portanto, dificilmente seria para com ele indiferente. Naquela tarde, no entanto, ela lhe demonstrara ter esse poder, o que despertou no coitado milhões de ilusões. Ricardo já se imaginava sendo pisado, cuspido, humilhado em público por não ser bom o suficiente – como nos bons tempos colegiais, em que seus grandes óculos eram motivos de chacota. Sentir-se-ia tão desesperado por atenção como quando levava a bola de vôlei para as moças mais velhas. Em agradecimento, elas o tratavam como lixo, o suficiente para lhe proporcionar felizes momentos no banheiro do ginásio. Simplesmente fora surpreendido com a repentina possibilidade de felicidade eterna e voltara para casa ansioso no fim daquele dia, esperando o pior tratamento possível. Finalmente desejava sexualmente aquela com quem se casara e passou a tarde tendo com ela sonhos adultos, enquanto olhava para dentro de outras bocas.

Foi assim que, ao se jogar a seus pés para demonstrar arrependimento, Eugênia assassinara o esposo e cavara a própria cova, onde se enterraria viva. Levantara as esperanças ricardianas para as fuzilar a sangue frio em um paredão. Um holocausto. Senão com ela, então com outras. De resignado chefe de família, Ricardo agora passava a ser um sonhador como nos tempos de juventude – a idealizar toda e qualquer garota que cruzasse seu caminho, sentindo como perdesse definitivamente a chance de ser feliz a cada desencontro. Com toda a mobilizadora ansiedade, psicologicamente rejuvenescia ele dois anos a cada um que passava ao lado da não desejada esposa. Ela, por sua vez, envelhecia três, ao ter de conciliar o tédio do não ter nada para fazer com o ódio que lhe causavam os monólogos agressivos da nova empregada. Quanto à vida sexual, relações íntimas só aconteciam quando ME se punha sobre o imóvel esposo, que por anos não lhe tocou – não com as mãos. Não percebeu Eugênia, mas acabava de iniciar o fim de seu casamento.

Cega, Maria Eugênia sempre se irritava ao se lembrar daquela manhã de sua vida em que ousara destratar Ricardo. Felizmente *abrira os olhos. Antes tarde do que nunca* – repetia para si mesma, sob a crença de que seu casamento e sua vida haviam voltado aos eixos. Embora houvesse demorado, a paz havia retornado, enfim. Mas, sem perceber, sentia ela certa falta dos tempos em que passava o dia todo ocupada com os fazeres domésticos. Com a nova empregada, era realmente impossível retornar àqueles tempos. Portanto, inconscientemente procurava e achava coisas para fazer - pequenos defeitos ou coisinhas que não podiam esperar até a manhã seguinte. Atordoou a pobre doméstica respondona até que conseguiu que ela trabalhasse oito e meia, em vez de oito, horas por dia. E passava o tempo supervisionando-a. No entanto, estranhamente era Eugênia ainda mais ineficaz como patroa que como dona-de-casa. Ao invés de a casa se tornar um brinco com a ininterrupta exploração da doméstica, tornava-se mais suja que antes. Acontecia que mais uma vez a inabilidade da mulher de enxergar o inteiro a fazia extremamente presa a detalhes. Quem examinasse sua casa veria colônias de micróbios se multiplicando sobre os azulejos. Porém, se analisasse os espaços entre os azulejos, encontraria limpeza alvejada. Alguns meses depois, mais obcecada com as pequenas coisas, conseguiu esticar a jornada da servil para nove horas – embora parecesse a moça ser ainda mais fácil de enganar que a própria Dona Patroa, na verdade, estava em processo de reconhecimento de terreno. Tão logo soubesse em que solo estava pisando, viraria como uma cobra contra a que lhe dava o emprego. De fato, os sonhos cegamente detalhistas de Eugênia se esfacelaram uma semana após o estabelecimento da nova jornada de trabalho, quando a serviçal lançou sua primeira cartada e mostrou sua verdadeira face.

- As meninas que trabalham pras vizinhas me disseram que é ilegal trabalhar mais de oito horas por dia. Dizem que eu posso até processar a senhora.

quê isso

- Eu não sei, dona Eugênia, mas eu estou achando que eu não vou fazer mais esse favor prà senhora, não... Trabalhar nove horas por dia? Tenho tanta coisa pra fazer lá em casa...

tudo bem não tem problema

- Bom, agora que eu trabalhei bem mais que o permitido por lei por tanto tempo, vou ter de começar a trabalhar sete que é pra balancear, ou a senhora vai acabar se encrencando com a Justiça, não é mesmo? É bom a gente tomar cuidado.

Os anseios eugênicos da patroa corriam o risco de nunca se realizarem. Foi assim que o lar e a pessoa de ME foram aos poucos moldados pela doméstica até o momento da explosão. A partir daquele momento, era Anete a patroa e MEugênia, a doméstica. No início eram sete, que logo se reduziram a seis horas de trabalho por dia. Era essa a condição para que a moça continuasse a prestar seus serviços ali, frente a um salário tão mísero – ganhava dois salários mínimos, mas assustava a empregadora quando dizia que *todas* as *meninas* ganhavam mais. Dada a mínima cooperação de Anete, ME passava agora os restos de dias fazendo parte do trabalho doméstico.

Naquele final de tarde, estava realmente uma lástima. Resolvera faxinar o quintal e se desfazer de inutilidades que guardava, como a caixa da geladeira que ganhara dos pais no dia de seu casamento. Levava a última carga de lixo quando o marido, chegando mais cedo, pôs-se garagem a dentro. *Não podia ter chegado em pior hora*, pois estava desconfortável, suja e suada. Mesmo assim, não poderia correr – ficaria mais ridículo que se o recebesse, repugnante como ela estava. Assim que chegou próximo ao portão encostado, tocou-se a campainha. Sem a opção de se esconder, pois o garoto a via pela fresta, resolveu atender o visitante. Um mensageiro, o moço entregou-lhe um envelope. Ricardo, por sua vez, sem saber que ela já estava por lá, também se dirigiu para atender o conhecido estranho.

- Seu Ricardo, eu já entreguei pra sua empregada a correspondência que o Dr Valter mandou.

Ricardo, amarelo pela vergonha que sentira ao ter sua esposa confundida com a doméstica, não teve a gentileza de desfazer o mal entendido. Apenas agradeceu e retornou ao interior da casa. ME, por sua vez, com o fosso do universo sob seus pés, nada fez. Retirou o lixo, dirigiu-se a seu quarto, tomou seu banho, esquentou o jantar e não olhou para os olhos do marido o resto da noite, morta de humilhação. Durante a madrugada, em um discreto ataque histérico de raiva, rangia os dentes na cama, gastando-lhes detestados milímetros. Tamanho seu descontrole, dormiu apenas duas horas, planejando como transferir, no dia seguinte, seu ódio inteiro a Anete – sim, porque não fosse a preguiçosa trabalhar somente seis horas por dia, não estaria ME retirando o lixo à hora da chegada de Ricardo - e da visita do mensageiro, minutos após.

Com a estranha sensação de sua cabeça estar anestesiada a ponto de o mundo ao seu redor parecer irreal, Maria Eugênia, ouvindo vozes em sua mente, humilhou Anete como jamais havia feito, a ponto de a moçoila se jogar ao chão em prantos. Em vez de contar o verdadeiro motivo de sua explosão, no entanto, a patroa mentiu dizendo que o mensageiro havia confundido o esposo, que a ajudava, com um jardineiro e que Ricardo havia perdido o controle e esmurrado o pobre garoto. Disse Eugênia à doméstica que o marido, agora, exigia que fosse demitida, pois *nem funcionário público trabalha tão pouco na vida.* A ouvir as palavras-navalhas, Anete esbugalhava os olhos, as narinas a escorrer como as de uma criança. Sem piedade, ME adicionava que nunca mais iria achar um emprego tão bom, que *suas amigas empregadas te enchem a cabeça de abobrinhas e você é quem vai pagar* e que *você e seus filhos vão morrer de fome um dia, numa sarjeta.* De repente, transformava-se a limitada dona de casa em uma terrorista, a torturar uma coitada que deixara a escola aos treze anos e tivera seu primeiro filho aos quatorze. Maria Eugênia só parou porque sentia frio. Com uma irritante ânsia de vômito pela falta de descanso na noite anterior, retornou ela ao quarto e se pôs sob a coberta, após ter ordenado a Anete que não a incomodasse. Também disse que não se importava se a infeliz fosse embora para sempre ou se ficasse – sempre haveria mais uma *desnutrida* que a substituísse. Só acordou às três da tarde. Sentindo-se estranha, como houvera vivido dois dias em um, surpreendeu-se com o fato de a doméstica ainda estar lá. A casa estava brilhando; não havia um grão de poeira sequer, nem mesmo no não acimentado quintal. Tão logo Eugênia retirou-se do quarto, Anete pôs este também em perfeita ordem. Era, novamente, a explorada serviçal de antes.

Do alto de sua classe-média, ME sentiu renovada e cheia de planos motivados pelo ódio recalcado que ainda sentia por Ricardo, devido ao acontecimento da tarde anterior. Arrumou-se, saiu de casa – após ter ordenado que a doméstica a aguardasse -, e foi comprar jornais, na esperança de que carregassem concursos públicos. Prestou três, porém não passou em nenhum. Ricardo, é claro, não ficou sabendo, caso contrário faria graça da falta de inteligência dela – isto, ela tinha certeza que ele faria. Necessitada de autoafirmação de sua classe, bem que procurou fazer algo que arrancasse do marido algum elogio, ou que inspirasse nele orgulho, ou mesmo que só humilhasse ainda mais a empregada. Até trabalhar no consultório dele, ela quis, argumentando que economizariam o salário da funcionária. Mas, os filhos e a falta de comunicabilidade entre ela e Ricardo se colocaram como placas de *pare* diante de seus planos. Certa feita, uma conhecida lhe propôs o cargo de vendedora em uma loja de roupas, o qual teve que recusar, pois o filho apresentava uma séria anemia e precisava de seus cuidados. Nunca soube ao certo se dispensara o emprego realmente pela preocupação com o filho, ou se simplesmente usara o pequeno para encobrir seu medo do fracasso.

..................................................................................................................

Engraçado se sentir, então, como devesse ter se dedicado a fazer algo mais concreto que ficar em casa cuidando dos filhos. Cuidando dos filhos! Nunca fora um sonho seu ter filhos. Teria uma existência feliz e completa se passasse a vida toda até seu último suspiro com o falo do marido-pai a empalando, rasgando espaço em suas entranhas. Não somente isso não acontecera, como fora duas vezes impregnada por um ser que lhe queria ele próprio ser um filho. Logo ela, que sempre sentira como seu útero e ovários fossem uma grande bola truncada e convoluta - como uma mangueira acometida por má formacão da inflorescência devido à infestação do Fusarium. Uma baga empedrada e estéril. No futuro, viveria da boa vontade do ex e de sua pensão - papel subjugado, sim, mas não de maneira satisfatória. De qualquer forma, era provável que não se livrasse dele tão cedo. Realmente, preferia nada fazer a cometer um erro – no final das contas, o ocorrido com os joguinhos de crochê era um bom exemplo de que estivera certa o tempo todo sobre sua incapacidade infantil. Nunca mais se aventuraria pelo mundo dos negócios - iniciativa, realmente, não era seu forte. Sempre preferira se esconder atrás da desatenção das pessoas mais íntimas, pois com todos os seus feitos ou travessuras, somente desejava a aprovação e ou repreensão do marido-pai ou do pai-marido. E à indiferença deles respondia com falta de presença. Apagava-se, pois de fato não se aborrecia com todos que a tratavam com visível condescendência.

Primeiro, fora a mãe a disputar-lhe o holofote; depois, a decadência do corpo do pai-marido; então, foi a regressão do marido-pai, até sua rejeição final e conclusiva. A confusão dos papéis em sua vida e a falta de alguém para mandar em si projetavam-se em seu desmantelamento no dia da separação. Prevendo esse momento, tentara abandonar o próprio corpo já no dia em que Ricardo a abandonou. Daquele momento em diante, Anete retomou a voz ativa e esteve, novamente, no topo da situação. Maria Eugênia não tinha o pulso firme, nem do pai biológico, nem do que ganhara no casamento. A ela cabia aceitar o não papel de nem filha, nem mulher, vivendo em um *chiqueiro*. Essa falta de moldes na qual não se ajustar a deixava sem chão.

# CAPÍTULO 3

Maria Eugênia sentiu-se tonta; não conseguia acreditar que acabara de provocar um acidente. Muita coisa ruim. Um mesmo dia. Uma só pessoa. Seu primeiro impulso foi ligar para Ricardo. Como sempre fazia diante de qualquer situação, ela recorreria ao marido. Quando solteira, eram as rédeas do pai que indicavam que direção tomar; depois do casamento, a decepção de não ter encontrado alguém tão duro quanto a figura paterna. Mesmo assim, ela ainda parecia uma marionete: *Maria Eugênia faz isso; Maria Eugênia faz aquilo; você não devia ter feito isso; aquilo poderia estar melhor.* Até nos serviços da casa, ele palpitava – demitira a empregada, a que aceitava tudo quieta, e no lugar dela só Anete. E tudo sempre acabava da maneira dele. Agora, diante de situação complexa e sem ninguém para ajudá-la, ela, ou se arrependeria de ter sido tão submissa, ou de não ter encontrado alguém ainda mais controlador. Deveria ter ousado mais, ter-se livrado do cabresto; mesmo cometendo erros, um dia acabaria por acertar. Maldito o dia em que pensara que o ocorrido com os crochês seria uma sombra em seu destino. Por outro lado, o que seria de si sozinha? E agora? Ricardo, na certa, diria para ela *se virar*. De quina para a lua, talvez. Quem dera tivesse encontrado um homem que batesse nela, que traísse, mas que não saísse de seu lado. Ricardo não era nem uma coisa, nem outra, e então concluiu estar sozinha. Teve vontade de sair correndo e deixar Deus ali, mais uma vez decidindo por ela.

Desceu do carro. O homem parecia explodir; falava tanto que sua boca espumava – línguas. Ai gente não é que vai sobrar para mim exorcisar este homem Seus trejeitos desviaram Maria Eugênia: ele passava as costas da mão direita na narina esquerda; depois, as costas da mão esquerda na narina direita; passava as duas mãos, ao mesmo tempo, uma sobre a outra, na cabeça – seus cabelos eram bastante ralos, talvez devido a esse costume oleoso-sufocante; puxava as calças pelo cós e dava uma arrumada: sacudia-se. Fazia tudo isso numa sequência de três repetições; e, após um intervalo, recomeçava tudo novamente. Maria Eugênia não prestava atenção ao que dizia, pensando em que catiça dos diabos haviam jogado no pobre. Seus olhos também buscaram pelo dedo anelar da mão esquerda dele, à procura da aliança. A dona-de-casa tinha fixação pelo objeto e sempre vasculhava as mãos masculinas em busca dele, mas havia deixado o costume momentaneamente em segundo plano, devido aos estranhos tiques do sujeito. O anel de casamento brilhava na mão dele. Frustrou-se. Como poderia um ser tão estranho, feio, pouco gracioso ser casado? Decerto era rico e atraíra ambiciosa moçoila com fome de moedas. E haveria de ter sido um amante frustrado da dona do cofrinho quem fizera a macumba para que aquele traste adquirisse tão ridículos tiques. ME, apesar de seus defeitos, era infinitamente mais interessante do que ele, mas estava ali separada e sozinha. Que bom seria para a sua auto-estima se alguém, por um sentimento mal correspondido, jogasse um feitiço em seu ex-marido! Além do dinheiro, o que aquele traste em sua frente tinha de bom? Birrento e antipático. Cabelos quase não. Os mais deprimentes adjetivos apareceram. Tornar o pobre homem mais inferior do que ela. Verbo a ser conjugado. Era necessário que ela assim o fizesse.

Eu torno o pobre homem mais inferior do que eu; tu tornas o pobre homem mais inferior do que eu; ele torna o pobre homem mais inferior do que eu; nós tornamos o pobre homem mais inferior do que eu; vós tornais o pobre homem mais inferior do que eu; eles tornam o pobre homem mais inferior do que eu; eu torno o pobre homem mais inferior do que eu; eu torno o pobre homem mais inferior do que eu.

Nós, mulheres, nos contentamos mesmo com muito pouco. A carência que temos; a necessidade de nos afirmarmos; as nossas adversárias... Nossas adversárias são todas as outras mulheres, as amigas. Não estamos sós, fazemos crer que estamos disponíveis. Somos disputadas. Verdade dita: queremos fazer crer que somos disputadas. Somos tão menos exigentes que os homens! Sempre cobradas quanto ao peso, os cabelos, a pele, a forma, e tudo o mais. Dançamos seminuas sobre garrafas para chamar atenção. Ensinamos nossas filhas a dançar sobre garrafas ainda maiores. Somos femininas. Feminilidade exagerada, esta do Brasil. Estereótipos ambulantes. Mulher Árvore-de-Natal, Homem Coça-saco-cospe-no-chão. A mulher dele se preocupa de verdade em se aparentar ajeitadinha. Não precisaria. Ou: Há sempre um chinelo velho para cada pé cansado, mas o chinelo da mulher desse daí passou demasiado da hora de se jogar fora. Estereótipos tropeçam sobre si mesmos pelas ruas esburacadas. Estereótipos ambulantes não conseguem controlar sua sexualidade. Estereótipos ambulantes são deseducados desde nossas escolas primárias. Estereótipos ambulantes femininos criaram os masculinos que criaram os femininos. Ciclo cíclico. Puta mãe de todos na juventude; dedicada de uns poucos na meia-idade; santa beata de ninguém na velhice. Sexualidade artificialmente modelada. Modelos de vitrine: quase-disponível para todos, objeto de um só.

Os olhos focaram novamente no traste. O homem gesticulava tanto que acabou por trazer Maria-Eugênia-quase-santa-beata-filósofa-de-boteco de volta ao mundo real. Realidade pouco e muito particular de Maria Eugênia. Tão agarrada à memória do pico da juventude, da qual mal podia esquecer. Deseducada. Tão obcecada. Árvore que de tão torta ameaçava cair. Deu a volta pelo carro de sua vítima para ver o estrago que fizera. Na casa ao lado, um caminhão descarregava uma mudança; uma antiga penteadeira havia sido colocada na calçada. Maria Eugênia retirou-se mais uma vez da realidade quando se viu refletida no espelho. A imagem era péssima. Instintivamente, alheia ao seu redor, aproximou-se do espelho. Então, distanciou-se da imagem e sentiu vergonha do que vira: cabelos em desordem, os olhos manchados de choro, rímel de péssima qualidade – quando chegasse à casa, jogaria aquela porcaria fora. Já a alguns passos do móvel, percebera a meia-calça que, de desfiada, passara a ter um buraco ao redor de todo o seu joelho quadrado. A mancha no vestido! Seu nariz sangrava, e ela nem percebera. Uma pequena tesoura de primeiros-socorros repousava no porta-luvas de seu carro. Entrou no mesmo e, com o pequeno objeto, cortou as meias na altura das coxas e retirou os restos cortados. Aproveitou o único tecido que tinha e, na falta de líquido para se limpar, usou sua própria saliva. Olhos limpos. Pente nos cabelos. Um batom nos lábios. Melhor.

- Será que aquelas sacolas ainda estão no porta-malas?

Desceu às pressas e abriu a traseira do veículo, onde três sacolas pretas jaziam no fundo, cheias de pertences antigos. Esquecidas pela má caridade – havia muito tempo, era a intenção de Eugênia doá-las para os necessitados, mas não tivera tempo. Maria Cabocla, imitando americano, limpara seu *closet*. Em bom português, havia algumas semanas resolvera fazer uma limpeza em seu armário – falta de espaço devido ao acúmulo de coisas que havia estações não usava. De lá, retirara velhos e ultrapassados pares de sapato para doação. Gesto digno, tão nobre. Tão bondosa. Mas se esquecera das sacolas até agora ali, do mesmo jeito, no carro. Tirou rapidamente os calçados esfolados de dentro dos sacos pretos. Nada encontrou que pudesse ser usado. Deixou-os espalhados na traseira do carro – não havia tempo para guardá-los. Sem perceber as chaves caídas no porta-malas, fechou-o. Antes que a traseira se cerrasse por completo, o brilho reluzente de seu chaveiro chamou-lhe a atenção para a besteira que acabara de cometer. Correu para o interior do veículo para se certificar de que o que fizera era real. Consternada, não localizou as chaves no contato. Abriu a bolsa e despejou todo o seu conteúdo ali mesmo, no banco, à procura de uma cópia que sabia existir até bem pouco atrás entre os seus pertences. Remexeu em tudo. Mas havia trocado de bolsa minutos antes de sair para a audiência. Escolhera sua surrada bolseta da sorte. Quiçá lhe trouxesse bons fluídos. Necessitada destes, ficara no fórum o tempo todo agarrada ao pertence, como que tentando sugar daquele inanimado e insensível objeto toda a carga positiva de que precisava.

Mas que sorte que nada além de não ter parado no meio a separação ainda me fez esquecer a chave extra na outra bolsa.

Nada encontrou. Nada também no porta-luvas. Tão irritada ficou! Soltou uns berros para deixar sair um pouco daquela raiva. Esmurrou com força o volante. Uma intensa dor nas mãos e um tremendo susto nos presentes diante do som estridente da buzina. Do lado de fora, o homem do costume oleoso-sufocante não se conformava com tamanho descaso: ou aquela mulher era doida, ou o doido era ele em ficar ali, esperando pelo tino dela. Depois de se esfregar mais uma vez, pegou o celular e ligou para alguém que Maria Eugênia não sabia quem era. Na verdade, ela não sabia o que fazer em uma situação daquelas e nem a quem chamar. Por isso, poupava-se de falar com o camarada. Sentiu inveja daquele senhor porque ele tinha a quem ligar.

Ricardo: aparelho desligado ou fora da área de serviço. "Aparelho desligado, pois o dono está comemorando a liberdade com os amigos" – ironizou Maria Eugênia com voz fina irritante. Ela, quase morrendo de tristeza, de solidão, de dor, e ele, de felicidade. "Se morrer hoje, vai ser o morto mais feliz do mundo", pensou angustiada. *E agora?*

Seus pensamentos cessaram; foram interrompidos por uma visão que a deixou gélida. Fraqueza das idéias. Geladeira da fraca. Ali, a alguns metros, uma viatura da polícia acabara de estacionar. Maria Eugênia tinha horror a policiais. Horríveis brutamontes! "Não vão ser capazes de me ouvir. Eu não vou conseguir seduzir esses homens para que me escutem. Eu já sou uma senhora! Que atributos, que jeitinho tenho eu?" Agiam por abuso de poder. Maria Eugênia não conseguiu segurar uma lâmina de urina que cortou sua calcinha. Esperava brutalidade; não tinha cinco reais no bolso – esquecera de passar no caixa eletrônico. "Ai, Brasil amado! Me salve, meu Brasil do céu". Se $impatizassem com a pessoa, tudo bem. Caso nã0, coitada de Maria Eugênia, esculachada pela polícia, separada, mulher, sem os atrativos físicos da juventude. Sorte sua que não era negra. Ou lésbica. Ou deficiente. Pensando bem, talvez conseguisse dar um jeitinho bem brasileiro. Precisava de sorte. *E agora? E agora?* Perguntava-se. Estava prestes a chorar. Arrependeu-se por não ter escapulido antes.

O policial fez um sinal, pedindo a ela que se aproximasse. Mal conseguiu descer do carro – as pernas estavam bambas, o sangue parecia ter fugido; olhou para as mãos trêmulas, suadas, brancas como cera; seu rosto claro estava transparente. Meio vacilante aproximou-se do militar, que percebeu o estado lastimável da motorista. Gentilmente, para espanto de Maria Eugênia, ele permitiu que ela voltasse para o carro e se sentasse, pois parecia estar próxima de um desmaio. Com seu drama, ela parecia ter dado um jeitinho. O jovem oficial pediu, então, que o reclamante o acompanhasse até onde ela estava – o acidentado que não fechara a boca e nem parara com os seus tiques desde o momento da colisão; de fato, as manias só faziam aumentar o nervosismo ainda crescente. A porta, aberta. Maria Eugênia, confortavelmente instalada. Aos outros dois, opção não restara senão a de se posicionarem perto da porta, um de um lado, o outro do outro. E, pela terceira, quarta, ou quinta vez, ela não sabia ao certo, o motorista explicava ao policial como as coisas aconteceram.

Ferreira, cuja identificação constava da plaqueta afixada no bolso esquerdo da farda, inclinara-se para falar com ela. Mas Maria Eugênia percebeu que os olhos e o interesse dele estavam voltados para algo mais adiante. Ela, especialista em olhares, apostou no que veria e acertou no que previa. Bem perto, três jovens com sorrisos insinuantes cochichavam entre si e lançavam olhares brejeiros para o jovem profissional da força. Maria Eugênia disse para si mesma que nunca se enganava – logo ela, que vivia policiando os olhares do marido quando estavam em público.

Estando eles em uma festa com cinco mil pessoas, ela seria capaz de dizer para quais mulheres o esposo havia olhado, quantas vezes o tinha feito, para quem mais olhara, e quais delas mais corresponderam aos olhares dele. Logo ela, Maria Eugênia, que todos sempre tomavam por sonsa. Aqueles olhares furtivos e insistentes de Ricardo, à caça de novidades, eram a ruína dela e de todos os passeios que faziam. Nunca se divertia; ela nunca prestava atenção em mais nada: passava o tempo todo a vigiá-lo, em qualquer lugar que estivessem – no restaurante, no posto de gasolina, no clube –, principalmente se por ali houvesse qualquer pessoa do sexo feminino que fosse marginalmente interessante. Ricardo não fazia distinção entre adolescentes, jovens, quarentonas, ou aquelas de idade mais avançada – não sendo ela, ele botava os olhos em cima da figura até perdê-la de vista, ou até que outra cruzasse em sua frente.

Maria Eugênia tinha vontade de lhe furar os olhos com uma agulha para que tomasse vergonha injetada na corrente sanguínea. Era disso que ele precisava. Certa vez, com um alfinete – que usava para prender a barra da calça que de última hora se despregara –, ela havia espetado a barriga dele. E no bate-boca que mais tarde se procedeu, esclareceram-se outras coisas. O marido havia, devido ao susto e à dor repentina, soltado um gemido, chamando a atenção de todos, no que ficara roxo de vergonha, e, finalmente, comportara-se – aquilo não havia sido um espetão, mas *uma facada*. E ele, ao menos daquela vez, tinha ficado até o fim da festa sem olhar para lado nenhum. Fechou a cara, num mal humor terrível – e ficou emburrado até voltarem para casa.

Maria Eugênia, apesar da noção de perigo iminente, adorou a festa. E, pela primeira vez desde que conhecera Ricardo, fora capaz de se concentrar inteiramente na diversão, nas pessoas, no movimento, em tudo o mais que acontecia à sua volta. A única pessoa a quem ela não olhou foi para o marido. Simplesmente se esquecera dele. Mal chegaram à casa, porém, veio o desabafo cafajeste supra mencionado. Ricardo prosseguiu dizendo-lhe que, com outra atitude daquela, ele não colocaria mais os pés nem para fora do portão em sua companhia. Apesar das queixas de Eugênia de que aqueles olhares eram um desrespeito para consigo, e do quanto se sentia envergonhada diante da maneira como ele se comportava em público, ela ouviu tristemente do marido que, se a envergonhava tanto assim, que ela se polpasse da companhia dele. "Tolinha. Como diz a outra, olhos não têm donos." Mesmo assim, frente àquele jovem garanhão policial, ela, por um péssimo costume, flagrara-se cuidando de seus olhares. Desta vez, porém, não sofria, aliviada por não serem os olhos de Ricardo. Ia mais longe: finalmente, não teria mais que policiar os olhares do marido. Poderia realmente aproveitar seus passeios e, se por acaso não se divertisse, ao menos não era certeza que iria se chatear. O primeiro ponto favorável da separação: o futuro divórcio. Divórcio. Talvez descobrisse outras tantas boas novidades. Divórcio.

O policial tocou levemente em seu braço transpirado. Ela estava bem? Maria Eugênia resolveu, para melhor, acatar a sugestão dele: ligaria para alguém. Rapidamente, buscou em sua memória o nome da única e provável pessoa que estaria a seu dispor, sem reclamações e sem constrangimentos: o primo de Ricardo – aquele que sempre demonstrara interesse por ela.

Tão tonta, como de costume, não soubera aproveitar a oportunidade que o destino, gratuitamente, oferecera-lhe. Mais uma vez fora sonsa, correta, familiar, moralista, careta! Uma velha tia explicava: os seres, pela natureza de se deliciarem com o sofrimento próprio, não valorizam muito os sentimentos e a dedicação a eles oferecidos. Assim, quando se juntam duas pessoas, há sempre aquela dedicada, apaixonada, enquanto a outra é dura, fria. Uma sofre, busca, perdoa, dedica-se; a outra é mais controlada, deixa-se perseguir. Em caso de separação, esta última é a que menos, ou nada, sofre. O sábio, dizia a tia, consegue mudar o equilíbrio entre o dedicado e o duro, assume papéis em uma relação conforme lhe convêm. Maria Eugênia nunca fora sábia. Com Ricardo, era a dedicada, algumas vezes humilhada. Entretanto, com o primo sempre esnobado do marido, exercia o outro papel. Agradável sensação de ser bajulada. Mas, de tão superior e distante, nunca oferecera chance para que o parente se aproximasse. Mal sabia ela que com o ex-marido deveria ter sido dura e, com o primo, prostituta. Teria ambos para sempre, mesmo que o último somente de tempos em tempos, quando precisasse de alguma para esporrar. Não era ela uma pessoa equilibrada, nem tampouco eram seus homens. Errasse pelos motivos corretos ou acertasse pelos motivos errados, de qualquer maneira, ocorria que nunca se aproveitara da bajulação toda de Mário. Havia errado pelos motivos errados, mas a tia não estava de todo incorreta. Ao lado de Ricardo, Eugênia era maior em tudo e poderia se dizer inteiramente fiel, de corpo e olhos. E Mário ali... Arrependia-se de não ter usado o primo, ao menos para provocar ciúmes no marido. Tonta, sempre escondera Mário e suas lambidelas de todos.

O primo atendeu o celular. Que viesse dar-lhe uma ajuda, mas que antes passasse em casa e lhe trouxesse um par de sapatos e um *blazer* que pediria à empregada para separar, e a cópia da chave do carro. Mário demonstrou curiosidade diante de tal pedido, no que ME desconversou.

- Tudo bem com você, Eugênia? – Mário, abutre sabedor da separação, tentava ser íntimo. Era barato.

- Eu tenho que ir, tá, Mário? Tchau.

Tão logo avisou a empregada sobre o que queria, disse ao policial que um primo, que por sorte era advogado, viria ajudá-la. Ficara feliz com a boa vontade que Mário demonstrara ao telefone. Sentira-se protegida. Mas fora tímida, estranha. Pela primeira vez recorria a alguém que não fosse o marido, e não se arrependeu, pois o primo chegou rápido como um super-herói. Em cinco minutos, percorrera toda a cidade duas vezes e estava lá em socorro dela. De sua casa para a casa dela, de volta para o fórum. Até a Anete ele fez com que se apressasse! Demonstrara estar sinceramente preocupado. Chegou a se assustar com as manchas de sangue na roupa de Eugênia. Que bom partido – seria assim veloz em tudo? Ricardo às vezes demorava eternidades em um entediante lenga-lenga. Chegou tão rápido que Eugênia mal se lembrava do que havia acontecido entre o momento em que desligara o telefone com a empregada e o vira despontando na esquina. Certamente, tivesse ela ligado para Ricardo, esperaria cinquenta minutos para que ele desse o ar de sua graça no local, e ainda sem os itens encomendados por ela. O primo era-lhe sedutor.

Maria Eugênia trocou os sapatos, colocou o *blazer*, passou as mãos pelos cabelos e desceu do carro. Ainda muito pálida, aceitou o braço que o primo lhe oferecera como apoio. Sentiu-se mais forte; falou sobre o acidente. Quando o policial e o primo souberam que tudo aconteceu após ter saído do fórum quase em estado de choque,

Maria Eugênia observou reações diferentes. O primo, que estava inclinado, achou Ricardo um vilão sem caráter. *Família não se escolhe* – fora sempre o melhor amigo de Ricardo, até que em sua vida surgira ME. Já o policial, julgou Maria Eugênia uma fresca de grande tamanho. Mas, por fim ele se lembrou da mãe, abandonada pelo pai alcoólatra, e se converteu e se revoltou. Ambos, no desfecho, cederam à autovitimização da mulher. Cada um, por motivos bem fabricados à sua maneira, mostrou-se indignado com a atitude do canalha-dentista, por deixar uma mulher frágil e sentimentalmente ferida sair dirigindo um carro quando ela não estava em condições de dirigir nem as próprias pernas.

Policial Ferreira mostrou-se um ardoroso defensor das mulheres desamparadas, no que foi aplaudido pelas jovens pula-brejos, agora bem próximas deles. O primo reforçou sua teoria e culpou o ex-marido de ME, que, devido à inconsequência, era quase que diretamente responsável pela chocadura. A motorista olhou então para o outro pobre coitado que, já mais calmo, aguardava um parecer dos dois entendidos de lei sobre o que seria melhor a se fazer. Também ele se sensibilizara com a situação de Eugênia. Pobre! Com os dois defensores que ME arranjara, o senhor não sairia tão bem como esperava do acidente em que fora envolvido. Oleoso-sufocante-qualquer-e-masculino seria por fim coagido a aceitar as responsabilidades do incidente.

Maria Eugênia esforçava-se para prestar atenção ao que eles diziam, mas era difícil para ela se concentrar. Estava longe com seus pensamentos. Olhos a velejar pelos ventos do fórum de Três Lagoas. Raras vezes havia observado o mesmo com atenção. Agora fazia-o novamente. Costumava ser pintado de branco e cinza, escondido por frondosas árvores. Maria Eugênia achava a construção interessantemente fria. Agora, era salmão e cor-de-rosa, e exposto pela presença do vazio das árvores arrancadas. Homens-pinça. Maria Eugênia achou a construção desinteressantemente pré-fabricada. Brega, pobre, pequena. Como o Brasil. Mania de vira-latas! Quase sempre a construir o que é de se arrepender. Que nojo. Por que não derrubam tudo isso? Maria Eugênia. Por que não se formam arquitetos de verdade neste país? Possuía um cunhado arquiteto e sempre olhava com desdém para os projetos que ele cagava.

Para seu bem, os olhos velejaram para perto. Estavam bem próximos, no primo Mário. Pela primeira vez o via como não de todo descartável. Boa altura, corpo bem cuidado, olhos insinuantes e sorriso cativante que descortinava dentes perfeitos. Ricardo era o dentista, mas Mário era quem tinha os dentes! e o cheiro dele nossa como é gostoso sentir esta fragrância diferente Na verdade, desodorante de supermercado. De qualquer forma, tantas chances perdidas. Achou-se uma idiota.

Percebeu que o primo Mário olhava para ela com disfarçado interesse. Talvez, com todas aquelas pessoas ali, pudesse chorar nos ombros dele. Quiçá, se o chato do costume oleoso-sufocante não fosse tão insistente. Deveras, era graças à chatice dele que o primo estava ali com ela. De mais a mais, a situação poderia dar origem a um motivo para procurá-lo mais tarde após um banho, um descanso, em um ambiente aconchegante. ME tivera tantas oportunidades com Mário. Quisera tivesse ousado! Sempre muito medrosa e insegura, achava que não conseguiria esconder um caso extra-conjugal com ele e que não seria capaz de pagar o preço por tal aventura. E se neste dia de acerto de contas nenhum dos dois a quisesse mais? O primo já teria perdido o interesse? Ricardo a queria à distância. O primo, não. Não o primo. Ainda a rastejar. Continuava útil. Ao alcance.

- Qual será a cor preferida do primo? – gostaria de saber que roupa usar logo mais. Pensava em se embelezar. – Acho melhor mudar a cor dos cabelos. Quem sabe o corte? Será que a Ni tem horário disponível para me atender? Preciso marcar logo. Tenho que comprar um outro perfume. Quero ter um cheiro diferente para ele. Posso chamar a Sônia para me ajudar a escolher. Posso até mesmo comprar daquela fragrância que ela usa – é uma delícia. – Fantasiosa, ME. *Mas o carro está batido...* – olhou para o relógio. Havia quebrado duas de suas unhas. Ficariam boas curtas? Um bom esmalte. As unhas seriam o de menos. O principal agora era...

Mário perguntou-lhe se poderia chamar o funileiro que conhecia, para um orçamento do serviço a ser feito no veículo. Ela mal escutou. Não precisava escutar nada. Ela não o chamara ali para a ajudar? O que ele fizesse ou resolvesse, para ela estaria bom. Aliás, muito melhor que se ela própria o fizesse. Eugênia percebeu que não aprenderia nunca a tomar suas próprias decisões próprias. Próprias. Próprias decisões próprias. Era uma vez... Mas, não. Deixava alguém resolver por ela. Não reclamava tanto disso? Tivera a oportunidade de fazer algo nesse sentido e se negara. Mais uma vez, a indefesa inútil. Ouvia enquanto o primo chamava o funileiro para ela. Mais uma vez, acomodava-se. Não teria conserto a sua dependência? Mais uma vez, seria uma doença! Quiçá mais tarde consultasse uma psicóloga. Mais uma vez, o primo conversava com o garanhão policial. Eugênia, por sua vez, resolvera parar de se culpar. Não iria se deprimir mais ainda. O primo estava ali por ela, pela ME mulher. Não se importava ele, fosse ela inútil ou não. No momento, a mulher era importante e especial. Mário viera por ela, simplesmente. Olhou-o com uma certa ternura – seu olhar comprido de um eterno agradecimento. O primo dizia ao motorista que se ele estivesse mais atento ao volante, ou que se estivesse em uma velocidade menor, poderia ter evitado o acidente. O pobre desmontava-se: jogariam para ele a culpa da desmiolada que lhe atravessara a frente.

Após muita discussão com o profissional lateiro e um bom desconto no preço do serviço que seria feito, ficou acertado que Maria Eugênia pagaria a metade do prejuízo, pois, afinal, o dono do costume oleoso-sufocante não era tão menos culpado assim. Havia chocado seu carro com outro que pertencia a uma fêmea fora de si, recém-separada. Abandonada, desolada, perdida. ME não era culpada. Por sinal, havia se mantido distante durante toda a conversação – o primo cuidava dela. E tendo tantas distrações visuais à sua volta, o tempo passara rápido. A pequena multidão se dispersou. O jovem garanhão policial, cumprido seu dever, conversava com as três jovens brejeiras, e nenhum parecia interessado em outra coisa a não ser neles mesmos. O oleoso-sufocante dono do outro automóvel entrou em sua lata-de-lixo ambulante e partiu para o vazio do anonimato, que o esperou de braços abertos, para nunca mais retornar.

Mário gentilmente se ofereceu para levar Maria Eugênia para casa, dizendo que mais tarde viria com alguém buscar o carro dela. Ela, na hora agá, perdeu a coragem e se corrigiu: já estava mais do que na hora de aprender a se virar sozinha. Não queria que Mário a julgasse uma molóide, insegura. Descartou a oferta dele tão gentilmente quanto a recebera. Seu lábio superior tremia. Não poderia irresponsavelmente aceitar a proposta dele e pôr a perder a possível chance de o impressionar no como uma boa mulher direita. Uma vez que ele começasse conhecê-la melhor justamente por seus pontos mais fracos, nunca se interessaria em descobrir o restante.

Agradeceu muito pelo que fizera por ela, disse que ligaria, mas que precisava muito ficar só. Ela tinha certeza de que assim que estivesse só, seria mais uma vez arrebatada pelo turbilhão de antes do acidente. Mas não tinha a opção de se dar ao luxo de fazer com que Mário fizesse parte de tudo aquilo. Aqueles não eram resultados das ações dele. Portanto, não entenderia se ela repentinamente soltasse fogo pelas ventas. Adeus.

# CAPÍTULO 4

Insensível, não sentia o volante queimar as palmas de suas mãos enquanto dirigia, a vingança planejada do veículo pelas horas esquecido sob os três sóis da cidade das águas. Embora durante grande parte da negociação em torno do acidente estivesse instalada no carro, talvez tenha estado anestesiada e, assim, não se sentira cozinhar. Agora, porém, o calor a derretia mais rápido que algodão doce em boca de namorada inocente. Ela guiava, insegura do que achariam motoristas e pedrestes treslagoenses, que previamente a haviam testemunhado dirigindo seu carro com faróis altos, ignorando raios solares que refletiam, refratavam e eram absorvidos plenos. "Qual a distância do Sol à Terra? Milhões de quilômetros" – censurava-se. "E qual a distância que os faróis do meu... Que ridículo!". E se expunha ainda mais picotando a pista com seu automóvel, que parecia se negar a fazer uma boa apresentação.

- Presta atenção, tia! – gritou um homem já barbudo de um carro que não mais a ultrapassava.

Ela, que por aqueles minutos ao controle de sua máquina de rodar e poluir, estivera esquecida das humilhações sofridas nos últimos meses, não pôde parar de se questionar se Ricardo concordaria com aquele homem. Acharia ele que ela apresentava idade para ser tia daquele marmanjo, cujo carro ela agora perseguia ligando e desligando os faróis? Ricardo seria pior que um canalha se pensasse daquela maneira – não conseguia achar palavra mais baixa naquele momento de fúria.

Manere! Manere, Maria Eugênia! Você quase acertou aquela criança na bicicleta!

Sentia tamanho ódio de si e de todas as outras Marias Eugênias, naquele dia em especial, que nem lembrava da lição que deveria ter aprendido com o acidente de carro. Não se dera conta, mas por vezes chegara muito perto de um novo desastre. Distraída, havia perdido de vista o barbudo que a chamara de tia – e, mais uma vez, deixou os faróis ligados. Tudo fugia a sua consciência. Tudo se submetia a sua conveniência. Foi assim que quase atropelou uns trabalhadores do Município que se dedicavam ao desentupimento de um bueiro próximo à travessia da linha de trem. Naquele momento específico, questionava-se se possuía cabelos brancos. Afinal, o que o barbudo teria visto para a chamar de tia, se a maior parte de seu corpo estava encaixotada pela lataria do automóvel?

Era o dia 29 de Outubro. Maria Eugênia esperava, ansiosa, sentada à mesa da copa. Tomou três banhos aquele dia, pois queria receber elogios de Papai na ocasião de seu aniversário. O décimo-segundo! Ela sempre sonhara com seu décimo-segundo aniversário, o dia em que, acreditava ela, seria abençoada com uma maturidade instantânea. O dia de sua independência. Aquele dia, era uma Aurélia Camargo precoce – não sabia, mas estava preparada. Maria Augusta havia lhe emprestado o melhor dos perfumes, comprado às escondidas do pai no mercado Santa Ângela. Maria Eugênia acabou por usar o álcool-de-cheiro duas vezes, apesar dos protestos da irmã. Tudo em consequência dos dois banhos seguidos que tomara aquela tarde. "Malditos cachos! Odeio o meu cabelo" – disse, frustrada, antes de se aventurar pelo último e não menos demorado banho. Por sorte, da segunda vez os cachos se acertaram, caindo sobre seu rosto da maneira que Papai gostava. Estaria tudo perfeito não estivesse ali a mãe, mal vestida e descabelada, arrumando a cozinha. Maria Eugênia achava que a mulher havia feito de propósito, para arruinar a célebre ocasião. Não podia ter feito o serviço depois do almoço? Teria tido tempo não tivesse tirado uma soneca.

Papai chegou atrasado, o que me fez nervosa. Quase virei louca. Mamãe nunca antes tinha feito tanto barulho naquela maldita cozinha. Quase tive vontade de agarrar seus cabelos e bater com sua cabeça na mesa repetidas vezes, mas censurei o pensamento tão logo ele surgiu em minha cabeça. Mamãe sempre me irritou muito, porque fazia de tudo para chamar a atenção de Papai. Maria Augusta não era assim; Maria Hilda não era assim; Maria Olga não era assim. Só mamãe. Ela tinha uma inveja danada da atenção que Papai me dava. Parecia praga que ela rogou: pouco antes de Papai aparecer, um tempo se formou sobre a cidade e a chuva desabou infinita. Papai chegou correndo. Aposto que escorregou e quase caiu na varanda. Mas entrou posudo como sempre e fingiu que tudo era perfeição quando me abraçou para me desejar *Feliz Aniversário, querida.* Papai, sempre me querendo fazer a criança mais feliz do mundo. Quisera eu que Ricardo fosse assim. Este, mal se importava se eu estava respirando ou não mais. Papai olhou-me nos olhos e brincou com meus cachos. Enfim, entregou-me o presente. Um lindo embrulho roxo. Sempre com tanto bom gosto! Dei-lhe um beijo e desfiz o laço na frente dele. Coloquei o embrulho na mesa e o abri. Papai adorava quando ele podia ver que havia colocado felicidade em meu rosto. Assim, já havia preparado um sorriso farto para quando abrisse o embrulho. *Que lindo vestido azul, Papai! Vou experimentar.* Sai correndo para meu quarto; mal ouvi o que ele disse. Era um lindo vestido azul florido, o mais lindo que já tinha visto. Ricardo nunca me deu um vestido azul. Coloquei o vestido em um estalar de dedos, e também um par de sapatos brancos, quase novos. Mas quando voltei para procurar por Papai, ela já tentava roubar sua atenção de mim. Megera! *Papai, olha o meu vestido!* Ele virou-se, rápido. *Que lindo, filha.* Corri para beijá-lo. Ele levantou-me no ar e deu-me um beijo. *A sua vó queria ver o vestido em você. Por que você não vai mostrar pra ela?* A casa de vovó era próxima. A chuva havia passado e me fui. Vovó sempre teve bom gosto para roupas, ao contrário da maltrapilha com quem Papai resolvera casar.

Maria Eugênia saiu tão excitada, que se esqueceu de fechar o portão. Mais tarde, sua mãe reclamou de um cachorro sarnento que havia se alojado na varanda. Mas naquele vestido azul florido, ela não se daria ao labor de temer rabugices. Tomava cuidado enquanto corria pelas ruas da cidade para chegar imaculada à próxima casa de sua avó. Sempre teve gosto maior pela avó paterna que pela própria mãe e pensava nela com carinho enquanto pulava as poças deixadas pela pesada chuva relâmpago. Muitas vezes, a água que escorria pela avenida invadia as calçadas. "Ai, sapatinhos! Eu não quero ficar toda imunda" - e pulava cautelosa. Uma velha senhora tentava desentupir um dos canos da calha de sua casa com uma vassoura. Maria Eugênia distraiu-se, observando a estranha ação. Repentino, um rio abriu-se e passou. Folhas lânguidas e amarelas corriam consigo. A velha teve as mãos molhadas. Maria Eugênia, perplexa, não saiu da mira daquele Nilo. Foi pega desprevinida, e o rio quase a levou consigo. Ela olhou para o que restara de si: um vestido enxarcado e irreconhecível e sapatos amarelos - quase marrons. Outro rio então descia de seus olhos. Permaneceu ali por um segundo, enquanto mentalmente xingava a velha. Até xingamentos lhe haviam desaparecido. Ela pôs-se no caminho de volta. Não acreditava que Deus havia feito aquilo consigo. "Deus ingrato! Eu nunca mais dou comida a nenhum santo seu" – pensou. Ora, era a primeira vez que conhecia a face vingativa de Deus. Chorava tão alto que era impossível não receber atenção total de todos os passantes. Nunca desviou de nenhuma poça, de nenhuma correnteza, durante todo seu trajeto de volta para casa. Pisava no chão com a força que gostaria de pisar na velha da calha. Ao atravessar a última rua antes de chegar a sua casa, foi tragada pelo esôfago da terra. E engolia água. Sentia como houvesse sido puxada para o Inferno pelo Deus Demônio em pessoa. E engolia mais água. Não sabia o que estava acontecendo. Nada via. Só sabia que a situação era dormente como só a morte poderia ser. Dormiu.

Eu acordei com o barulho de um senhor que andava em minha direção. Reconheci seus sapatos. Nunca tinha desmaiado antes na minha vida. Apaguei de novo. Quando retornei a mim, deparei-me com a inusitada situação de estar encurralada em um bueiro. *Meu Deus do céu* – disse com minha voz menina. Olhei para o meu corpo para ver se estava intacta. Não estava. Um de meus sapatos havia se perdido e meu vestido azul florido estava rasgado. A velha da calha nunca tinha sido odiada tanto na vida inteira dela. Chorei de raiva, mais ainda ao ver que tinha um corte em minhas costelas. Apavorada, comecei a gritar, tão alto, que Papai, lá de casa, conseguiu me ouvir. Saiu correndo; não sabia para onde. Olhei prum canto e vi um gato morto aos meus pés. Olhei pro outro e vi em meu reflexo na água meus cachos desmanchados. Até a audiência no fórum, aqueles tinham sido os momentos mais assustadores e desedificantes da minha vida.

Momentos de bueiro. Maria Eugênia precisou da ajuda de bombeiros, que cortaram as grades de ferro. O mesmo buraco que havia sido grande o suficiente para sua entrada, era pequeno demais para sua saída. Crescera lá dentro. E não se tornara uma Aurélia Camargo. Aquele bueiro fora um útero que não a queria expelir para a vida. Ela também tinha medo de sair. A multidão que se fizera em seu redor a espantava. Começava a achar que no buraco estava segura. Como um Brás Cubas que não quer sair da cova para revisar sua vida. Sua vida dali para frente seria um simples rever. Um constatar de tudo o que se repete. Tudo o que não transforma, apenas se disfarça. Fosse sua vida o grupo dos números reais, nascera no ponto doze, regredira até o zero (naquele rego) e agora tinha medo de chegar ao menos um. Podia jurar que já havia sentido algo parecido antes. Mas foi no ponto menos trinta e alguma coisa que ela reencontrou o bueiro que se negava a cuspi-la. Desta vez, entretanto, tentava permanecer em seu interior. Precisava dele. Seus cabelos davam mostra disso e ela tentava consertá-los no retrovisor. O bueiro, desta vez, cuspia ME à realidade contra seu desejo.

Sempre tão estabanada, Maria Eugênia! Não está ouvindo os motoristas atrás buzinarem?

- E esta mulher que não quer parar de cantar, gente? Pelo amor de Deus! – Maria Eugênia incomodou-se com a dona da voz no toca-CD's. Não conseguia fazer com que ela cessasse. Eugênia sempre fora terrível com aparelhos eletrônicos. Nervosa, não tinha olhos para as ilustrações sobre as teclas dos mesmos. Por isso, a firme voz continuava cantando. – Mas será possível? – E Maria Eugênia quase subiu no meio-fio. Por pouco, não se tornara assassina, vez que passara pertíssimo de um grupo de garotas que voltavam da Educação Física. As meninas a xingaram e ela, mesmo debruçada sobre si, ouviu. Como em outras situações daquele dia muita coisa lhe passara aleatoriamente, possivelmente os xingamentos lhes pareceriam vãos. Mas o ódio jorrava de sua fronte de forma tal que tinha vontade de usar sua arma sobre rodas para calar de vez aquelas bocas adolescentes. – Irritantes! – Ora, pois que a dona da voz do toca-CD's não somente continuava a reinar exuberante, como também Maria Eugênia, acidentalmente, apertara a tecla "*Repete*", estando agora presa a uma só canção, trágica, deprimente, verossímil. O insulto das estudantes se esqueceu. Sem notar, Maria Eugênia agora era mulher concentrada, prestando atenção aos versos da canção, não somente fiéis a seu passado e presente, mas provavelmente explicadores de seu futuro. Futuro próximo. Se dependesse dela, este seria um tempo verbal, o mais importante de todos. *Eu termino tudo agora. Eu olho para o aqui. Não haverá amanhã.*

Desencontrada de si, não notara que, coincidentemente, passava na mesma rua da amiga Zoraide. Mas se lembrava da necessidade de um peito amigo em que recostar a cabeça. *Zoraide, mamãe.* Virou a cabeça, acompanhando com os olhos uma mulher que descarregava as compras de supermercado de seu carro. Metros adiante, realizou que aquela era a pessoa que precisava naquele momento. Pisou no freio decidida; o seu carro faleceu no meio da rua, perto da esquina. O estrondo convidara os olhos de Zoraide, que agora

- suas compras no chão -esperava em sua calçada pelas manobras de Eugênia. Maria Eugênia lhe assistia pelo retrovisor, enfurecida. – Ela não sabe que eu odeio que fiquem me olhando dirigir? – Religou o carro e violentamente, marcha à ré engatada, pisou no acelerador. Assustou Zoraide, mas não lhe deu tempo de pensar. Em um segundo, estava fora de seu carro, caminhando em direção dela. Aquele fora o primeiro momento em que notava: a infeliz amiga era tão parecida com sua mãe! – Acabada! Descabelada! Maltrapilha! Desconsertante! Invejosa. – Só agora em sua mente descobria o real motivo do desinteresse da amiga em comparecer a sua audiência. O momento mais infeliz de sua vida e ela não estava lá. Ninguém estava lá. *Somente os advogados abutres.* Mas, à revelia dos desgostos da outra para com sua pessoa, Zoraide estava sinceramente preocupada, ansiosa. Seu rosto parecia de mãe que reencontra a cria, o que mais ainda irritou Maria Eugênia, pois fora com aquela mesma feição que sua matriarca a recebera quando retornava do bueiro. – Fingida! Eu sei que foi a senhora que rogou essa praga em mim, invejosa! – disse a si, jovenzinha, enquanto abraçava a mãe em seu retorno.

Agora, tudo é diferente. A Zoraide não é a mãe. Eu não tenho que aturar essa conversa mole. Se preciso for, eu levanto a mão e desço na cara dela. Ela é quase do meu tamanho. Está precisando mesmo de uma lição pra nunca mais fazer essa cara de fingida. E eu piso nas compras dela também.

- Eugênia, como foi no fórum? Eu liguei pro seu celular, mas você não atendeu. Eu deveria ter ido com você, arranjado um jeito.

Foi terrível!

Maria Eugênia não teve tempo de colocar os pensamentos em ordem, ou os pés sobre a calçada. Um caminhão a atropelou e a levou a um lugar outro, em que não tinha controle de si. Seus olhos se desfizeram em água, e não enxergava sequer o suficiente para abraçar a amiga. Foi esta quem o fez. E Zoraide a ofereceu todo o calor que não tinha havia tempos, em um simples abraço. Talvez fosse o gesto com os braços abertos, a posição das mãos: Zoraide era um Cristo terno e familiar, um Cristo que não acreditava no sofrimento que leva ao Paraíso; ao contrário, era um Cristo que cria que ninguém merecia sofrer, pois Inferno e Céu se fazem sobre o chão da Terra. Eugênia então se culpava por seus maus pensamentos, uma avalanche de sentimentos que se sobrepunham e atropelavam. Ninguém lhe estendera os braços daquela maneira sem uma intenção segunda. Tão logo resolvesse seus problemas pessoais, iria provar a Zoraide que estava a sua altura, que merecia sua calorosa amizade, que não acreditava no que pensara sobre ela, que fora um erro o que pensara sobre ela.

Zoraide era diferente da mãe de Maria Eugênia. Era sincera, um coração quente acalentando a todos os que o circundavam, como uma fogueira. Era isso que constantemente atraía Eugênia Peso-Morto. Não era santa, era má algumas vezes e imatura em outras, mas era tudo superficial. Zoraide sempre fora extremamente centrada em sua própria vida e preocupada com aqueles ao seu redor. E certamente dedicava muito mais tempo de sua vida fazendo sorrir que criticando. Enfim, era o tipo de pessoa que merecia ser imortalizada de alguma maneira. Zoraide era mãe, não somente de seus filhos próprios, mas de todos em sua vida. Era casada, com filhos já crescidos – embora mais nova que Maria Eugênia, tivera os rebentos mais cedo. Mantinha um casamento estável havia mais de vinte e cinco anos. Embora parecida com a amiga em vários aspectos, possuía o talento de aceitar a vida com suas imperfeições. Não era acomodada, mas nunca cobrou dos que a circulavam demonstração de força superior do que poderia pessoalmente exibir. Do homem que havia vinte e cinco anos exercia a função de seu marido, jamais exigira ação sobre-humana. Aceitava sua parcela de responsabilidade no casamento, a qual a amiga sempre jogara sobre as costas de Ricardo. Era menos impulsiva que Eugênia, menos imediatista. Sofrera muito em sua vida para chegar à posição social em que se encontrava, e isto lhe era um bônus. Significava sua maturidade e que teria um peito aconchegante no qual Eugênia poderia recostar a cabeça aquela noite, para falar de como fora seu dia.

Maria Eugênia nem notou como Zoraide levou as compras para dentro da casa. Quando viu, a amiga estava toda disponível para si, pronta para a guiar ao interior do lar, sempre aconchegante, sempre impecável. A casa em si não era das piores. Uma versão térrea, domiciliar, popular do modernismo de Niemeyer. Linhas retas e imponentes, sempre levando a algum lugar ou se transformando em perpendicularidades. Era assim, perpendiculares, que Zoraide e Eugênia se encontravam no momento. Zoraide era o solo que se esforçava para manter Maria Eugênia em pé, esta deitada em seu colo sobre o sofá. Perpendicularidades perpendicularizadoras. Desta maneira, concluíam o todo. Maria Eugênia chorou aos soluços tendo o cabelo acariciado pela amiga, até que finalmente desmaiou. Dormiu com a rapidez com que se desliga uma televisão. Tombou e foi com alegria que deparou com um ligeiro sonho. Quando acordou, não se lembrava com o que havia sonhado. Viu Zoraide preparando algo na cozinha, e para lá se dirigiu.

- Você dormiu como um anjo.

- Eu estava precisando mesmo – ponderou Eugênia.

- Eu vim preparar um suco de tamarindo pra você. Faria de maracujá, mas esqueci de comprar. Os tamarindos estavam na promoção. E estão bonitos!

Observando Zoraide lidar com seus tamarindos, Maria Eugênia sentou-se na pequena mesa da cozinha e começou a brincar com suas unhas das mãos.

- Não vai ser tão bom como os sucos que sua mãe costumava preparar, mas você vai gostar – Zoraide se referia ao fato de que a mãe de Eugênia era uma chefe da cozinha. Mestra do tipo gênio, que não se orgulhava muito de pequenos feitos e tomava como norma o que para os outros era exceção.

Maria Eugênia ignorou-a. Continuou a brincar com suas unhas.

- Eu lembro até hoje da sua mãe, coitada. Mesmo no leito de morte, passou uma noite inteira acordada pra conseguir terminar o xalezinho prà Gabriela usar no batismo – Zoraide se referia ao batismo da filha de Maria Eugênia.

- Não me fale daquele batismo infeliz.

- Como ela gostava de você! Nunca vi uma mãe se importar mais com uma filha que a sua com você, Eugênia. Pobrezinha, morreu tão jovem.

- Você nem conheceu minha mãe direito, Zoraide. Deu pra inventar memórias agora? – começava a se irritar e a comer as cutículas.

- Claro que conheci. Ora, Eugênia! Conheci a sua mãe cinco anos antes de ela morrer.

- Você mal ia na casa dela. Aquela lá era uma megera. Sempre se fazendo de boazinha na frente dos outros. Uma bruxa! Morreu tarde.

Zoraide colocou a jarra do suco meio-pronto de lado. Não era puritana, mas sempre fora defensora das boas relações entre pais e filhos. E aquelas palavras de Maria Eugênia eram imperdoáveis. Aproximou-se dela e a olhou de cima para baixo com olhos de Hitler, pois Eugênia estava sentada.

- Você está ficando louca, Eugênia? Onde já se viu falar assim da própria mãe? Nunca vi a sua mãe fazer nada pra você reclamar assim. Eu vi com estes olhos o rosto de cansada da sua mãe quando ela te entregou aquele xale pra você colocar na menina, antes do batismo. Você nem agradeceu. Virou as costas e parecia que estava com nojo. Mal cobriu a menina direito. Sua mãe prometeu e trabalhou duro para cumprir. Você que é mal-agradecida.

- Faz-me rir, Zoraide.

Maria Eugênia havia, de fato, virado louca – então, uma imbecil sem retorno. Voltou a comer o próprio membro superior, famigerada. Não suportava tocar no nome de sua falecida mãe, fascínora. Irritada, Zoraide terminou o suco com rapidez e descuido. Chegou a derramar um pouco ao lado do copo quando serviu a amiga. Mas, sentiu-se mal e se desculpou. Já havia desculpado Maria Eugênia. Lembrou-se de um bolo de fubá que havia feito com a ajuda da filha no dia anterior - fubá com recheio de creme de limão. Colocou a assadeira sobre a pequena mesa e serviu a Eugênia em um pequeno prato, quase um pires.

- É de ontem, mas deve estar bom.

A filha-da-mãe-fascínora a olhou de canto de olho, com amargura recalcada. Balançou o copo com o suco de tamarindo, criando ondas em seu interior. Nas bordas do mesmo, seu batom deixava marcas apagadas. Maria Eugênia olhou para o canto da mesa enquanto Zoraide a servia. Tinha o orgulho ferido. "Como ela ousa achar que sabe mais da minha mãe que eu própria?". Os músculos de sua boca retorceram-se de rancor. Ao fim, foi surpreendida com Zoraide servindo-lhe o bolo, pedaço inteiro do qual levou à boca desinteressada. Mastigou-o lentamente enquanto cutucava um minúsculo destroço do mesmo que restara no quase-pires. A doçura do bolo atingira-lhe a alma. Levantou os olhos a tempo de ver Zoraide levando a forma para dentro do forno.

- Está bom? – perguntou Zoraide, virando a cabeça para trás.

- Não está mal, não.

Eugênia não mentia, mas era muito pouco generosa com a amiga. Sabia que os dotes culinários eram uns dos poucos motivos de orgulho dela. Fizera-o por maldade. Verdade seja dita, Maria Eugênia nunca comera um bolo tão bom na vida inteira dela.

Realmente, não era das melhores cozinheiras. Maria Augusta, sua irmã, aprendera a cozinhar depois de casada. "A mãe foi tão egoísta que nem pra nos ensinar a cozinhar prestou, a infeliz!". No enterro da mulher, Maria Eugênia criou a falsa lembrança de que cozinhava mal. Arrotava o almoço comido na casa de uma amiga da falecida e comparava aquilo aos pratos maternos. "Magnífico este bacalhau", pensou. "A mulher no caixão nunca fez nada parecido". Tão bom quanto o bacalhau era o bolo de Zoraide. Não tinha das melhores aparências, pois estava dormido, mas tinha textura e sabor perfeitos. A doçura do fubá comprado no mercado municipal complementava o delicado azedo do limão que o irmão de Zoraide trouxera do sítio poucas horas antes da feitura daquela maravilha. E, sem perceber, Maria Eugênia rapidamente comeu os dois pedaços que lhe foram dados, desesperada. Esqueceu-se de Ricardo e de seu inferno vital. A amiga, no entanto, notou.

- É, deve estar bom mesmo.

Zoraide retornou a forma para a mesa e aconselhou a visita que relaxasse e comesse o quanto quisesse, afinal não havia almoçado. E se retirou - precisava ir colocar bobes no cabelo. Distraída, Maria Eugênia comeu espontaneamente, e muito. Não sabia que estava tão faminta. Comeu metade do que havia na forma, e só parou porque se enrubeceu ao notar o que fizera. Refestelara-se e Zoraide também adorou saber, ao retornar, o quanto sua criação fora apreciada. Revelou seu prazer através de um longo suspiro, antes de perguntar a Eugênia se esta havia, por fim, terminado.

- Terminei – respondeu Eugênia, intencionalmente alheia.

- Eu vou embrulhar o que sobrou. Você pode levar.

Ignorou aquelas palavras, concentrada que estava em seu suco de tamarindo. Delicioso este, também. A companheira, quase servente, procurou por papel-toalha, o qual não encontrou. Parecia irritada. Saiu sem pedir licença. Maria Eugênia sorveu o último gole do quase-viscoso suco. Pôde ouvir Zoraide debater-se com as sacolas do supermercado na despensa. Tudo a Eugênia parecia insignificante e sem consequências futuras. Estava firme e suas decisões eram rápidas. Olhou para o lado e avistou sua bolsa, ao seu lado no banco. Novamente voltou os olhos para a porta da despensa, na qual Zoraide ainda se encontrava, local que não parecia pronta para deixar. Maria Eugênia estava magoada. Mesmo com todos os favores e gentilezas, a dona da casa estava fadada a ser destratada aquele dia. Por fim, a visita apenas pegou sua bolsa e partiu. Quando Zoraide finalmente voltou com o rolo de papel-toalha em suas mãos, somente teve tempo para ouvir um carro largar em frente à residência.

Dali até sua casa, Eugênia conseguiu distrair-se com uma brisa fresca que entrava pelas janelas acidentalmente abertas. Não mais se preocupava em cuidar da aparência, não se importava com o cabelo desarrumando-se com o vento. O bolo de fubá em seu estômago havia lhe trazido satisfação e calma. Em nada pensou. Até foi capaz de apreciar a dona da voz que insistia em tocar em seu rádio. A única coisa capaz de prender sua atenção foi um par de irmãos, pequenas crianças mulatas, que carregavam ossos descarnados rua afora. Pensou em que horrível seria se tivesse sido forçada, a qualquer ponto de sua vida, a se alimentar de restos como aqueles, o cúmulo da pobreza. Algumas vezes se dedicara a ajudar tais pessoas - muito poucas vezes, pouquíssimas. Sempre, porém, havia uma criança a dizer: “Brigado, tia”. Era mais fácil para ela esquecer-se de tias, problemas e se enfurnar em sua própria residência. Tudo em sua vida pessoal lhe parecia tão urgente e maior. Não tinha tempo, como agora. Dirigia. Pensava que, afinal, seria muito mais fácil ser aquelas crianças naquele momento, bem mais cômodo que ser sua própria pessoa. Elas, ao menos, tinham uma família a que retornar. Maria Eugênia tinha um lar destroçado e possível era que a empregada tivesse até partido mais cedo e não cozinhado o jantar. O trabalho seria todo de ME. Todo de ME!

Assim que estacionou o carro e destrancou a porta da frente, ouviu o telefone tocar.

- Que inferno, Zoraide!

Certamente era a amiga, pronta para perguntar porque partira sem maior explicação, sem dizer adeus. Por isso, Maria Eugênia resolveu ignorar os toques. Deixou-se cair sobre o sofá. O sol que entrava pelas janelas dava um tom amarelado à sala, o que só contribuia para seu ar desgostoso. Olhou para umas garrafas que enfeitavam sua estante. Sabia que, em uma delas, deveria haver vinho, ou algum outro tipo de álcool. Levantou-se. Encontrou uma garrafa de licor de laranja - sua mãe o havia preparado um ano antes de sua morte; seu pai havia lhe dado para que guardasse com a própria vida. Até então, fizera-o, muito embora sempre tivera o ímpeto de jogar a garrafa do outro lado do muro - não combinava com o restante da decoração. "Ela não poderia ter escolhido uma garrafa mais cafona" – falava consigo própria. Verdade, certa vez a esposa do ex-sócio de Ricardo rira da feiura do enfeite. Enfim, aquela lhe parecia a ocasião perfeita para terminar de vez com tal martírio visual. Se seu pai se importasse mesmo tanto com a vida longa daquela garrafa, ele próprio deveria ter cuidado dela. Puxou a rolha com tanta força que espirrou um pouco do licor alaranjado sobre o tapete. Sua mãe não tivera força o suficiente nem para fechar o vidro direito – Maria Eugênia não se espantaria se o conteúdo tivesse avinagrado. Pegou um copo – na verdade, mais um enfeite sobre sua estante – e experimentou o licor. Surpreendeu-se.

- Parece que a infeliz aprendeu a se virar na cozinha no fim da vida – comentou ela, enquanto apreciava a beleza do líquido alaranjado sob os raios de sol amarelos.

Sentou-se. Colocou a garrafa a sua frente, sobre a mesa de centro. Bebia devagar e, nos intervalos de seus goles, mordia os lábios, com os olhos perdidos nos fios do tapete. Vaga, distraída. Apreciava o doce sabor da bebida, aparentemente inocente, vagarosamente inebriante. Aos poucos, seus pensamentos tornavam-se mais esparsos, distraídos. Era fácil se perder em sua própria mente, mil vezes maior que o tamanho daquela sala. Repentinamente, uma tristeza abateu-a. Triste como alguém que, com brusquidão, relembra-se que um ente querido não mais está ali, está morto. Ricardo, ela queria acreditar que estivesse defunto, para sempre inexpressivo. Mas não estava, e os pensamentos súbitos que a bebida lhe trazia esfregavam isso em sua cara. Pensava que talvez a situação fosse muito melhor se estivesse ele, de fato, falecido. Quiçá, se tivesse sido assassinado. Ao longo das semanas entre a briga e a audiência daquele dia, ela havia pensado em como fustigá-lo por definitivo. Mas, Maria Eugênia não era capaz de matar coisas maiores que seu polegar. E pensava. Entristecia-se. Possuía leniência, piedade, porém a bebida a fazia indulgente com seus pensamentos mais brutais. Estivesse Ricardo ali naquele momento, ela o trataria com toda a crueldade, como nunca havia feito antes. Na verdade, nem assim o faria. Sempre guardara para si os piores pensamentos que tinha sobre Ricardo. Não seria naquele momento que tudo mudaria. Mesmo continuando a beber, quase por terminar a garrafa de licor.

Sentada no sofá, sentia algo que a fazia desconfortável. Levantou-se e, ao levar a mão ao bolso, tirou um amassado de notas, moedas e notas-fiscais. Sentou-se novamente e tomou mais um generoso gole da docíssima bebida. Analisou o conteúdo. Amassou as notas fiscais e as jogou sobre a mesa de sempre. Também deixou de lado as moedas. Tentou desdobrar as notas de real, quatro, mas estavam muito amarrotadas. Terminou por as ler cautelosamente. Pouquíssimas vezes havia se dado àquilo. Costumeiramente, apenas as gastava, sem prestar atenção. "Deus seja louvado" – a nota dizia. "Deus!" – exclamou consigo própria. Aquela tarde, não acreditava em Deus. Pelo contrário, estava revoltadíssima com ele. Porque ele não lhe ouvira os pedidos desesperados de fazer com que aquele pesadelo chegasse ao fim. De seu lugar confortável, pensava Ela, ele se negara a ajudar. Preguiça, talvez? Ou pura pretensão divina? Maria Eugênia, em sua normalidade, nunca pensaria em tamanha abominação. Não pensava em Deus rotineiramente, muito menos se dava a analisar sua natureza durante épocas de normalidade. Mas, nas últimas semanas, parecia mais íntima com ele que nunca. Parecia. Mera ilusão, porque, muito embora ela procurasse e acreditasse naquela intimidade, era unilateral. O criador não demonstrava muito interesse nos pedidos dela, choramingados, desesperados. A Criatura, por desespero, não percebia toda aquela distância. Por agora, odiava-o por isso. Pouquíssimas vezes precisara de sua ajuda, mas na vez em que passava por maior necessidade, ele não lhe estedera a mão. Por isso, negava-se a ter qualquer carinho por ele - negava ao todo poderoso os mesmos sentimentos que Ricardo lhe recusara. Naquele momento, acreditava, inclusive, que tais mensagens religiosas não deveriam estar impressas nas notas de dinheiro de um estado teoricamente secular. Ouvira a discussão na tevê outro dia, enquanto nervosamente mudava o canal. Não entendera o porquê de tal conversa naquele momento, mas agora que era ateia, entendia. Não queria que seus impostos fossem direcionados a agradar os religiosos de plantão. Ou mesmo deus. "Deus seja louvado!". Levantou-se num ímpeto. Dirigiu-se a uma das gavetas de sua estante, de onde retirou um canetão. Com ele, riscou a frase, com tamanha insistência que a tinta vazou para o outro lado. Repetiu o ato em todas as notas. E faria o mesmo com todas as notas que passassem por suas mãos mais adiante. Sentiu-se melhor. Sentou-se no sofá. Sugou mais do viscoso líquido alcóolico. Já estava inebriada. Deixou-se estar.

# CAPÍTULO 5

Lembrou-se dos filhos. Felizmente, Maria Augusta, irmã mais velha, sua camarada, havia-os levado para sua casa – Maria Augusta sempre prestativa e preocupada com a irmã caçula, apesar de ter sua vida própria. Era mais uma obrigação devido a um pressentimento triste do que um cuidado carinhoso; uma preocupação que alguém dedica a um incapaz, sendo ele seu único parente vivo. Maria Augusta havia feito de tudo para evitar a minha separação. Conversara com Ricardo. Até sugerira que ele viajasse sozinho – uma espécie de férias conjugais. Dissera que, talvez passando um tempo longe de casa, as coisas voltassem ao normal. Mal sabia ela que ele já usufruía de tais férias conjugais, mesmo conjugando. Maria Eugênia tinha certeza que naquele momento ela estaria se desdobrando em gentilezas para com as crianças, de forma que se sentissem à vontade com você e ficassem por aí. De fato, Maria Augusta temia cada vez mais pela sanidade mental dos sobrinhos.

Eugênia levantou-se agitada. Procurou por algo mais forte para beber. A bebida a fazia ao mesmo tempo forte e fraca. Fraca por fora e forte por dentro. Não sabia explicar aquela estranha magia, mas se sentia tão bem assim, encharcada pelo álcool. Conseguiu encontrar uma garrafa de vodca, que havia muito tempo estava esquecida no fundo do armário. Sentou-se em um canto do sofá. Sentiu seus olhos secos, esbugalhados. Piscou várias vezes, tentando umedecê-los. As lentes de contato haviam secado, apesar de todas aquelas lágrimas. A revolta aflorava-lhe a pele. Sentia-se arder. Um calor sufocante a consumia, inteira. Deixou-se ficar ali por algum tempo. Estava mole, quase sonolenta.

- Não! Não! E não! Não. Não é justo.

O grito veio seco, firme. Precisava falar; sentia necessidade de extravasar todo aquele turbilhão de sentimentos inquietantes. Sentia-se como uma massa fermentada, crescendo cada vez mais – e mais. Estava prestes a explodir. Como sempre fazia, começou a falar consigo mesma – sua noção de diálogo. E seu interlocutor ouvia tudo sem contestar, sem a contrariar em nada. Era a dona da razão. Fazia isso porque Ricardo gozava dela toda vez que, sempre apologética, expressava suas idéias pouco geniais.

A coisa aconteceu sem que eu manifestasse minha vontade, nem sequer minhas incertezas. Fiquei o tempo todo calada, torcendo para que tudo aquilo chegasse a lugar nenhum, que simplesmente se desfizesse até se acabar, como as muitas separações que, mesmo na frente do juiz, não se realizam. Como muitos casais que desistem e fazem as pazes, eu fiquei, minuto após minuto, a cada vez que o advogado de Ricardo abria a boca, esperando que meu marido desistisse. Ou que, heroicamente e diante de todos, levantasse e dissesse que não queria mais a separação, que desejava ficar comigo para sempre, e me carregasse no colo. Não prestei um mínimo de atenção ao que foi dito, ao que ia sendo decidido. E, agora, cá estou eu, separada – parou para respirar, o ar lhe faltava.

Levantou-se. Sem querer, seus olhos maripousaram no móvel preferido de Ricardo, a confortável cadeira de balanço do avô falecido dele – por ocasião do casamento, Ricardo Urubu pedira a cadeira ao pai, que, muito tempo atrás, havia-lhe prometido. Desmantelamento do patrimônio alheio durante a sobrevida do outro – Maria Eugênia lembrava-se de tudo isso. Sentiu a ira crescer e, sem muito pensar, lançou um chute no móvel. Apesar da dor que sentiu no pé, sentiu-se um pouco vingada. Muito pouco vingada. Era como tivesse chutado o próprio Ricardo – um só pontapé não era o suficiente! Na vazão de todo o ódio que a consumia por dentro, apoderou-se de um martelo. Estava prestes a reduzir a pó a inofensiva cadeira. Tinha o rosto afogueado e um sorriso meio idiota dava-lhe uma aparência ainda mais imbecil. O telefone tocou e a tirou daquela demência. Seria Ricardo? Deu uma martelada fraca no ombro da madeira para não deixar a ameaça passar em vão, como uma mãe que sabe educar os filhos; e com a intensidade dos homens que se encontram – e, não tendo sentimento para expressar –, suspendem um sorriso sem graça no rosto.

- Não, não vou atender. Seu ingrato. Mal agradecido. Egoísta!

A liberdade a assombrá-la. Liberdade! Liberdade é o que ele quer. Ele fica no bem-bom do nada para fazer, do nada com o que se preocupar, e eu com a educação das crianças. Eu, cá, com toda as árduas tarefas das crianças, vivo psicótica falando alto comigo mesma enquanto estou só na cozinha. Ele, com os filhos, vive às festas. Eu, com eles o tempo todo, estou sempre tão azeda. Suporto meus filhos, mas é diferente estar com eles poucas horas por dia – o caso do pai – e todas as horas do dia – o meu caso. Crianças de meu útero cístico. Acordo pensando em esganá-las. Termino o dia refletindo sobre como esconder os corpos. Nunca me vem à cabeça uma ideia brilhante sequer. Justiça seja feita, Ricardo deveria passar mais tempo com elas, senão por desejo espontâneo, ao menos por obrigação. Ele lhes deve muito mais do que eu. Deve o sacrifício de parte de sua vida com aqueles parasitas. Eles me sugaram a seiva da vida enquanto se enfurnavam e cresciam dentro de mim. Eu os amamentei no peito lembrando-me dos vermes do cachorro. Agora que crescem do lado de fora, farão como os filhotes de aranha que devoram a própria mãe? Qual a diferença? Como posso amar aqueles que chupam o pouco da existência que resta em mim? Agora ele segue lá, de mãos dadas com a Liberdade. Eu, com os vermes do cachorro. Cachorro sarnento! Liberdade sempre foi magrela, tão desnutrida neste país paulista, abortado. Eu ao menos tenho carnes. Posso até ver o final disso tudo. A corda, eu e as crianças seremos arrebentados e cairemos barranco abaixo. Depararemos com a conta desta loucura e todas as consequências dela. Eu sempre mais somei do que subtraí. Na hora de usufruir dos lucros, fico com os chupistas. Gostaria de ver, tivesse ele de deixar tudo o que tem para trás, carregando consigo as crias, queria ver como seria a tal liberdade para ele.

Calei-me um pouco. Precisava colocar em ordem os meus pensamentos.

À mesa de centro, via as riscas na madeira se mexerem. Eram vermes que tomavam conta do espaço e olhavam para ela. Grossos, compridos e arredondados. Como larvas de mosquitos, mas maiores. As fotos dos filhos, entre aqueles vermes, eram inidentificáveis. Inferno! Acreditava piamente na existência daqueles seres. Chutou um dos porta-retratos, que caiu no chão e de bruços. Uma pena – não se arrebentara. Eugênia o recebera de presente e nunca gostara de como não se adequava ao restante da mobília. Uma vez o jogara no lixo, mas a empregada, maldita, foi a seu resgate. "A senhora perdeu?" "Sim, estava passando com os retratos no bolso e eles caíram dentro da lata de lixo!". Enfim, que martírio olhar para aquelas coisas. Ela, uma vez, assistira a um cachorro da família se desmanchar em vermes. Havia sido a coisa mais terrível que presenciara até o momento em que teve o primeiro bebê que, de belo, tinha somente o inchaço. Vermes já desinchados olhavam para ela de dentro dos porta-retratos. Com mais alguns goles de vodca, tentava esquecer-se deles. Esqueceu-se deles.

- É isso mesmo – declarou ao ninguém que a ouvia de nenhum ponto de vista. Primeiro, para se divertir, vai gastar dinheiro. Vaidoso como anda, vai começar pelas roupas, depois pelos jantares, viagens, e aí em diante. Vai precisar cortar despesas extras e... onde no orçamento vai passar a faca primeiro? Do lado de cá; é lógico. Para nos separarmos, prometeu mundos, fundos. Dumbos! Pagaria todas as despesas com roupa, alimentação, escola das crianças, pensão para mim com direito aos maus... meus gastos extras com empregada, academia, etc. Maus! Pensando bem, nós sempre vivemos financeiramente espremidos. Quanto custará mensalmente essa tal liberdade de Ricardo? No preto, no branco. Na caderneta de contas. Na certa, liberdade não basta para convencer o Ricardo a continuar morando naquele hotel-espelunca. Vida tediosa de liberdade. Logo vai querer alugar casa e lá vêm gastos com móveis, faxineira, tudo mais, isto aqui, aquilo lá. Antes de mais nada: corta a minha empregada para pagar a dele. "Eu trabalho o dia todo e você tem o tempo todo livre; pode fazer o serviço de sua casa você mesma". De sua casa! Repeti mecanicamente. Estranho e novo pronome. Não usei *nosso* e, sim, *meu* e *seu* – dele. Péssimo! Minha academia, minha dermatologista, meus cremes: ele corta! Envelheço com os serviços domésticos sem vaselina, sem cuidado nenhum – apenas com as preocupações. Ele fica feliz. Se ele não tomar gosto por plásticas, eu me dou por satisfeita.

ME estava vermelha. Sua cor mudava sempre que ficava assim, tão nervosa. Estava atacada. Ficava ainda pior quando estava atacada. Seu rosto parecia prestes a explodir. Suposições marieugênicas sobre Ricardo deixavam-na à beira de um colapso. Era sádica e masoquista ao mesmo tempo. A infringente e a recebedora dos insultos feitos a suas próprias idealizações.

- Ricardo procura uma piranha. Só piranhas oferecem relacionamento e liberdade simultâneos. Oferecem porque demandam. Logo, a espertalhona aparece e dá o golpe. Começam os cortes nos gastos com as crianças. Como sempre acontece. É como está acontecendo com os filhos da Sandra, da Divina, Chiquinha, Maria, Mariana, Letícia, Hildinha, com os filhos da Simone, com os filhos de.

Hora da separação: promessas! Os maridos das minhas amigas e conhecidas prometeram o mundo, o fundo. O Dumbo. Nenhum deles cumpriu o combinado. O esperado. 0 esperado. Mesmo esse contrato tendo sido firmado por escrito, na frente de sua excelência, o senhor juiz e tudo, com todos os carimbos, taxas, assinaturas, polegares, autenticações, autenticações das autenticações necessários, todas as pensões foram suspensas. As crianças passaram para a escola pública, abandonaram escolas de música, clubes, outras diversões. De que valem escolas públicas neste país? Matricularei meus filhos em gangue de bairro porque sai muito mais em conta. A lata de spray e o calibre trinta e oito estão em promoção na delegacia, ouvi falar. Pensão alimentícia das crianças, ou atrasam, ou pagam à revelia, como bem entendem. Se entendem os carimbos. É o que vai acontecer aqui também, afinal Ricardo tem mostrado ser parecido com os outros. É isso mesmo que vai acontecer. Mas no que depender de minha pessoa, tudo será estranho de tão diferente. Ah, meu caro e livre Ricardo, aguarde só para você ver como farei tão emprisionadora a sua liberdade.

Conseguiu rir. Gostoso! Não era um riso mal e nem sarcástico. Era um riso prazeroso. Encontrara a solução para todos os problemas engolidos a seco.

Mentalmente abstraiu-se. ME estava criativa naquela tarde. Tão mais que em qualquer ano de garota! Como era capaz de ter imaginação para com as coisas esdrúxulas? Nunca poderia fazer nada de útil com aquilo. Propunha acontecimentos e estes se realizavam e traziam positivas consequências. Pelo momento, bastava. Tudo quase prazeroso. No cérebro de Maria Eugênia, não havia burocracia. Colocou em prática o seu mirabolante e excitante plano. Não precisou de carimbos, rubricas em todas as páginas, assinaturas na última página, taxas, deferimentos. Nem precisou correr prazos. Fazia acontecer. Aumentaria a canseira, a cara de stress; bastaria passar uma noite mal dormida para amanhecer com uma péssima aparência. Nesse vale-tudo, passaria a noite desentupindo o banheiro dos fundos, limpando o fogão por dentro. No dia seguinte, pediria a seu velho e atencioso Dr. Laércio que a encaminhasse a uma boa clínica para doentes com depressão. Em pura verdade, ela iria para uma boa clínica de cirurgia plástica. Ligaria para Amiga em Araçatuba, dona de uma garagem de carros novos e seminovos, e lhe ofereceria seu carro – precisava de um bom dinheiro para executar seu plano. Pediria sigilo à amiga, pois ninguém poderia saber que ela estava se dispondo do veículo. Recém-batido veículo, mas em ótimas condições. Viria com um CD da Elis Regina – em vez de quebrá-lo, entregá-lo-ia como brinde. Proponhamos um brinde!

Continuava distante. Mas algo forte interrompeu sua cadeia de bem-sucedidos pensamentos. Sentiu má vontade em se desfazer do veículo. Ficaria a pé? Era intenso o calor e o sol que faziam naquela época do ano às três lagoas. Ela não estava disposta a se sacrificar. imagine só eu suada descabelada andando a pé torrando debaixo de um sol de quase quarenta graus tenho mais de quarenta anos e o Ricardo todo cheirosinho limpinho desfilando em suas cuecas novas em seu carro de ar-condicionado ouvindo seus CD's preferidos provavelmente ao lado de alguma sirigaita não o carro eu não vendo Não podendo ela se desfazer do carro, frustrou-se. Maravilhas seriam feitas por um bom cirurgião plástico em sua velha e cansada carcaça, mas somente tendo ela transformado o carro em dinheiro.

Como não mais se disporia do carro, não ligaria para Amiga, pessoa à qual havia já delegado a tarefa de vender o veículo. Da turma do colegial, Amiga era a mais centrada. Para todos tinha sempre um bom conselho. Sempre bem informada, calma para falar, atenciosa para ouvir, discreta sobre o que lhe contávamos. Amiga possuía todos os ingredientes para ser secretamente desprezada por ME e estava fadada a ser dona-de-casa, barriga-de-fogão. Todas sonhávamos com grandes paixões e com príncipes encantados; com vidas aventureiras e com muitas empregadas. Amiga e o marido formavam um típico casal discreto e cansativo, uma enjoativa água com açúcar. Entretanto, de repente, apurações encerradas, Amiga era da turma a que melhor casamento fizera. Por quê? Falta de graça seria uma qualidade? ME, que sempre os desprezara, agora notava que as equações do casamento da amiga do colegial eram mais balanceadas que as suas próprias. Não era propriamente uma amiga, apenas uma conhecida para quem, caso se deparassem na rua, não viraria a cara – talvez porque não moravam na mesma cidade e os encontros fossem raros. Mas ela ainda enviava a Eugênia convites para festas de réveillon às quais sabia que esta não apareceria. Pelo bem ou pelo mal era Amiga, da qual Maria Eugênia desdenhara quando fora invitada para seu casamento com aquele homem patético e não príncipe. Isto antes de Me ter unido a Ricardo em um matrimônio abençoado pelo danoso. Pois na conjugação casamentícia, o excesso saturava, esgotava; a escassez matava; já o comensurável era o ideal. E o casamento de Eugênia estava morto, assim como ela. Amiga, em forma, parece bem mais jovem que eu. Toda e qualquer fórmula que ME julgava mágica não o era. Amiga não engordara com o matrimônio; aquele casamento sempre sem tempero sobrevivera. O MEu acabara. Não sabia o porquê de ainda a considerar amiga. Sempre gostara mais daqueles que idealizavam. Sobretudo, Amiga nunca tentara lhe oferecer dicas sobre como manter meu casamento. E cá estou eu separada. Fez esforço racional para parar de perder seu tempo pensando sobre a pessoa que amiga minha não era mais.

- Dinheiro, dinheiro, dinheiro...

Andou pela casa; virou doida; avaliou os móveis. Seria capaz de se desfazer de todos eles; deixaria a casa vazia preciso fosse. Olhou para o jogo belíssimo que tinha na sala de estar – aquela preciosidade comprada por Ricardo na antevéspera da visita de uns amigos para um almoço havia custado os olhos da cara. Andaram tateando por muito tempo. O marido pagara prestações altíssimas por um ano completo para, um dia, fazer bonito ao ex-sócio e à MEgera da mulher dele.

- Bonito, agora, faço eu. Troca justa, justíssima.

Satisfeita com a recente descoberta, parou para calcular quanto poderia levantar com a venda do conjunto. Modelo clássico, quanto mais velho, mais cobiçado fica. Lembrou-se de Joana Uma Antiga Vizinha, cujos olhos invejosos Maria Eugênia percebia cobiçarem tudo o que ela adquiria. Joana finalmente se tornaria dona do tão desejado *jogo de gente rica e de muito bom gosto* – era assim que a vizinha se referia a sua sala de jantar toda vez que adentrava sua residência. Colocou uma das mãos na cintura, a outra na cabeça; andou em torno da mesa, imitando a voz da invejosa:

- Ah, como é lindo esse jogo. Isso é coisa de gente fina, jogo de gente rica e de muito bom gosto. Quando é que você vai me vender essa coisa rara, Maria Eugênia? Procurei pela cidade toda e não encontrei nada que se iguale a esta belezura! Gente chique é outra coisa...

ME tremilicava, sacudia-se e imitava, mas regra era que sentia um enorme mal-estar quando Joana-uma-antiga-vizinha-invejosa entrava em sua casa. Não sem razão, pois reparava em tudo. Qualquer que fosse o objeto diferente ali dentro, ela percebia e ia logo perguntando onde fora comprado, quanto custara.

é com este jogo e algumas joias que a danada da invejosa sempre cobiçou já tenho o dinheiro de que eu preciso as coisas estão se encaminhando melhor do que o esperado disse estalando a língua após um bom gole da bebida que jazia não mais esquecida no copo ligo pro Ricardo e combino tudo com ele a respeito das crianças falo o mínimo possível ele na certa vai pensar que é por causa da separação e esperto como é não puxa muita conversa vai querer se safar de ouvir as milhares de lamentações a minha choradeira a minha lamúria porque estas sim são as palavras que ele usa quando fala das minhas queixas posso combinar com o Ricardo que hoje à noite mesmo eu vou prà casa de Zoraide e que logo mais tarde assim que eu o avisar ele pode se instalar no quarto de visitas e aguardar já em casa pela volta das crianças encarrego o próprio Ricardo de dizer aos nossos filhos que a mãe deles está doente afinal é tudo culpa dele ele que aprenda a lidar com as consequências dessa inconsequência dele peço a ele que diga aos nossos filhos que eu preciso descansar a cabeça estou muito nervosa mas não fale nada sobre a separação Ricardo não quero meus filhos sofrendo e eu longe deles mas o que tenho eu a ver com isso esta bagunça que o Ricardo fez com a minha vida

Tentava, mas Amiga continuava insistente em sua cabeça. Não saía; tentava humilhá-la. Logo ela, a mais insignificante de todas, dando-lhe lições matrimoniais. Lições tardias e vãs. Separada, que bem lhe fariam? Os rapazes outrora pareceram praga na vida de Eugênia – que sempre tivera cadeiras largas –, ao passo em que apenas um infeliz ousou interessar-se por Amiga. Mas só pobres, tontos e feios se aproximavam de Eugênia. Causavam-lhe desprazer. Fora o grande segredo de sua juventude. Apesar do desdém, vez em quando se dava ao luxo de corresponder ao assédio de um ou outro. Sozinha, sob a mangueira nos fundos de casa. SE dava-se fácil, então. Vez ou outra, colocava um para correr, asssim que qualquer irmã ou amiga desse sinais de aparecimento.

O melhor que encontrou foi Ricardo, estudante média setenta de odontologia, que teve de vender o carro meio antigo, comprado a duras penas, para montar seu consultório – queria trabalhar por sua conta e risco; não tinha muito a perder. Por dois anos, ele mantivera um emprego duplo – além de seu consultório, atendia em posto de saúde público –, por medo de se lançar por completo na vida de autônomo. Seus clientes eram na maioria empregados rurais que, quando chegavam a procurar um dentista, era para arrancar o que – podre – lhes sobrava na boca, para substituir tudo por dentadura. Durante esse tempo, ME passou por uma cirurgia corretiva de sua visão de Ricardo. Passara a enxergar sua singeleza, sua falta de grande mérito. Por anos, ele não correspondeu às aspirações dela. Depois, notando que nada lhe restava, Eugênia ensinou-se a admirar a desimportância dele, satisfazendo-se ao máximo com o que tinha. Ricardo saciava-a com sua insignificância. Fê-lo profissionalmente. Tornara-se relativamente respeitável e conhecido, considerando-se as limitações de um dentista, que também eram seus limites naturais. Mas, em muitos aspectos, continuava a não satisfazer ME. Aprendeu Eugênia por si própria a ignorar essa faceta do casamento. Com sexo em quarto escuro, cara sobre ou sob o travesseiro não faria diferença. Em sua tentativa de ignorar parcialmente quem dormia consigo, escondeu-se e perdeu a noção de si. Acabara-se.

Andou até seu quarto e se aproximou do espelho grande na porta de seu trocador. Via por inteiro a gordura ambulante em que transmutara naqueles anos de casamento, gordura de ansiedades, carências, decepções mal resolvidas. Era pior ainda do que a imagem na penteadeira transeunte, em passagem entre um quarto comfortável e um lugar no lixão. Lembrou-se com saudades do corpo que tinha na época do matrimônio, de seus ossos à flor de uma camada mais fina de gordura; era mais quadrada. Retirou, de dentro de uma mala velha, dúzias de fotos daquela época. Era visível: havia começado a perder o pouco que possuía de frescor assim que percebera que Ricardo nunca seria o paizinho. Queria ME ser melhor do que antes, mas a gordura das costas assimilava aquela das largas ancas. Em si, produzia as energias vitais que seu matrimônio não havia providenciado. Com inovadoras tecnologias, perfurava seus próprios poços sub-cutâneos. As cicatrizes haviam permanecido como provas: furos e rasgos que pipocavam pela superfície de seu corpo, tal um queijo velho e esquecido a dar de comer a bactérias que devoravam a matéria e deixavam o oco. Em troca, depositava em si sebo inútil e barato. Além da gordura, sonhava em ficar livre de outros tantos problemas que a chateavam – mesmo ela, que sempre conseguira ignorar quase cem por cento de seus problemas, chateava-se consigo. Olhava-se minuciosamente em cada milímetro. Sem piedade, foi-se desnudando, resumindo-se em seus complexos. O desenho do seu rosto não lhe agradava; era muito cheio – a boca parecia muito pequena diante de tanta bochecha: lipoaspiração facial e maquiagem definitiva nos lábios. Redesenhou a boca com um lápis de maquiagem que tinha ao alcance. O tamanho dos olhos – aqueles olhos que ela sempre quis que fossem menores: assim como cirurgiões aumentavam olhos orientais, deveriam diminuir olhos ocidentais, vez ou outra. Quanto às sobrancelhas: acreditou que um implante resolveria (pelo de cachorro?) – ao remodelar estas, talvez resolvesse o problema dos olhos. Orelhas de abano que poderiam ser operadas: puxou-as para trás com raiva, fixando-as no novo lugar com uma fita adesiva qualquer, dupla-face, que a empregada havia deixado em sua cômoda – nunca prendia os cabelos, assim mantinha aquelas asas escondidas. Seu pescoço comprido e grosso de girafa curiosa poderia ser diminuído? Não sabia ao certo. Talvez devesse se conformar com o pescoço; continuaria a disfarçá-lo com roupas. Esta seria a única concessão que estava disposta a fazer – nunca ouvira dizer de alguém que tivera o pescoço serrado e recolado com sucesso. Talvez José Sarney. Talvez a múmia de Marilyn Monroe, para manter seu corpo experimentado sempre doce e virginal. Ou Michael Jackson, mas seus membros cresceram novamente, negros e inchados, nunca completamente eretos, nunca de todo flácidos. Seus dentes amarelados de cavalo: poderia colocar um aparelho para puxá-los para dentro; talvez pudesse, inclusive, desgastá-los para que não mais lhe tampassem a boca. Aquele serviço Ricardo bem que poderia ter feito, mas ele procrastinava; dizia que não era área dele e, que, logo que tivesse dinheiro de sobra, encaminharia ME a um colega. Mas, pensou ela com uma nuvem de tristeza no olhar, o dinheiro nunca sobrou. Por fim, as crianças acabaram por colocar aparelhos e ela foi ignorada até cair no esquecimento.

- Faz tanto tempo que seus dentes são assim que eu nem reparo mais, Ricardo costumava dizer. ME acostumei. Caso Ricardo em suas inférteis cópulas tivesse abandonado sua posição de desprezo, teria a cavalgado com o auxílio de rédeas e cabresto.

claro que se acostumou tanto que ele não enxerga mais nem a dona dos dentes com o Ricardo meus dentes apesar de grandes ainda são pequenos cretino mesmo mais cretina fui eu em ter me acomodado se tivesse feito a louca procurado um profissional eu mesma e deixado que ele mandasse a conta para o colega Ricardo hoje não teria mais estes dentes equinos Joana a xereta da vizinha assim havia aconselhado ME pois então nem Joana era de completo uma idiota

Talvez a intenção da vizinha não fosse ver uma Eugênia satisfeita e, sim, provocar desavença entre ela e Ricardo. Pois! Se ME se endividasse, qualquer que fosse o motivo, o marido certamente ficaria furioso. Poderia ter usado esta como a desculpa da separação, em vez do outro pretexto esfarrapado que acabou por usar. ME demonstrava mesmo nunca ter aprendido a lição do pós-joguinhos de crochê. Na pasmaceira em que vivia com seu esposo, nas raras vezes quando havia indício de desentendimento, ME fazia o possível para, com sua submissão colocar panos quentes na ocorrência. E Joana, em lar de brigas constantes, filhos drogaditos, marido engenheiro, com cara deslavada: "Ah, Maria Eugênia, eu invejo a paz de sua casa. Quem diz que dinheiro traz felicidade? Eu trocaria metade dos meus bens por tempos mais mornos" – contradizia-se.

Eugênia já havia cogitado a possibilidade de Joana ter sido a responsável pelo desmoronamento de seu lar. Tanta inveja! Nunca confiara na mulher, mas, mesmo assim! Vizinha falsa até no que cria. Metade dos bens?! Por que não todos eles? Era qual um vereador, falava da boca para fora. ME trocaria toda aquela paz-masseira em seu lar por um terço da fortuna de Joana ou por um paizinho ríspido como o dela. E eu seria muito feliz, pois poderia fazer as plásticas que tanto quero e marido-pai me diria que não estava boa o suficiente, que poderia me esforçar mais. Mas notaria. Rica de olhos gordos. De certo, o que mais contribuiu para o meu casamento ruir foi o seu maldito olhar de cobiça em tudo o que você não pode ter! Eu deveria ter me prevenido mais, me guardado mais dos seus olhares. Ou furado seus olhos com a tesoura de costura que herdei da vaca da minha mãe... Mas deixei você meter esse nariz em tudo!

Nariz: palavra maldita. Maria Eugênia: arrastada de volta a sua fantasiosa vontade de ser transformada. Um coró de mosquito. Sempre anunciara o descontentamento que lhe trazia aquele nariz de fornalha, desavisadamente a chamar ainda mais atenção para o próprio defeito. Águas paradas de certo se acumulavam ali dentro, mas não queria ser o criadouro da chacota alheia. Já o era de sua própria avacalhação. Nunca se sentira tão feia diante de máquina refletora como se sentia naquele momento – era pior ainda que quando se vira na penteadeira transeunte. Era certo que tais detalhes corporais sempre a haviam chateado, mas agora pareciam gigantes, desproporcionais, aterradores. Era pior ainda que quando se vira na penteadeira transeunte. Ah, fosses tu o único, eu o faria em pedaços, espelho, assim como fazes comigo. O choro urgia. Ali existiam outros milhões de pontos de que desgostava. Desgostavam dela também. Questionou-se: "Não seria melhor parar com meus devaneios?" Quando era completamente religiosa de ir a missas para reparar no que as outras vestiam, ainda cria que excelente médico pudesse operar milagres em seu corpo. Como Jesus no útero infectado de Maria Madalena. Bebeu mais daquela anestesiante bebida e anteviu o resultado da cirurgia, sem saber se poderia pagar por ela – certamente não seria com o cartão de seu descrédito. Ao menos sonhava, alterada. O efeito da bebida! A verdade era que em muito menores proporções fazia aquele exercício diariamente, com ou sem o copo de álcool. Imaginou-se encontrando pessoas, o próprio cirurgião – na mente dela, ficaria boquiaberto com a obra-prima. Imaginou o médico apaixonado por ela.

na certa não perco a oportunidade entre um famoso e bem-sucedido cirurgião plástico e um Ricardo qualquer e cheio de parasitas para cuidar é coisa decidida que fico mesmo é com o cirurgião deixaria ME as crianças com o dentista e na época das férias viria vê-las é mais do que justo que eu tenha um pouco de liberdade para iniciar uma nova vida eu de mãos dadas com minha liberdade e Ricardo com os era pior ainda que quando se vira na penteadeira transeunte

As badaladas do relógio trouxeram-na de volta. Deu-se por si. Era hora de fazer a ligação – sempre no mesmo horário, para não haver engano. Já havia algumas semanas, comprara um celular pré-pago, pois não queria que do outro lado a pessoa soubesse quem ligava. Tentou mover-se; quase caiu. Tentou de novo, deslocou-se e alcançou o telefone sobre a mesa de centro. Discou e não precisou aguardar. Ligação atendida no primeiro toque. Ansiedade. Alguém muito preocupado.

- Oi. É a Selma. Eu não pude ligar antes. Mas é claro que eu não te esqueci.

Enquanto discava, pensara no que dizer e confabulou algo de misterioso e sedutor que impedisse Selma e MEu amado de se encontrarem – pelo menos por mais um dia. Fazia quase três meses que se falavam todas as tardes e ele já estava muito além do que interessado. Descreveu como era, ou melhor, como seria após os acertos cirúrgicos, no que ele:

- Estou morrendo de curiosidade de te conhecer. Tenho certeza de que você é linda.

Era pior ainda que a imagem na penteadeira transeunte.

Se bem que aprendi a disfarçar a voz.

Também pedira ao filho que roubasse um aparelho dentário do consultório do pai e adquirira um chinês, falsificado brinquedo modificador de timbres.

ninguém descobre Selma fica tão afobado de lisonjeado esperando eu ligar é mesmo um idiota é como eu pensei um homem lá sozinho com toda a liberdade está disponível para todo o tipo de aventura idiota lobo bobo livre fútil vaidoso macho homem como é que eu nunca conheci esse homem meu Deus como todo homem basta saber que alguém no mundo o está esnobando para se derreter feito uma diarréia é uma diarréia fedorenta mesmo como é que eu aguentei eu com voz sedutora e macia digo todas as baboseiras possíveis assim fica longe das garras das outras mas no fim uma coisa me machuca essa coisa me destroça em mil pedaços toda vez que eu desligo o celular como ele pode se derreter todo e esperar pelas juras de amor de uma pessoa que ele nem conhece meu Deus ele nem sabe se essa Selma é bonita de verdade ou se é feia será que ele está tão carente assim ou é pura vaidade o que é que fala mais alto vaidade ou anos de rotina mas de uma coisa eu tenho certeza se ele soubesse que a pessoa do outro lado da linha é alguém como eu nem se daria ao trabalho de atender ao telefone qualquer pessoa do mundo interessada ou apaixonada por um homem o faria se sentir empavonado despertaria o interesse dele desde que essa pessoa não fosse Maria Eugênia Uma Ex-Esposa

Reduzia-se ela diante da reapresentação de uma rotina de passado ainda recente. Os sacos de lixo dessa dor ela revirava como um cachorro de dentes podres e pele sarnenta; como fazia o lixo a um cachorro de rua, essa dor apodrecida despertava nela fome de vencer, de prosseguir, de encontrar um novo dono para um dia vingar-se de todo do antigo.

mesmo que eu não chegue ao final dos meus planos só o fato de ele esperar ansioso pelos telefonemas da Selma já me dá uma sensação gostosa de vitória falsa ou não a voz é minha verdadeiras ou não as palavras são minhas atrás do nome falso sou eu Maria Eugênia é por mim que o idiota está caindo de quatro

Espere aí!

Estou morrendo de vontade de conhecê-la.

Aquela declaração que só agora o cérebro registrava trouxe-lhe revolta ainda maior. Pensou que poderia estar assim, realmente linda, não fosse

toda vez em que eu tentei fazer algo para ficar mais bonita mais contente comigo mesma Ricardo disse que eu estava inventando moda filho da puta ele não queria era investir em mim achou que não valia a pena ele estava era com dó de gastar o rico dinheirinho dele com alguém que não valia a pena agora quando eu descrevo a Selma a Selma poderia ser eu caso eu fizesse os devidos reparos nesta minha desgastada carcaça mas que inferno eu descrevi a Selma igualzinha a mim quando casei com Ricardo será que o idiota não percebe que a Selma poderia ser eu que eu poderia ser a Selma por que é que eu não sou boa o suficiente e a Selma é sem ver a Selma diz elogios que há séculos nem eu ouço se soubesse que disse isso tudo pra uma Maria Eugênia para a insignificante a sem talento inventadora de modas a insípida da Maria Eugênia ah eu tive uma idéia ultimamente boas idéias não estão me faltando não foram a mentira as pisadas e o mistério que acenderam o interesse dele pois bem é isso que ele vai ter mentiras esnobações e mistérios não é disso que ele gosta é isso que ele vai ter

E com a voz mais ainda sedutora e aflita disse quase sussurrando:

- Na verdade, eu menti para você – falou com um certo tremor na voz, aguçando mais ainda a curiosidade do homem do outro lado da linha.

- Mentiu? Sobre o quê?

- Na verdade, eu não menti. Eu estava com medo de você não me querer mais ouvir e nem saber mais de meus telefonemas, então eu omiti. Agora, eu tenho medo de te perder.

Mais uma vez, encheu a vaidade dele de confissões de um amor fictício. Disse: ele era carinhoso, amoroso como ninguém; ela já não saberia viver sem ele. A que ele respondeu que nunca o perderia, que seria dela para sempre. De Selma. Selma poderia ser ela. Aquelas frases todas poderiam ser para ela. Poderia ser ME a deixar um homem a seus pés, qualquer homem, como Selma; mas não era.

- Você jura que não vai me deixar? Que não vai brigar comigo? – não abro mão nem do beicinho pena que ele não pode me ver ia ficar louco.

Disse a ele que estava no meio do processo de uma separação nada tranquila. O marido não queria aceitar a separação por amá-la muito. Mas agora ela o amava, o admirado que conhecera por telefone. Por dinheiro nenhum ficaria com seu marido. Pronto: havia dito as palavras de feitiço. Ela, Selma, para o homem do telefone, além de muito interessante e bela, deveria ter muitos outros predicados, pois um marido resistir a uma separação era mesmo uma raridade. Pensou no próprio Ricardo, que não tivera o mínimo interesse em continuar casado.

- Eu estou apaixonada por você. Você ainda me ama? Você jura que não vai me deixar? Que não vai brigar comigo? – repetiu a pergunta.

- Claro que juro, amor – ele continuava embasbacado.

Amor, já? mas é um palhaço ridículo mesmo como é que você pode amar uma pessoa assim você nem nunca viu a zinha

- Eu estou louca para cair nos seus braços... – continuou por algum tempo, dizendo pornografias variadas. Era um livro erótico sendo lido ao telefone. Ele interagia com ela. Enojou-se, embora tudo estivesse partindo dela mesma. Quanto mais enjoada, mais provocações dizia. Queria saber quão longe chegaria nele. Pensava com tristeza sobre o quanto aquilo tudo seria belo se fosse sincero, realmente entre MEugênia e a verdadeira pessoa atrás do telefone. Logo, cansou-se de toda a vulgaridade. Esforçou-se para não chorar. Queria fazê-lo perder a tranquilidade, o sono e muitas outras coisas que ela, Maria Eugênia, havia perdido por culpa de sua separação, dantes uma ameaça que pairava no ar, agora uma realidade.

Disse que seu marido havia lhe dito que ela já não tinha nada da Selma de outrora, que andava alegre, distraída. Comentou, com voz adocicada, tudo o que devia a ele – o homem do telefone –, que a fazia a mulher mais feliz do mundo. E foi aí que percebeu, pelo tom dele – ainda mais meloso que o dela –, que o cafajeste realmente acreditava ser capaz de fazer alguém feliz. Depois de trocarem mais meia dúzia de juras falsas:

- Sabia que eu comprei o celular só para falar com você? – era a primeira vez em que falava um pouco de verdade com ele. Meu marido chega logo, então me deixa dizer o que eu quero. Eu tenho um convite pra te fazer. É um jantarzinho só para nós dois, com direito a sobremesa e tudo, aqui em casa.

Ele quase não conseguiu falar, tamanha a excitação diante da possibilidade de conhecer Selminha... Acima de tudo, teria a chance de estar a sós com ela em um ambiente bem acolhedor.

deve estar a ponto de explodir porque uma mulher tão bonita como Selma não costuma querer nada com um pacato um sem-graça um feio ex-marido recém separado além de tudo será que ele está no consultório ou resolveu parar de trabalhar de uma vez ele nem precisou sair à caça para conseguir um novo amor a caça caiu nas mãos dele veio assim de graça no meio da solidão dele de ex-marido bem no início da liberdade deve estar todo empavonado o idiota ele deve ser muito bom mesmo não precisou fazer nada e já tem uma mulher doidinha por ele e ele ali perdendo tempo com a sem-sal da Maria Eugênia agora é que ele vai estar pensando mesmo que podia ter se separado de mim mais cedo ME imaginou o que se passava pela cabeça dele e estava a ponto de vomitar seus ciúmes Tentou se acalmar, mas a imagem de Ricardo, talvez no consultório, perturbava-a demais. Sabia que ele não poderia atender o próximo cliente sem antes trocar de roupa, ou ao menos esconder o colo – de certo, os sinais de sua ansiedade vulgar transpareciam, atravessavam o tecido de sua calça. ME esforçou-se para voltar a Selma.

- Selma?

- Desculpa. Eu ouvi um barulho; acho que é o meu marido. Olha, eu falo pra você o dia certo da viagem dele. Mas vai ser na semana que vem, mesmo.

Ridicularizava a si própria e a seus dotes físicos, sem se incomodar. Ligava e após poucos minutos interrompia a ligação, desligando o aparelho para que ele não retornasse. Todos os dias. Havia três meses. Agora não seria diferente.

- O meu marido chegou. Tchau, Ricardo.

Desligou o telefone.

# CAPÍTULO 6

O toque insistente do telefone tirou Me de suas maquinações. Seguiu ao aparelho indignada. Quem ousaria interrompê-la, em um momento que considerava só seu? Agarrou o bocal e soltou um rude "quem é." Ficou ela lívida quando do outro lado alguém respondeu:

RICARDO

Sou eu, Ricardo.

Deus, Ricardo já? Mal terminara de falar com Selma! Nem bem começara a se relacionar com a pobre e já a estava traindo com sua ex-esposa? ME sentiu-se ainda mais aviltada. Ele somente ligara para avisar que logo estaria passando por lá. Ricardo a poucos minutos dela e ela não estava em condições de recebê-lo como gostaria. Arrependia-se pela bebedeira. Precisava se recompor, colocar-se à altura. à altura não Precisava se colocar acima, superior a Ricardo. ME deixou o telefone despencar de suas mãos e caminhou até o espelho da antessala. Estava horrível, deplorável. Os cabelos, em uma completa desordem, formavam circunferência de metros de diâmetro. Os olhos, vermelhos.

tenho de

O tom dele a fazia perceber que o ex estaria ali em breve. Suas mãos estavam bobas. Recostou na parede – suas pernas estavam moles.

- Já vou. Já vou. Aguarde um pouco, que estava no banho - era a única desculpa que conseguira desenterrar.

Correu para a cozinha. Colocou água no fogo. Procurou pelo pente. Lavou o rosto. Procurou por um colírio que não encontrou. O apito da chaleira no fogo coincidiu com o insistente telefone. Seria ele avisando que estava por perto. Preferiu cuidar da chaleira. Passou um café fortíssimo, desajeitado, sem nenhum açúcar, sem coar. Parecia horrível. Qual estaria pior, ela ou o café? Ela e o café, horríveis.

maldito telefone não deveria ter atendido da primeira vez a anta inoportuna teria arranjado outra coisa para fazer na certa que teria

Finalmente, a campainha. Resolveu abrir o portão assim mesmo - não teria mais tempo para se preparar. Se antes houvesse alguma chance de reconciliação, agora estaria tudo perdido, diante da imagem dantesca de uma fracassada e bêbeda ex-esposa. Abriu a porta e se jogou no sofá. Sentada, sentia-se mais segura. Olhou para a mesa de centro, onde os óculos de sol pareciam estar esperando por ela. Em um repente, colocou-os no rosto, enquanto ele entrava. Alegou uma dor de cabeça que a claridade da luz só fazia aumentar. A bala forte de menta mascarava o gosto ruim da bebida misturada com café em sua boca.

assim talvez o palerma do Ricardo não perceba e o que tem ele com isso nada a vida é minha eu faço o que eu quero na verdade você maldito tem tudo a ver pois afinal é culpa sua eu estar passando por isto tudo vai ser culpa dele se eu me tornar para sempre uma

RICARDO

Você está bem?

Abriu ele a boca pela primeira vez, a que ela:

- Alcoólatra? Ah, eu estou ótima, você não está vendo? Estou sentindo uma paz interior e uma felicidade sem limite. É a liberdade. E você, como está? - o desprezo não conseguiu disfarçar. Não era necessário disfarçar. De então em diante, ela não iria disfarçar mais nada. Seria franca e direta. Jogaria para fora todos os desaforos dantes engolidos. Diria a todos tudo que lhe desse na telha, agradasse ou desagradasse a quem fosse. Ela seria ela mesma, preocupada apenas consigo. E . final.

- Você é um... um...

O marido a olhou, atônito. Estava diante de uma ME agressiva, o oposto da apalermada e submissa esposa que ele insistidamente recriminava por não ter *sangue nas veias*.

como é que ele me apareceu aqui tão rápido mal acabou de desligar o telefone com a Selma devia estar na rua e mentiu dizendo que estava no consultório dá vontade de sentar a mão na cara dessa lesma lebre

ME decidiu-se por não o agredir. Não queria estender a visita dele por muito tempo. Se ao menos ela não estivesse tão horrorosa!

- O que você quer?

RICARDO

Vim saber das crianças...

ah das crianças como sempre eu passando por uma terrível crise e você vem saber das crianças você nunca se preocupou comigo não é eu vou mandar os seus queridos filhos embora com você não não vou falar nada se eles se forem a maldita pensão vai com eles não posso bancar a besta agora eu vou é pensar em mim de agora em diante eu vou ser importante se depender de mim será assim

RICARDO

O que é esse sangue em sua roupa?

ME não sabia dizer se a pergunta fora originada pela preocupação, pela curiosidade, ou se a intenção era somente encontrar um rumo à conversa.

bem que eu poderia dizer que não foi nada mas preciso da ajuda dele para o conserto do carro

Colocou-o a par do acontecido. Ricardo manteve-se calado. ME obteve, com o silêncio dele, a resposta à pergunta que se fizera: fora única e exclusivamente curiosidade que o levara a perguntar sobre o sangue em sua roupa. Uma questão que pedia resposta rasa, para manter as palavras em superficial vai-e-vem. Diante de tanto desinteresse e das tentativas dele de deixar claro que não tinha o dinheiro para arrumar o carro, ela se sentiu invadir por uma avalanche de sentimentos que iam da simples revolta à vontade de agredir aquele ser tão mesquinho, plantado ali em sua frente. A ira venceu todo e qualquer esforço que ela fazia para se controlar. ME assumiu sua primeira pessoa. I, JE, YO, IO, EGO, EU.

EU

Como sempre, não é? Mais uma vez, você se nega a estar presente. Fui uma idiota em acreditar que você iria se dispor a fazer algo por mim...

Poderia estender aquela queixa pelo resto do dia e também da noite. Mas, para quê?

aqui sempre fiquei com as sobras maldito seja você Ricardo egoísta insensível se não fosse pelas crianças nem iria querer saber se eu estou viva ou morta aliás por que será que ele quis tanto ter filhos comigo bem que eu não queria saber de filhos agora eu não teria vínculo com ele deveria ter tomado pílulas eu bem que pensei em não parar de tomar comprimidos para não engravidar eu sabia que o Ricardo não gostava de mim o suficiente enquanto a gente não tinha filhos ainda ele era todo carinhoso comigo pra me convencer a engravidar eu não deveria ter cedido sabia que não tinha vocação para pai nem marido decente era quem sabe assim eu não teria tido mais da atenção do tempo do carinho dele foi só as crianças nascerem e eu fiquei de vez para escanteio e se não tivéssemos tido filhos o que ele teria feito mas que boba eu sou se não tivesse tido as crianças na certa ele já me teria abandonado aí sim ele teria uma desculpa forte pois queria muitos filhos e eu não queria tê-los mas agora tem os filhos e quer a liberdade

Olhou para Ricardo e despejou:

- Você é um cretino mesmo; só se preocupa consigo. Queria tanto os filhos e agora deixa as crianças para trás. Você não gosta de ninguém, além de si mesmo. O problema não sou eu. O problema é você.

RICARDO

Eu não vim aqui para discutir.

claro que não veio você nunca discute nada nunca esclarece nada que não seja do seu interesse se você tiver as respostas já é o suficiente os outros que se danem eu que me dano você com esse seu ar superior quem você pensa que é

Calou-se; precisava se conter; estava a ponto de se lançar sobre ele, que parecia condená-la por seu descontrole: juiz. Mas Ela tentava pensar em algo para atingi-lo, algo que de algum modo o perturbasse, tão melhor, que o fizesse sofrer, algo que o arrancasse daquele pedestal. Se pudesse escolher, seria capaz de trocar dez anos de sua vida para causar algum sofrimento em Ricardo.

como eu gostaria de ser um pouco mais inteligente e descobrir algo para acabar com essa superioridade dele isso me irrita

Eugênia, não vê que o que te fere nesse comportamento dele não é a superioridade em si de Ricardo, mas a indiferença com que se manifesta? O fato de o esposo ignorar sua presença, passar a vida sonhando com mulheres belíssimas que o desprezem. Fosse ele superior, porém condescendente, seria o marido-pai perfeito. São ambos masoquistas carentes da atenção destilada através de tons patronizantes que os façam se sentir inferiores – crianças em busca de lições. Nem a um, nem ao outro agrada ocupar o lado do poder. Desde o início, foi um matrimônio fadado ao fracasso. Pudesse Ricardo, colocar-se-ia em pijaminhas de bebê e se jogaria ao chão para ser pisado por uma mulher de saltos. Quisera ter tido um homem que em você mandasse da maneira convencional! Somente então se sentiria em um casamento de verdade.

se ao menos eu soubesse o endereço daquela ex de Ricardo dos tempos de faculdade

Assim que o conhecera, os amigos dele lhe contaram a respeito da antiga namorada que o reduzira a farrapos. Ele ficara tão mal: quase perdera o ano letivo com a partida da fulana.

talvez ele não esqueceu dela de vez talvez nunca parou de pensar nela por isso ele de vez em quando vinha com aquelas desculpas idiotas pra cima de mim quando não conseguia dar conta do recado quem sabe o amor não correspondido dele por ela não ficou camuflado todos estes anos e acabou fazendo a gente infeliz fez uma infeliz de mim pelo menos aquela vadia se eu pelo menos conhecesse a zinha quem sabe ele não acabou o casamento para reviver esse amor de outrora será que não é pela Magda que ele está me deixando quantas e quantas vezes eu o flagrei com o olhar perdido no espaço alheio a tudo e a todos era ela tenho certeza será que ele reencontrou aquela mulher será que além de lerda eu fiz o papel de traída também

Olhou para Ricardo com cara de quem acabou de descobrir grande e misterioso segredo.

será que eu devo falar com ele não na certa ele nega a sinceridade nunca foi o forte dele então eu vou ficar aqui calada qual é menos humilhante ouvir a confissão dele caso ele resolva abrir o jogo e saber que eu fui trocada qual um sapato velho ou fingir que não sei de nada e continuar a fazer o papel de tola ai Ricardo eu tenho vontade de partir a sua cabeça ao meio com um vaso que ódio que eu tenho de você você despedaçou o meu orgulho o meu coração deve estar é sangrando aposto que se for no médico agora até ele vai poder ver num exame pior que ser jururu num casamento é ser abandonada por um marido imcompetente porque se me abandonou na certa está sugerindo que eu sou como esposa ainda mais incapaz que ele é como marido eu nem sei se é verdade ou não e já estou sofrendo mas como tirar a dúvida será que eu sofreria mais se ele confessasse o caso com aquela vagabunda pelo menos eu não estaria sendo abandonada sem um motivo pelo menos a minha dor ia ter um nome mais decente que Liberdade que coisa idiota nunca ouvi falar numa desculpa mais esfarrapada ou será possível o meu melodrama ser maior não não há mais espaço para sofrimento quem sabe se a minha dor fosse um pouco maior o meu coração pararia de bater filho d'uma égua como eu te odeio eu preciso descobrir se o Ricardo não contar tudo eu o sigo por todos os lugares eu vou ser a sua segunda sombra seu covarde eu vou e faço tudo o que for possível para desvendar esse mistério

Aquela dúvida se multiplicava em seus pensamentos, escondia-se em seus gânglios, enraizava-se em seu sangue e o fazia ferver e acelerava as batidas do seu coração, a ponto de deixá-la sem ar.

- É ela, não é? – perguntou em um sopro, em um esforço único para quebrar o mal súbito.

RICARDO

O que?

- É a Magda de novo. Foi por ela que você pediu a separação.

RICARDO

De onde você tirou essa idéia maluca?

não adianta insistir eu conheço bem a covardia dele se negou da primeira vez continua a negar até o fim pelo menos se eu tivesse força para o fazer confessar eu queria uma sala repleta de objetos de tortura uma ampla sala seria um prazer e a minha dor iria diminuir eu e o Mário ali naquela sala o Mário não o Ricardo eu forte e potente fria e cruel eu a ex-fracassada agora seria a cruel torturadora e esse Ricardo de bosta tão medroso abatido frágil contaria todos os segredos todas as intimidades o mais escondido e secreto dos sonhos dele os desejos os medos imagine eu arrancando um a um os fios desse bigode dele bigode ridículo é o xodó dele depois eu passo para os pelinhos do nariz ele é tão vaidoso que vive cortando dizem que esses pelos começam a aparecer quando o homem começa a envelhecer não não os pelinhos não eu vou deixar a moita lá que é para ele se sentir velho arranco uma a uma das unhas dele não as unhas não seria melhor arrancar os dentes imaginem só um dentista banguela ia manter a boca fechada boca de matraca

Se ao menos soubesse que uma sessão daquelas de tortura salvaria seu casamento de um momento para o outro! Mesmo depois da separação. A crueldade de suas fantasias extrapolava os limites do bom senso. ME sentiu desconforto diante da bestialidade de seus pensamentos e diante da vítima destes. Não! Não seria desta vez que anularia a separação. Sentiu que precisava fazer de tudo para esquecer Ricardo. Se alimentasse essa estranha mistura de amor e impulsos talvez o ódio se sobressaísse e acabaria ela por se tornar a fascínora de seus delírios de havia pouco. Um calafrio percorreu seu corpo. Tinha paúra daquilo.

Ricardo não sabia o que dizer. A expressão e estranhas maneiras de ME o haviam deixado sem ação. Arrependeu-se de haver vindo ter com a ex.

ME olhou-o de soslaio. Tinha de encontrar meio-termo. Não seria cruel, mas também não seria boa. Não facilitaria as coisas. Não daria a ele boa vida que ele não merecia ter. Faria o que fosse necessário para tirar do homem o que, por culpa dele mesmo, ela havia perdido. Talvez usasse os próprios filhos. Faria das crianças arma secreta, porque era certo que nenhum deles consentiria em ficar longe do pai. Poderia deixá-los com o ex-marido em horários e dias dos mais impróprios. Assim estaria podando a Liberdade dele de ir e vir nos finais de semana, começando sexta-feira à noite e só terminando segunda de manhã. Ele não amava os filhos? Pois ela queria ver só o tamanho desse amor quando a presença dos filhos começasse a incomodar. E, caso desconfiasse que ele estivesse em algum lugar, faria de um tudo para estar lá também. Por certo, nenhuma outra mulher gostaria de estar com um homem cuja ex fosse um verdadeiro carrapicho.

eu faço tudo isso até mais mas que burra eu sou se existisse mesmo a tal Magda Ricardo não ficaria tão alegre com os telefonemas que eu faço anonimamente a Selma estou ficando louca minhas idéias estão tão confusas gente mas também de que adianta saber que ele gosta dos telefonemas se não posso dizer quem sou eu será que ele está querendo as duas a Selma e eu só falta essa é isso eu acho que é isso ficar livre para ele significa ter quantas quiser eu mais a Selma estou perdida

ME balbuciava. Era possível ler seus lábios.

você não vale nada seu garanhão de meia pataca

A agressividade saiu sibilante, sufocada, quase um granhido. Ricardo não entendeu o que ela disse, mas pelo olhar fulminante que a ele dirigia, sabia que não haveria de ser nada de bom. Sentiu-se, mais uma vez, desconsertado. Realmente, não sabia como agir. Deveria questionar ME sobre o que ela resmungava? Desconversar? E, mais uma vez, arrependeu-se por ter vindo. Queria sair logo dali, sem se despedir - simplesmente sair. Sem ação, procurava uma forma pacífica, que não trouxesse mais bate-boca. Estava exausto de bate-bocas, apesar de não ter havido, de fato, nenhum. Ela, elétrica, movida a rancor, recebia seu silêncio como desfeita.

duas pessoas realmente opostas em gênero número e grau ele se acha único bom inatingível quem ele pensa que é vá embora daqui eu bem que tenho vontade de escurraçar esse verme daqui mas aí ele usa isto contra mim mais tarde então é melhor puxar assunto faz quanto tempo que a gente está aqui sentado que situação estranha eu preciso me concentrar ele vai achar que estou louca vai querer tirar as crianças de mim se bem que isso pelo menos serviria para abaixar o fogo dele não aí ele vai falar que é um pai solteiro e vai chamar mais atenção para destruir a vida dele as crianças precisam aparecer sem hora certa sobre o que é que eu posso falar não há nada que interesse a ele se a gente já não tinha assuntos antes imaginem agora que a gente nada tem em comum além dos filhos é claro filhos mais uma vez se eu tivesse dinheiro fugiria com eles iria para outra cidade bem longe não eu iria para outro país só para fazer o Ricardo sofrer já pensou nunca mais ter notícia dos filhos até ele que não tem coração iria sofrer com isso que pena que eu não tenho condições de fazer isso a não ser que eu peça dinheiro a ele já pensou fugir financiada com o próprio dinheiro dele não logo logo ele esqueceria tudo e se meteria com alguma piranha por aí droga vou passar a vida inteira dependendo do dinheiro dele se ao menos eu tivesse quebrado a cadeira agora poderia mostrar-lhe os cacos e se eu for lá fora e arrebentar o carro dele aí eu queria ver que mulher iria se interessar não aí ele não pagaria o conserto do meu automóvel que aliás quebrou antes

Ela nunca sentira tanto na vida por não ser uma mulher inteligente, como sentia agora. Precisava de uma boa idéia e por mais que espremesse seus miolos, nada conseguia.

Ricardo pediu um copo d'água, alegando sede. O que queria, na verdade, era retirar de cima dele o olhar rancoroso da ex mulher. Ela levantou-se e em um instante retornou. Entregou a ele o copo, com má vontade. Ele tomou a água com menos vontade ainda, aos poucos, tentando demorar o máximo de tempo possível – assim, com a boca d'água, não precisaria enchê-la de palavras.

- Se está com nojo da água ou do copo, jogue fora – disse ela, arrancando-lhe o objeto da mão.

Seu ato foi tão brutal, que o copo acabou por escorregar e se espatifar ao chão. Ricardo franziu o cenho, em um misto de surpresa e irritação. ME percebeu que se excedera.

- Desculpe, eu não tive a intenção...

RICARDO

Do jeito que você está é impossível qualquer tipo de...

- Ei! Não comece com suas críticas. Eu errei, mas já me desculpei. Você não acha que já é hora de parar com esses seus sermões? Você, quando me enxerga, só faz me esnobar! Faz pouco caso até do que eu visto! Você não é meu pai! Você esnoba tudo, mas nunca se ofereceu pra fazer nada! Nunca tentou me ensinar. Eu não nasci sabendo! Você não é meu pai! Quem você pensa que é? Você nunca foi meu pai! Você não é meu pai!

Ricardo calou; balançou a cabeça em um sinal de reprovação – era gesto costumeiro.

ME emudeceu-se. Estava a fazer tudo errado. Mostrava-se Maria Escandalosa; mais uma vez, dava-lhe razão para que se mostrasse superior e indiferente. Tinha raiva de si mesma por ser tão idiota. Precisava recuperar o terreno que acabara de perder. ele deve estar pensando é na sonsa da Selma agora idiota Ricardo talvez a achasse maluca, mas não daria a ele o gosto de se desfazer de si.

- Desculpe pela minha grossura - eu não sei o que me deu... O seu copo caiu... Você não quer um suco geladinho? Você ainda gosta de suco de caju? Claro que gosta! Não faz tanto tempo que você saiu daqui! É para acalmar os ânimos. Você não quer comer alguma coisa? Posso preparar um lanche, rapidinho.

Quando saiu, deixou Ricardo boquiaberto. Nunca vira, em toda a sua vida, alguém mudar tão rápido de comportamento como via agora. Havia alguns minutos poderia jurar que ME estava a ponto de o esfolar vivo. Agora, era toda gentilezas. Endoidecera? Nunca se havia surpreendido tanto com a mulher como então. Primeiro o ódio que lhe gelara a alma. Em seguida, a calma súbita que o preocupava. O que ainda estava por vir?

De volta com o suco e a jarra, ME cantarolava. Sentou-se. Levantou-se em um pulo, escolheu um CD e o colocou para tocar.

- Lembra-se, Ri? Gostávamos de dançar quando ouvíamos essa música... Venha, vamos dançar.

Arrastou Ricardo que, surpreso, não tinha ação. Dançaram alguns minutos. Ela enfim o empurrou, fazendo com que caísse sentado no sofá.

- Não! Você está muito duro! O que é? Não sabe mais dançar?

Tão louca e segura de si como ele nunca a vira antes, ela começou a dançar só. Remexeu-se como nunca. Usou naquele ritmo frenético tudo o que aprendera nas tardes solitárias em frente à televisão. Pela primeira vez em tempos, ele a achava estranhamente sensual, como no dia da briga por motivos financeiros. Estava realmente boquiaberto com tanta desenvoltura. A vontade de ir acabou esquecida, assim como esquecido estava Ricardo de sua situação de ex naquela casa e na vida de ME. Ela percebeu que o agradava. Então, Eugênia dava as cartas. Resolveu mudar o jogo. Quis ir mais longe. Finalmente estava a controlar a situação.

- Ah, quase me esqueci de te contar. Ligou aqui, procurando por você, uma tal de... Como é mesmo o nome? Ah! Selma. É isto mesmo - ao dizer isto, ela o sondava dissimuladamente.

Ricardo abateu-se, lívido. Se Eugênia soubesse quem era Selma, na certa iniciaria novas agressões. Por que não continuava a dançar e fechava a boca? ME divertia-se intimamente ao vê-lo tão sem ação.

- Você escutou o que eu disse? - ela desligou o som.

Ele não respondeu de imediato. Queria se acalmar - precisava mostrar-se normal quando abrisse a boca.

RICARDO

Deve ser alguém querendo marcar horário.

- É; deve ser - concluiu ME com naturalidade que o deixava apreensivo.

Era real esta cena? Ela não retrucava como era esperado. Não insistia no assunto, nem especulava. Tampouco parecia esconder qualquer tramoia. Como ela o surpreendia assim?

- Você me dá licença? Eu tenho que me preparar para um compromisso de logo mais.

Ela o estava dispensando? Não, aquela realmente não era a sonsa com quem esteve casado. Ricardo nunca imaginara que ela o dispensaria assim, com tanta naturalidade, com tanta indiferença. Levantou-se e caminhou até a porta sob mil estranhamentos internos.

ME o acompanhou.

bingo mas pobrezinho eu estou tratando o coitado tão mal eu aposto que depois desta ele não vem mais aqui e daí o que eu faço esta casa é tão grande por que é que ele sempre tem de desistir tão fácil eu só queria que ele insistisse será que ele não percebe se eu deixar o Ricardo sair por esta porta agora ele não volta mais vai achar que eu estou com outros interesses em mente

- Ricardo, fique mais um pouco. O meu compromisso pode esperar. Eu só ia visitar a Zoraide.

RICARDO

Não. É melhor mesmo eu ir. Eu também tenho compromisso.

- Ah, tem? Vai sair com os amigos?

Ele sorriu misterioso e cordial, lembrando-se do que havia segundos acontecera, e em pouco tempo estava além do portão, a entrar em seu carro. Ela o acompanhou com os olhos. Tinha uma profunda sensação de angústia, como nunca mais fosse vê-lo novamente, como tivesse acabado de perder a grande oportunidade de ter tudo consertado. Concerto. Mais uma vez, cometera o mesmo erro sem perceber. O acerto, ao se tornar a dona da situação, fora arruinado com o retorno eugênico a seu estado natural e submisso. Ele a tomaria nos braços não tivesse ela o convidado para ficar. E o golpe de piedade: a pergunta sobre os amigos, motivo de muitas discussões passadas.

mas eu sou idiota por que é que eu fui deixar o Ricardo ir embora Ricardo volta por que é que eu fui inventar que tinha um compromisso que vontade de arrebentar minha cabeça na parede vou bater a minha cabeça na parede até rachar que inferno que é a minha vida ele estava tão perto de mim e eu banquei a idiota eu quero é morrer pra tudo acabar de uma vez ele cria as crianças com qualquer vagabunda que aparecer pelo caminho eu não me importo vou estar morta mesmo que imbecil que eu sou mas ele também desistiu muito fácil cachorro eu balancei a bandeira branca ele pisou em cima e ainda limpou aqueles sapatos faz quanto tempo que ele não limpa aqueles sapatos imundos não deveriam ser brancos que ódio por que é que ele saiu com tanta pressa está é com sujeira pra cima de mim eu sei que está que raiva eu devia ter deixado valer a história do compromisso pelo menos assim eu sairia por cima por que é que toda vez eu tenho que voltar atrás ver a Zoraide eu vou é costurar a minha boca pra não falar mais destas asneiras agora ele vai lá deitar com alguma mulher e eu aqui ele vai estar pensando que eu estou com a insossa da Zoraide claro vai estar pensando que ninguém me quer porque eu tinha que abrir a boca que nojo deixei o cachorro beber no meu copo Deus sabe onde é que anda aquela boca imunda dele agora está tudo no meu caco de copo você vai ver seu cachorro você se lambuza com as suas moçoilas suculentas e eu me vingo de você um dia ainda acabo com esse seu orgulho convencido e eu besta imbecil ainda fiz parecer que só a Zoraide se importa comigo sempre só a Zoraide por que é que eu fui desmentir a minha história que compromisso será este que ele tem com quem será que vai sair eu queria ser um mosquito pra saber aposto que esta história é velha aquele imundo do Ricardo me paga eu vou até fazer exame de AIDS Deus sabe onde andou o miserável que repugnância quem será que é a cadela por isso que ele me trocou eu só quero ver a cara dela pra ver se valeu tanta pena assim quero ver se ela é mesmo melhor que eu ficou calado o tempo todo só pra deixar eu morder a minha própria isca quantas palavras ele falou naquele tempo todo não falou nem cinquenta nem cinquenta eu eu que não parei de falar não acredito que eu dancei na frente dele cada coisa que eu faço é motivo pra ele se aproximar mais daquela zinha dele e se distanciar mais de mim um dia eu ainda pego uma faca bem afiada e te castro Ricardo aí sim eu vou querer ver você gastar todo o seu dinheiro pra pagar uma mulher pra perder tempo com você mas eu não acredito que eu dancei na frente dele eu estou louca mesmo quer saber que se dane ele nem vai lembrar de nada entre jogar o copo no chão e dançar jogar o copo no chão foi o pior ah quem se importa eu quero saber mesmo é quem é a maldita outra deve ter estado com ele o tempo todo do nosso casamento me fazendo de otária de certo se deitava com ela e comigo na mesma noite e agora faz o mesmo com a pobre da Selma que imundície eu vou jogar todas as minhas roupas fora e tomar um banho de água sanitária que ele me paga me paga quanto tempo será eu quero só saber ou será que foram várias não ele não daria conta do recado quanto tempo será eu vou jogar aquele caco de copo fora é aquela Magda de novo eu aposto

# CAPÍTULO 7

Surda! Não está ouvindo o telefone tocar?

Não! Estou tentando ignorar!

O telefone havia tocado várias vezes. Eugênia parecia não escutar. Àquele momento, nada a ela era mais interessante que o que acabara de ocorrer. Filosofava, questionava as poucas frases que foram não trocadas. Paranoica, analisava milhão de possíveis sentidos sentidos. Escolhia crer piamente nos piores. Não cria em realidade. Não cria em mentira. Cria em verdade desviada - aquela que ela elaborava em sua mente autodestrutiva. Sentia prazer naquela posição de vítima, coitada. Sua forma de acreditar na espontaneidade de seus próprios sentimentos. Forma maligna; sentimentos flagelados. Para cada qual o seu prazer. O dela era o prazer de anulamento, de humilhação. E o sofrimento que esse prazer lhe trazia sempre fora um de familiaridade. Tão esperado como previsto. Previsto e induzido.

Tinha os pés para cima. Entretera-se em sua paranoia. Os olhos, fixos na unha encravada do dedão do pé. Por qualquer razão, havia pintado as unhas de um vermelho escarlate. Nunca o havia feito antes. Pensara que seria uma surpresa a Ricardo. Havia séculos, ele não mais demonstrava o mesmo interesse. Séculos. Séculos também havia que pintara os unhões - estes cresciam tão lentos quanto repugnantes, de forma que ainda restava uma faixa de esmalte apesar do tempo, como as roupas do defunto que permanecem após o apodrecer do corpo. Surpresa mesmo fora a sua. Naquele dia de manicura-pedicura-cabeleireira, por qualquer motivo, deu-se a discussão. Discussão final e monologada. Desde então, poucas vezes sequer olhara para os dedos dos pés. Tinha-os escondidos em seus sapatos sufocantes de madame. A unha encravada, que a pedicura havia prometido curar, retornara e ela nem notara. Unha encravada mais velha que a filha mais velha - uma daquelas pessoas que não se encontra por anos e de repente se nota que envelheceram vinte séculos. Mas não seria agora que a tal seria consertada. Concerto. O telefone não parava de tocar. Desconcertante este telefone. Havia tocado milhões de vezes. Mais irregulares os intervalos das chamadas não podiam ser. Verdade, era o tempo entre Zoraide limpar um móvel e outro, guardar algo na geladeira. Um algo. Dois algo. Três algo. Meio quilo de algo.

- Mas que inferno! Inferno! Alô?

Zoraide! Amiga insistente, quase uma empregada, servente. Ligava para saber o motivo de a amiga ter partido tão repentinamente. Derepentemente. Havia ligado várias vezes, mas Eugênia a ignorara desde que chegara. ME ao pegar o aparelho não sabia que era ela. Esquecera-se. Sabia que era alguém sem importância.

- Pois não, Zoraide.

O bolo. Não tivera vontade de levar? Não estava bom o suficiente? Ficara chateada com tal destrato.

- Não, Zoraide, não está tão especial assim. Pode desembrulhar. Nem vou ter tempo de passar pra pegar. Nem valeria a pena. Comi só pra não te chatear.

- Você quer que eu vá aí pra a gente conversar? – a voz era meiga do outro lado. Ainda meiga. Insultos programados sempre demoravam a ser reconhecidos. E o chateamento causado, este tão curto. Muito frustrante para com quem insulta, Zoraide.

Nós conversarmos? Não. Como? Eugênia não quer conversar. Não tem tempo.

- Eu vou levar a empregada em casa, Zoraide. Não vou ter tempo. Mas quando eu tiver, eu te ligo, tudo bem?

- Você não quer marcar pra a gente se ver amanhã?

- Eu estou superocupada agora, Zoraide. Eu te ligo quando eu tiver tempo, ok?

Quando ouviu o portão da frente bater, desligou o telefone. Não conseguia se lembrar se dissera adeus à amiga. Se dissera, seria bom. Se não dissera, não haveria tanta importância. Tinha vocação para ser maltratada; Zoraide sempre perdoara tão bem. Quase tão bem quanto se perdoava por ser tão descuidada consigo mesma. Várias vezes, no supermercado, as caixas lhe perguntaram se o cheque era da patroa. Zoraide era branca, mas lhe perguntavam. Mas o portão desviou sua atenção de Zoraide. Quem seria a uma hora dessas?

As crianças, já?

Não, não as crianças. Fosse! Era a empregada. Saíra sorrateiramente enquanto Eugênia estivera fora e agora estava de volta.

Cachorra!

Maria Eugênia colocou os pés de unha encravada para fora imediatamente. Parecia um falcão pronto para desfiar o pescoço da ratazana que limpava sua casa. Iria desfazê-la em humilhações.

- Você só está voltando agora? Pra onde você foi?

- Fui pagar umas contas. A senhora já separou?

E a empregada instalou sua bicicleta no corredor. Cor-de-rosa, a bicicleta. Com cestinha. Não esperou resposta de Maria Eugênia, pois não estava interessada se separara realmente, ou como separara. Tinha certeza de que o fato agora era ocorrido – havia sido realizado.

Essas coisas não mudam assim.

Perguntara somente por maldade. Possuía cérebro ágil para malcriações. Para proferir desencantos. Maria Eugênia fora surpresa. Seu roteiro de desfazer a servente em humilhações se desfizera mais rapidamente que o pescoço da ratazana pelo falcão. Isso a submeteu a seu poço de inferioridade. Era facilmente jogada àquele buraco de si própria, sendo obrigada a tomar a própria água. Seu corpo encostou-se à porta; seu rosto, magoado e perdido. Não olhava para nada. Sua vista embaçou-se. Perdera um referencial para o foco automático de seus olhos humanos. Olhos que agora pareciam artificiais – uma câmera, que quando surpresa, perde o referencial de importância dos elementos de cena. Desfocar-se. Desfocalizar-se. Embrenhar-se no poço de inferioridade de si própria. Descansar o dedo de unha encravada sobre o mármore frio.

- Dona Eugênia, hoje eu saio mais cedo.

- Tudo bem.

Nada bem. Maria Eugênia em seus dias normais não permitiria. Mas aquela empregada! Hoje tão aquilina! Coruja! Com o bico, a amaldiçoada arrancou os pelos das costas da dona. E enquanto ela se lambia em cura, roubou-lhe a caça. Por quê? A patroa sempre achara que empregadas tinham um prazer especial em achar suas feridas e cuspir vinagre com sal sobre elas. Para fazer a festa. Festança aquela dos cabelos extra-volumosos acabara de fazer. Pisoteada, Maria Patroa sentia-se um chão batido de casa da favela. Esses pés imundos, azedos sobre Maria Patroa. Eu posso sentir o azedume daqui. Maria Eugênia afogava-se em seu próprio poço de infelirioricidade! Nem socorro pedia. Havia muito, deixara de se debater.

Deveras, não há nada o que fazer.

Ricardo também era dono de fazer isto comigo. Certos sábados, juntava com a empregada para fazer chacota de mim. Eu me sentia humilhada, não tinha ligeireza para responder. A empregada se sentia mais mulher que eu. Tem os peitos maiores que os meus. A bunda também. Haverá de ser mulata! Mas nunca tive certeza. E nem perguntei. Parece o tipo que processa por racismo para tirar a barriga da lama.

Espichou os braços para alcançar os sapatos à beira do tapete. E os vestiu. Não. Removeu-os. Precisava trocar de meias-calças. Pois são um par! Fê-lo com a porta do quarto aberta, escancarada. Flagrou a haveria-de-ser-mulata a observando da porta. Passava para trazer umas roupas passadas e se deixara ficar. Maria Eugênia não se importou. Em um segundo, estava de meias trocadas. Calçados também calçados – um outro par, mais belo que o escolhido pela haveria-de-ser-mulata. Batom nos lábios, pés no acelerador do carro.

Havia se lembrado que precisava comprar pão para as crianças. Tinha umas notas sujas de Real na bolsa, de um troco que recebera. Queria gastá-las antes que infectassem toda a casa. E com a inflação de sempre, havia tempos, não era tão fácil se desfazer de notas de Real. Voavam com os ventos. A dona da padaria, com seu cigarro de sempre na boca de jacaré, nem perceberia quão sujos estariam os desvalorizados papéis. Passaria os dedos pela bosta pensando ser ouro.

Antipática! Sempre fingindo que a gente não existe. Gentalha! Trata sempre os fregueses como fossem invisíveis, como lhes estivesse fazendo um favor. Pois que favor! Com o meu dinheiro, ela compra seus cigarros empesteantes. Irritantes e mal-cheirosos. É um inferno chegar naquela padaria. Eu chego na padaria. Ela está lá, na padaria. Com sua cara de pão azedo e mofado e um cigarro na mão, ela finge que não estou. Sempre olhando na direção da porta dos fundos. Como se houvesse algo mais interessante naqueles fundos. Não há nada lá! Uma padariazinha sem nada, sem graça. Até higiene eu duvido que haja. E quem vai fiscalizar? Se alguém for, a bocarra de jacaré deve comprá-lo com cigarros baratos. Nem luz há naquele local. Por isso ela finge não me ver. Uma idiotice! Como eu me importasse com o que uma pessoa daquele nível...

Maria Eugênia, ingênua! Não sabes que todo brasileiro precisa achar um qualquer motivo para se sentir melhor que algum outro? Ah, porque eu fiz faculdade em São Paulo. Ah, porque eu tenho um sotaque muiiiiiiiiiito carioca. Sou muito melhorrrrrrrrrrrrrrrrrrrrrrr que você, caipira! Ah, minha mãe, minha mãe é filha de italianos. E meu filho tem cinco sobrenomes!

Maria Eugênia, pobre, nunca fizera bom uso da aristocracia brasileira. Filha de João Qualquer, esposa de dentista. Nunca aparecera em colunas sociais. Não podia esfregar a posição social na cara de muitos. Somente dos mais pobres. Fazia isso, de vez em quando. Não era o suficiente. Nunca fora parte sequer da aristocracia treslagoense - aqueles caboclos imitando americanos. Americanos, estes também tão deseducados e bregas. Ninguém nunca os percebe assim, entretanto. Tão bregas, ela os achava. Ela, que também nunca fora cem por cento acertos em suas vestimentas, certas vezes sentia-se prestes a rir – e se retirava do recinto social em que estava. Verdade, se pudesse, ela seria um deles. Um dos aristocratas-caboclos-tão-ultrapassados-querendo-ser-americanos. Não podia. Às vezes uma-ponta-de iceberg de despeito surgia em si. Com seu moral de culpa cristã, destruía-o. Inútil. Derretia-se a ponta, restava todo o resto. Que bom seria não fosse o iceberg tão ridiculamente grande.

Iceberg. Massadegelo. Mania de caboclourgês mal-conformado: sempre usar palavras estrangeiras. Inglesas. Únicas que conhecem - filmes B de Hollywood. Francês? Não. Espanhol? Portunhol. Italiano? Itatugês de novela-das-oito. Tatus de filmes B. Experts. Fulltime. Quasetudo passa. Pouco fica. Inglês. Em breve, tão estranho quanto o francês imperial. Próximo na fila? Chinês? Russo? Espanhol? Português? Pro Chin Mo natsky fila de la moda.

Maria Eugênia. Alheia a tanta coisa. Alheia à moda. Informava-se pelo que via na televisão. Nem sempre certa. Quase sempre quase lá. Raras vezes atenciosa, raras vezes corretíssima. Não fazia diferença.

Ninguém percebia. Taxistas percebiam-na – não as roupas, sim, as curvas quadradas, não curvas. Deveras possuía conhecidas experts em moda, capazes de apreciar raros acertos totais de Eugênia. Recebera elogios. Escassos eram, descartava-os como fossem corriqueiros e desimportantes - sentia-se melhor consigo.

Não foi preciso esperar. A padaria surgiu de repente no horizonte de seu para-brisas. Só um pedaço. Havia lá um caminhão em descarga. Resoluta, parou-se na contramão. Tão rápido a padaria aproximara-se em suas vistas, tão rápido ela passou o braço na alça de sua bolsa e saltou de seu veículo. Saltou apoiando-se no salto de seus sapatos negros. Sapatos negros, vestido azul-marinho. Combinação quase excêntrica para o meio da tarde do dia de sua separação. Atravessou a rua. Não olho para os lados. Não haveria de haver um carro justo agora. Não havia. Caminhando para a casa-de-pães, notou um grupo de homens ali sentados. Compenetrada, não focou os olhos em seus rostos desfigurados. Abstraída deles, estrangeira a tudo. Precisou desviar-se do para-choques do caminhão. Repentinamente, ali estava ele, o primo. Seus olhos focados agora podiam distingui-lo em seu bando de amigos. Mário tomando cerveja. Com seu bando de amigos.

- Que coincidência! – disse Maria Eugênia Feliz.

- Deixe eu apresentar pra vocês...

Apresentou-a - aos os. Maria Eugênia e Mário-que-não-faz-piadas-esdrúxulas-sobre-armários mais uma vez se veem. Que coincidência! O primo mais brejeiro que nunca – cerveja libertadora, cerveja de conveniência.

- Você está com pressa? Quer me ajudar com mais uma cerveja?

Balançou ela a cabeça negativamente para a primeira pergunta e afirmativamente para a segunda. O que estaria Mário fazendo em um bar-padaria-boca-de-bueiro em pleno dia-de-semana?

- Nada. Só estava meio frustrado, liguei para uns amigos e vim pra cá. Estava aqui por perto mesmo – respondeu Mário-que-sorri-de-orelha-a-orelha.

Alguém veio outra cerveja trazer. Alguém veio e ME nem viu, compenetrada estava nos traços finos do rosto de Mário - estéril em quase tudo que não Mário.

- A Eugênia acabou de sair d'uma audiência de separação. Ela era casada com o meu primo Ricardo. Estava tão estabanada que bateu o carro. Eu fui ajudar.

- Ajudou muito, aliás – completou ME.

- É por isso que esta é a segunda vez que estamos nos encontrando hoje.

Nunca tinha percebido que você fala tão bem, Ricardo. Mário! Como é que continua solteiro?

- E então? Você falou com o Ricardo, Eugênia?

Ele não me ligou, não. Se quando a gente estava casado, fazia pouco caso, imagine depois de... Você me desculpe o uso da palavra, mas o seu primo é um canalha, sabe, Mário. As cachorradas que ele faz... É que eu sempre fui muito discreta, sempre aceitei tudo calada. Até comida pràs crianças faltaria se eu não tirasse do meu bolso. Se fosse reclamar, era capaz que ele sentasse a mão. Já sentou duas vezes.

Mentiras falou. Para esvaziar o coração. Não falou de ocorridos. Falou de sentidos. Cuspiu sobre a reputação de Ricardo naqueles cinco minutos em que matracou continuamente. Estava em quase-transe, mas fazia com certa maldade também. Queria impedir ali mesmo que qualquer outra mulher se aventurasse a estar com o dentista. Por certo que no outro dia, o número de pessoas sabendo da vida de Ricardo entre quatro paredes se multiplicaria por cinco. E então por dez. E por vinte. Faltariam clientes em seu consultório. Ela não se importava mais. Estava separada. Faltar-lhe-ia pensão, mas era sacrifício necessário. Sentir-se-ia melhor que sacando seu dinheiro e o das crianças mensalmente no caixa eletrônico. Felicidade à vista e agora: essa que se permitia. Seu lar mais se parecia com uma casa de mulher-qualquer. Barata. Inferno sobre terra criado por marido vaidoso e prepotente. Possivelmente violento. E ela ali, sempre abandonada. Aquela a cuidar das crianças, a sanitarizar as feridas decorrentes de traumas paternos por elas sofridos. Cuidadosa, fazia a feira tentando escolher variedade de legumes, pois não se sabia que vitaminas iriam faltar no mês adiante, em que feira não faria. Pobres. Precisavam de um pai. Purulenta aquela família. Infecção trazida por aquele que deveria protegê-los. Mas que os vitimava.

- Engraçado, Maria Eugênia. Nunca ouvi falar isso do Ricardo – comentou o primo.

- Ele é dissimulado. Sabe, Mário, a sua família é muito negativa. Você é a exceção.

Garganta seca. ME calou-se. Presentes constrangidos, Mário-que-evita-armários estava perdido. Menos de cinco minutos depois de Eugênia se calar, os presentes partiram. Restaram ela e Ricardo. Mário! Ele calou-se mortalmente. Não sabia como apologizar ME. Ela não demonstrava interesse nelas, apologias. Mal se despediu dos que agora presentes não mais eram. Não os observou partir. Deveras estavam chocados e tinham compaixão para com ela. Mas também achavam-na louca, mal-querida, a se abrir para com estranhos daquela maneira. Ela não se importava. Antes mesmo de partirem, encheu várias vezes a boca de cerveja e se refrescou. Mário constrangido, inexistente. Ela, alta, agora o encarava com insistência. Intocável. Ele sorria tímido. Perdido. Havia escorregado na cadeira. Estava quase deitado na mesma. Os pés a perder de vista.

- Eu não sei o que dizer – disse dizendo.

Ela resposta não deu. Ele, entretido em sua cerveja, estava distante. Ela também a ele não dava atenção. Havia um canudo sobre a mesa, o qual ela pegou. Passeou-o por seu corpo, distraída. Suas mãos leves usavam o fino objeto para se autoacariciar. Passeava-se. Para cima, para baixo. Em breve, havia atingido o púbis. Passeou-se ali também, por sobre o vestido azul. Por sobre o vestido azul. Mário, de olhos distantes, custou a notar. Mas notou. E olhou para ela com ares de estranhamento. Mas olhou.

- Vamos?

- Vamos. Eu já bebi cerveja demais por hoje – disse Mário-sem-palavras. Vou pagar a conta.

Mário retirava-se para os interiores do bar-padaria-boca-de-bueiro. Maria Eugênia caminhou até a extremidade da calçada, quase na rua. Sentia as irradiações dos calores do motor do caminhão ali estacionado. Olhou para o seu carro, estacionado do outro lado da via.

Lembrou-se dos pães, motivo de ela ali estar. Resolveu ignorá-los. As crianças poderiam passar com os pães que a haveria-de-ser-mulata comprara à tarde anterior. Mário brevemente retornou, tão rapidamente quanto partira.

- Você me dá uma carona? Não quero dirigir. É perto. Depois eu volto pra pegar o carro – disse alta ME.

- Então, vamos.

- Então, vamos – passou ela o braço sobre os ombros de Mário, massageando-o - movimento que ele estranhou.

Entraram no carro sem demora. O primo estava acanhado, tacanho. Sob o sol ainda sufocante, o carro em seu interior estava insuportável. Foram abertas todas as janelas, muito embora o condicionador de ar estivesse ligado. De partida, Mário não vira uma bicicleta em seu retrovisor e, por isto, quase arranjara um enorme risco na lateral de seu veículo. ME percebeu que aquilo era efeito seu. Quase convenientemente bêbada, sentia-se lisonjeada. Estava mesmo sem limites. Sempre tivera o primo onde quisesse. Finalmente aprendera que dele poderia fazer o que quisesse também. Pela primeira vez, brincava racionalmente com isso. Poderia dali recolher bons frutos. Sorriu de canto de boca ao passo que Mário engasgava com as marchas e dirigia não menos atrapalhado.

Maria Eugênia não viu, mas, de dentro do bar-padaria-boca-de-bueiro, Dona Gentalha não tirara os olhos dela. Sempre o fazia quando Eugênia estava distraída, para passar despercebida. Adorava as vestimentas da freguesa, mas, influenciada por seu próprio olho gordo de Dona Gentalha, achava ME antipática, de nariz sempre empinado. Até comentava com a escrava que não tirava a barriga do fogão, nos fundos do estabelecimento. Olhava porta adentro sempre que Eugênia pisava os pés em seu estabelecimento, ou simplesmente surgisse no horizonte. Dona Gentalha então trocava olhares confidentes com a Escrava Barriga-no-Fogão. Olhares de admiração e escárnio. Admiração pelas vestimentas; escárnio pela vestida. E ME a achar que era ignorada. Aquela tarde, Dona Gentalha e sua escrava cabocla mal puderam tirar os olhos de Eugênia. Debruçaram-se na vitrine-balcão. Não podiam acreditar. Sempre quieta, a então considerada Antipática freguesa agora se arreganhava para copos de cerveja e para os outros fregueses sentados na mesa do Mário Garanhão de Calças Apertadas.

Maria Eugênia falou tanto quanto Dona Gentalha nunca havia ouvido, muito embora a mulher fosse freguesa naquele buraco decadente havia séculos. Fora Dona Gentalha pessoalmente quem servira as cervejas que embriagaram Maria Eugênia, mas esta nem a notara. Encantos de Mário. Dona Gentalha surpreendeu-se ainda mais quando os viu, aqueles que haviam chegado em carros separados, saírem juntos. Onde estaria Ricardo? Dona Gentalha conhecia-o. Julgou Maria Eugênia a pessoa de maior autoestima do mundo. Chegou a sair à calçada com Escrava Barriga-no-Fogão para assisti-los. Ficou a chupar o dedo sujo onde uma mosca havia pouco defecara.

O ar-condicionado do primo era potente. O que mais seria? Em segundos refrigerou aquele carro fumegante e as janelas puderam ser cerradas – eletronicamente. Ótimo carro aquele. Possuía, por sinal, uma fita vermelha amarrada ao retrovisor, para proteger de mau-olhado. Já estavam próximos de casa. Um pensamento maquiavélico de repente deixou a espinha de ME totalmente gélida. Congelara-se a cerveja em seu estômago. Não acreditava no que iria fazer, mas não teria tempo para pensar. Se realmente quisesse fazê-lo, haveria de ser imediatamente, antes de chegarem à casa. Colocou a mão sobre as coxas do primo.

- Você sabe que eu gosto muito de você, não sabe? Gostei hoje ainda mais. Tão protetor...

- Que nada...

- Eu não queria ir pra casa...

- Não?

- Queria ir pra um outro lugar com você.

- Que lugar?

- Você sabe que lugar. Eu quero ficar sozinha com você.

O instinto fez com que o primo virasse o carro imediatamente, uma esquina antes da casa de ME. Estava acostumado com aquelas propostas o Mário. Propostas de mulheres. Era sedutor; tudo fazia mineiramente. Assim, amigavelmente, fazia por si muito mais que qualquer um de seus amigos. Muito mais que qualquer Ricardo. Era romântico, mas não passava dois dias sem companhia. Com seus ideais de amor, era um dos mais acessíveis machos daquela cidade. Em um segundo, estava à porta do motel. Dirigiu seguramente. O engasgo havia passado. Estava decidido. Arrivaram.

- Era aqui que você queria vir?

Maria Eugênia somente balançou a cabeça. Estava tão gelada, que tremia espasmodicamente e não conseguia se segurar. Era um local não belo em canto qualquer afastado - um motel. Cores pouco atraentes e desenhos de Éden nos muros – um motel. O motorista deu voltas com o carro – contornou os círculos que escondem os quartos de motel. Em um segundo, haviam estacionado o carro e puseram os pés no chatô. Cópia aceitavelmente barata. Serviram-se da cama redonda, primeira coisa que ME, a bem da verdade, percebeu.

Estranhamente, olhos eugênicos pareciam operar em zoom. Diferentemente de sexo ricardiano, desta vez as luzes estavam ligadas. Estava tímida. Não exigiria coisas do primo. Ficou tudo da forma que lhe aprouvesse. "Please, si vous-plait". Talvez não se importasse. Nunca se sabia o que se passava pela cabeça do primo. Luzes ligadas bem ao querer de ninguém, o único que, apesar de inexistente, importava-se e fazia algo a respeito. Sendo assim, ME não ousava olhar para nada a não ser com o canto dos olhos. Cabeça sempre baixa. Efeitos alcoólicos sobre si já não atuavam mais – o fígado voltara a funcionar sob o tratamento de choque. Via tudo de passagem, pouquíssimas vezes em que moveu a cabeça. Mário continuava calado, como se de repente fora convidado ao próprio enterro. Assistia a tudo de uma cabina em sua mente, chauvinista ao extremo. Sentaram-se lado a lado, Eugênia e o primo. Somente por esta razão pôde ME prestar detalhada atenção ao pacote púbico e às coxas marianos. Um clique em sua mente, e repentinamente se lembrou de que aquele homem certamente fora desejado por muitas mulheres. Havia motivos. Sua masculinidade se expressava através de acertos instintivos. Sua boa aparência exalava macheza dominante. O pensamento de que finalmente se deliciaria, experimentando o que muitas haviam provado e gostado deixou ME elétrica. Olhos baixos, pousou mão sobre a coxa esquerda do primo. Apalpou-a.

- Você... Você está calado. Alguma coisa errada?

- Não. Só estou me sentindo culpado. Você...

- Eu vim porque eu quis!

Suficiente. De palavras ou mãos paradas, não se viu mais nada. O primo virara um furacão, que engolia Maria Eugênia de todas as maneiras. Ela se deixava guiar. Poderia deliciar-se, mas o estranhamento por aquelas não serem atitudes ricardianas fizeram com que ela mais atenção prestasse às diferenças que aos méritos do primo. Eram bons méritos. Nem barriga ele tem! Qualidades raras a um homem praticamente balzaquiano. Forte, grande, preciso, mãos grandes, mas de cirurgião. E cheirava bem. ME finalmente poderia conferir de perto. Ela não percebia, mas o primo era mecânico no trabalho. Quase mais atenção prestava ME a si no espelho que às curvas do primo sobre si. Espelho de teto. Podia ver detalhes que no escuro se escondiam, sobretudo por sob um travesseiro. Notava o primo. Em posições andrológicas. Espelho mágico. Detalhes que vivem no escuro se escondem no escuro. Enxergara a alma do primo. Nunca havia visto o corpo de Ricardo direito. Mário babava de excitação – ou de remorso. De excitação. De repente, era como ele ali estivesse só. Sabia o que queria. E como queria.

ME surpreendeu-se com a auto confiança e predestinação sexual de Mário-que-só-não-a-comeu-atrás-do-armário. Que esdrúxulo! Era um fantoche nas mãos dele, uma forma de ele chegar lá. O que o primo percebia, entretanto, era que se saciando, saciava também Eugênia. Esta não julgava que houvesse coisas que sexualmente ainda não conhecia. Mas não as conhecia. Desconhecia o fato de que a ideia fixa de um parceiro poderia influenciar tão diretamente sua própria chegada ao porto de destino desejado. Era dirigida, manipulada, torcida, retorcida e destorcida. Aparentemente, Ricardo não conhecia até então todos os orifícios de seu corpo. Tão pouco usara tantos ao mesmo tempo. ME era uma boneca sexual, utilizada de todas as maneiras imagináveis. Mário não pedira por seu manual. Apenas a sabia utilizar qualquer fosse sua ideia. Torcida, destorcida. Virada, desvirada. Contorcida, descontorcida. Usada e satisfeita. Seu corpo nunca havia se desdobrado tanto - nem por si própria. Nunca havia sido tão mandada. Nem pelo pai. Quase violentamente. Faltava a violência. Quase forçosamente. Sobrava a vontade própria. O primo havia levado pratos inteiros a sua boca e a manipulava para que os comesse. Gostou.

Tão logo terminada a sessão de desdobramentos, Mário sentou-se na cama. Ainda vestia suas meias. Logo, vestiu-se de cueca, calça e sapatos. ME, esbaforida, encontrava-se meio deitada na cama, meio sentada. Nua e perdida. Notou que se continuasse assim por muito tempo, o primo a deixaria ali. Sentou-se. Acidentalmente, soltou ventos. Barulhentos e em grande quantidade. Haviam se formado na cópula. Sentiu o sangue subir-lhe à cabeça. Vergonha. Mário.

- Eu tenho que voltar pro trabalho ainda hoje. Não demore.

- Eu já estou indo.

Não teve tempo para se envergonhar ainda mais. Os gases, estes preferira ignorar. Sentada na cama, tentou se recompor mentalmente. Pronto. Passou os olhos pelo quarto, à procura de suas roupas. Achou a maioria delas sobre uma cadeira, de certo imunda, que havia em frente à cama. Pôs-se de pé e a caminho de alcançar suas vestimentas. A cada passo, histerismo. Insistente flatulência, em altos e longos sons. Quando pensou que o primo a observava, ele já estava ao telefone, pedindo a conta. Cadela humilhada, porca, ME juntou seus trapos, ou o que restava deles, e se dirigiu ao banheiro. Recusava-se a tocar em maçanetas e torneiras. Usava os tecidos que tinha à mão para isso. Porque em um estalo reconhecera o fato de que era ali que as mulheres que tanto a enojavam se retiravam para seus rotineiros encontros masoquistas. Mulheres baratas, aquelas – cheiravam a esgoto. E haviam se deitado na mesma cama que ME. Quantas naquele lençol antes dela? Que atividades nojentas ali desenvolveram antes que Eugênia se espalhasse por aqueles tecidos? Eugênia agora era igual a elas, tão nojenta quanto elas – elas, que com seus batons cor-de-rosa-vibrante manchavam camisas de homens casados. Batidas na porta do banheiro.

Em um instante, ME se vestia no banheiro que lavava relações imundas. No outro, já estava dentro do carro com o primo, que insistia em permanecer calado, cara cerrada. Nem uma só palavra, nem uma só gentileza.

- Tinha coisas ali que eu nunca tinha feito.

- Eu, já.

- Então, eu fui bem?

- Não havia como se sair mal. Foi normal.

O primo concentrou-se novamente na direção. Não era cuidadoso – em verdade, dirigia com desdém, como carregasse porcos. Maria Eugênia ardia em vários orifícios – fora tratada pior que um cachorro trata uma cadela. No momento, gostara, mas começava a se arrepender – fora criada em família católica. Claramente, fora para Mário não mais que uma qualquer para descontar as mágoas de um dia frustrado. Tudo o que ele fizera com ela, já havia feito com inúmeras. Manipulara a pobre tal como se manipularia a uma prostituta. Satisfizera-se e agora a ela nem palavra dirigia. ME não merecia essa consideração. Não era dessas mocinhas de vinte e tantos que se fazem de puras. Não oferecia nenhuma falsa indicação de inocência. Já havia sido usada e desusada por um homem. Agora, seria usada e desusada por outro. E por outro, e por outro. E cada qual lhe trataria pior, porque já estivera em mãos de vários e portanto não se fazia digna. Claramente, não era digna. Era uma mulher cuja flor da idade havia muito tivera sido deflorada. Era uma mulher-estepe, a qual só se usa em casos de emergência. Como qualquer estepe, ela certamente estaria ali à espera de qualquer um. Como qualquer mulher sem pureza, seria mulher de qualquer homem, e assim estava sob a vontade deles. De certo, era por isso que Mário a tratava assim. Chupara o pouco de caldo que nela ainda havia. O que restara não era o suficiente para garantir sua atenção. Assim cria ME. O primo parou em frente à padaria.

- Então, até mais.

Bem que esperou pela resposta, que nunca chegou. Sem despedidas, pés para fora do carro. Um flato veio-lhe desesperado, mas este ela conseguiu segurar. Fechou a porta do carro. O ar quente e abafado de fora chocavam-na termicamente. Em um segundo, nem o primo, nem o carro estavam mais ali. Enquanto os pneus do carro cantavam desesperados, anunciando partida dolorosa, ME liberou quaisquer gases que havia de soltar. Som abafado, necessidade atendida, ME preparava-se para dirigir seu carro quando se lembrou do único motivo de ter ido até aquela padaria. Pães para as crianças. Não mais, ao menos por agora, pensava neles como vermes de cachorro. Sentia-se culpada, até. Tratavam-na bem. Amavam-na com veracidade, qualquer que fosse o caldo que nela restasse.

Atravessou a rua e entrou na padaria. Boca de Jacaré da Silva ainda lá estava. Não mais impressionada com ME. De fato, havia se esquecido dela. Algum de seus clientes bêbados havia dado trabalho. Possivelmente. Não importava. Fingiu que ME não existia. E para atendê-la, demorou horas. Havia algo de mais importante na televisão. Arrastando as chinelas porcas escondidas atrás do balcão, que fortuitamente cobria também suas unhas encravadas de esmalte vermelho comido, Boca de Jacaré, com seu cigarrão a esfumaçar, vagarosamente rastejou até a cesta de pães. Pegou uma sacola e um instrumento-pinçoso-pegador-de-pães. E colocou-se de fronte a Eugênia com cara de *ande logo.*

- Cinco pães-francês, por favor.

- Como? Fala mais alto. A senhora fala muito pra dentro.

- Eu quero cinco francês.

- Grossa!

Os pães foram jogados dentro da sacola em repúdio à suposta grosseria eugeniana. ME assistia a tudo calada. Possuía uma espada chinesa atravessada na garganta. Sentia-se tão remexida por dentro! Não sabia se dava atenção à Boca de Jacaré ou às pontadas agudas que sentia em várias partes de seu corpo. E uma sensação de falta de controle enorme. Segurou-se. Os flatos retornaram. Enquanto Boca de Jacaré arrastava-se até o caixa, Eugênia a acompanhou, mas do outro lado do balcão. Enfim, a dona do estabelecimento ajeitou-se sobre a almofada na cadeira atrás do caixa e deu mais uma olhada para a televisão.

- Mais alguma coisa?

- Dois sacos de leite.

- Por que a senhora espera eu sentar pra falar?

Porque você não perguntou e fica me olhando com essa cara de merda.

Boca-de-Jacaré dirigiu-se a uns congeladores do outro lado do buraco. Desta vez, foi rápida – o programa a que assistia voltava após os intermináveis comerciais. Voltou ela com dois sacos de leite. Com suas mãos sujas de cigarro e cinzas, colocou-os na sacola. Voltou ao caixa.

- Dois real e cinquenta.

ME tirou, com a ponta dos dedos, as notas sujas de Real do bolso. O deus, censurado. Nojo! Deveras haveria milhões de coliformes fecais ali. Até cor amarronzada possuíam. Entregou a Boca de Jacaré.

- Você conta? Eu acho que deve ter três notas coladas aí.

Mentira para ter o prazer de ver Boca de Jacaré levar os dedos ao dinheiro imundo e de volta à boca.

- Não, são só dois.

Rapidamente, Maria Eugênia retirou uma moeda do bolso. Ao entregá-la, recebeu em breve as sacolas com o pão e o leite. Boca de Jacaré não olhou mais para ela. Estava entretida com o programa de televisão. ME dirigiu-se à porta, onde, nos limites de seu controle, teve de deixar esvaziar-se. Barulho agudo e arrastado fez-se, devido a suas tentativas de se segurar. Boca de Jacaré viu. Olhou para ela assim que virara as costas. Procurava sinais do que ocorrera com Mário e se deliciou com a gafe. Chamou barriga-de-fogão. ME procurou esquecer. Logo andou para o carro que fervia e se pôs ao volante – mais uma vez.

Derreteu-se. Os cabelos, grudados na fronte. O batom, ou o pouco que deste restara, escorrido nos cantos dos lábios. E o vapor dos pães. Revirava-os da sacola plástica com a mão desocupada para que não murchassem. Ligou o ventilador do carro. Sua casa agora era distante. E a aridez do caminho em que a terra vermelha fazia poeira... Tudo a enlouquecia. Queria rasgar-se. Também xingava a dona da padaria. E se ria de tê-la feito se levantar duas vezes. Faria-o novamente tivesse mais que dois reais e poucas moedas. Dois real! Realmente, preferiu ignorar os problemas de flatulência sofridos em sua saída. Dona Gentalha possuía mais pelo que se envergonhar, que ela. Tão logo se aproximou de sua residência, viu a forma de alguém que fazia algo ao seu meio-fio. Deveras seria algum dos marginais infantes do quarteirão, sempre se sentando em qualquer lugar. Não era de se surpreender que tivessem vermes. Tantos! Mas, conforme chegava mais perto, notou que não era nenhum deles. Era Zoraide, que tentava abanar-se para se livrar do calor. ME desceu desconfiada. O que haveria de ser? Ela e a amiga trocaram beijos. Teve nojo por sentir que a amiga estava suada. Limpou o rosto. Não se lembrava de quão suada estava também, pois a outra suava mais frio.

- Vim ver como você estava.

- Por que você está aqui fora?

- Toquei a campanhia. A empregada atendeu, mas não abriu o portão pra eu entrar. Fiquei com vergonha de pedir. Ela sabia que era eu.

- Fui eu que disse para não abrir o portão para estranhos.

- Mas ela me conhece...

- Conhece, mas você não mora aqui. Você só queria me ver?

Coitada! Deixe-me procurar os pedaços de bolo que eu trouxe para a minha amiga. Eu estava preocupada. Ela precisa comer. Tão avoada, fora de si, até. Se ninguém a resguarda, Eugênia pode até ficar doente.

O que ela tanto procura nessa sacola de supermercado?

Deve ser o bolo, Maria Eugênia.

Será? Vai estar tudo cheio de poeira. Não acredito que ela veio me importunar pra isso. Esse bolo nem está tão bom assim.

- Zoraide, eu vou entrar, tudo bem?

- Espere. Aqui, o bolo que eu trouxe pra você.

- Eu não estou com fome. E esse bolo...

Que barulho foi esse? Impossível.

Mais um flato Eugênia deixava escapar. Tão aérea e tão gasosa. Gases sorrateiros, músculos enfraquecidos. Vergonha.

- Você está bem?

Maldição!

- Não foi nada, Zoraide. Só o calor mexeu com os meus...

- Eu sei. Estava com o mesmo problema ontem. Procure repousar.

Lá vem o bolo.

- Só isso, Zoraide?

- Só.

- Obrigada. Tchau, Zoraide.

- Tchau.

- Viu, Eugênia...

PorTÃO. Mal Eugênia colocou os sapatos sobre a varanda, Tililililim.

Quem será agora?

- Anete, atende pra mim.

Haveria de Ser Mulata correu com suas sandálias frouxas até o interfone. Fazia de propósito. Balançava as mãos ao correr também. Pulsos quebrados, balangando. E boca aberta, derramada. Parecia ter sofrido derrame cerebral havia alguns dias. De certo, não lembraria nem o nome. Como? Haveria. Haveria de que? Não lembro. Como, não? Ah, eu lembro. Haveria de Ser. Só isso? Haveria de Ser Mulata.

- Quem? – beiços arregaçados, boca mole.

ME, que já se esgueirava pelos móveis da sala e se deixava derramar, estava por perto.

- Dona Eugênia, aquela amiga sua – gritou.

Aquela amiga! Há necessidade de gritar?

- O que ela quer?

- O que é que a senhora quer?

A voz metálica se fazia quase perceptível aos ouvidos longínquos de Maria Eugênia.

- Água.

- Água? Leve a garrafa e um copo pra ela lá fora. Descartável.

Dependurou-se novamente o interfone no gancho.

- Ah, e leve este bolo pro cachorro.

- Pro cachorro, dona Eugênia?

- Se você quiser levar pra casa, pode comer. Faça o que você quiser. Meu Deus do céu.

- Nossa, que mal humor! Ouvi que é assim mesmo. Depois de separada, toda mulher vira um bicho.

Ora! Que ousadia, ME! Vai deixar por isso?

Não havia possibilidade de resposta. Haveria de Ser estava distante, já. Virou as costas após a maldade. Somente abriu o portão e se foi.

ME desfez-se em tiras de pano jogadas ao chão. Encaminhava-se para a sala das águas. Precisava recompor-se, livrar-se do azedume e de fluídos humanos. Lembrou-se de Mário. Ele havia depositado fluídos em si. Deixou se ficar. Sobre o sofá, pensou. Fantasiou. Gostou. Repetir.

De relance, avistou um papel dobrado mil vezes sobre um canto da estante. Haveria de Ser haveria deixado por ali. Pois o quê! Deixara! Estivera ali por semanas, sempre a incomodar ME. Ela a admirar o pequeno papel, a se incomodar com ele, mas a deixá-lo onde estava. Preguiça a acometia. Desmantelada, mesmo assim se pôs sobre os pés de unha encravada e se arrastou até o móvel. Lânguida e sem a menor precisão, acertou a mão sobre a pequena coisa, carregando-a debilmente por entre os dedos até retornar ao sofá. Abriu o pequeno pedaço de papel. Lia: Ideal Floricultura – e um número de telefone. Fora o último presente ganho do sonso agora descasado dela. Algumas semanas antes do fim de tudo, ele lha havia dado um ramalhete de flores silvestres, num sábado em que comeram pizza e se retiraram mais cedo para a cama para uma noite de sono tranquilo e fácil. Última noite agradável que tiveram, pensava ela. Levou o pequeno papel às narinas sôfregas. Cheirava à pele de Ricardo, à ponta de seus dedos. Sentia o movimento da ponta fina da caneta sobre sua pele, como fosse ela mesma aquela superfície que tinha ao nariz. A ponta fina da caneta a acariciar-lhe a pele, como o próprio escrevinhador fizera em algum momento de seu arrastado relacionamento.

Flores. Ricardo. Tudo terminado. Abateu-a uma repentina dor de perda e de consciência. Como tivesse dançado sobre o túmulo de um recém-enterrado ente querido. Mário-que-te-comeu-de-toda-forma a havia levado a fazer algo que realmente não quisera fazer. Fora tão utilizada, reutilizada, abandonada. Seria reciclada? Sentia a dor que a traição trazia a si, muito apesar de nunca ter realmente traído Ricardo. Tentava dizer isso a si nos raros momentos de racionalidade durante aquela crise de depressão – ela, ali, jogada sobre o sofá, abandonada por si mesma. Sim. Talvez Ricardo quisesse tê-la de volta um dia. Tantos anos de sufoco. Queria uma brisa para então poder mergulhar novamente em ME. Não?

ele veio aqui me ver queria saber como eu estava de certo se importa comigo senão não teria vindo eu acho que ele se importa só eu que não me importo com ele acabei de me deixar levar por um vagabundo qualquer se bem que foi bom não ele me ele me seduziu mentira eu sou uma vagabunda como é que fui virar uma vagabunda dessas meu Deus dói tanto eu não queria porque eu virei uma mulher tão fácil será que agora eu vou fazer assim com qualquer homem que aparecer na minha frente eles estão sempre falando dessas velhas desesperadas por sexo que não conseguem segurar a vontade se bem que eu não sou tão velha assim será que eu sou uma delas de certo ai deuzinho não deixe não eu não sou uma dessas não quero ser mas agora eu já fiz e agora não tem volta a pessoa acostuma com esse tipo de coisa uma vez mulher fácil sempre mulher fácil se eu fosse homem não teria problema ia até ser bom pra mim me meter em todos os buracos possíveis mas agora vão me chamar de vagabunda vão apontar os meus filhos na rua na escola vão fazer graça deles ai uma hora dessas a cidade inteira já está sabendo alguém devia estar passando no motel me viu e quando for perguntar ao idiota do Mário ele vai falar que era verdade sim porque o que ele quer é adicionar mais uma pra fama de conquistador dele filho da puta homenzinho barato nem foi tão bom assim foi sim ai deus me perdoe coitado do Ricardo tão inocente nesta estória toda só queria um tempo pra respirar eu sempre fiquei muito em cima dele ai que dó se culpa matasse eu reconheço não deixei o coitado respirar será que ele vai querer olhar na minha cara de novo aposto que não vai procurar alguma mulher decente e levar os meus filhos com ele mas eu mereço mesmo se ele viesse atrás de mim eu contaria toda a verdade pra ele sou uma galinha não sou digna dele vou ligar pra ele agora e contar pra ele porque ele merece saber pra ele fazer a escolha dele ele tem o direito de saber quem eu realmente sou se eu não contar ele pode pensar que eu sou uma santa e aí vai voltar pra mim mas eu estaria enganando o coitado ele não merece isso sempre foi tão digno pode não ter sido o melhor marido possível mas nunca me enganou se bem que ele nunca tentou muito me fazer feliz que nada aquele é um canalha só quer saber de si eu que fiquei esperando do lado dele tonta deve ter trepado com cada galinha desta cidade todas as vagabundas que ficam dando risadinhas quando me veem no supermercado infeliz que ódio a imbecil aqui achando que o ricardão era um santo ele não passa de um enganador um vagabundo sempre trazendo humilhação para o meu lar os imbecis aqui todos crentes nele e a cidade rindo nas nossas costas que vontade de enganar aquele idiota esganar eu rezo pra um dia ver o Ricardo dar o último suspiro pra eu gozar da cara dele desse direito eu não abro mão e o Mário é muito melhor que ele casei com o primo errado poderia até ter tido um casamento infeliz mas pelo menos teria umas boas noitadas e isso já valeria a pena de que valeu toda a pasmaceira com o imbecil do Ricardo sempre tão sonso nada de especial nada pra me deixar ligada nada pra me excitar pra me empolgar sempre a mesma coisa mesma coisa mesma coisa mesma coisa mas será que o Mário vai querer olhar na minha cara agora ele deve estar me achando toda frouxa não consegui segurar aqueles gases ai meu Deus saí fazendo o maior barulho na frente dele parecia uma bexiga furada vazando a cada passo ai que humilhação se bem que já tinha acontecido uma ou duas vezes com o Ricardo antes mas o Ricardo me conhecia não ia achar que eu era frouxa porque com ele só aconteceu duas vezes mas com o Ricardo foi bem na primeira vez eu não estava preparada é castigo por ter feito o que eu fiz ai meu Deus o castigo foi merecido que vergonha mas eu mereci obrigada meu Deus por me punir desse jeito eu não faço de novo se bem que sempre fui uma mulher correta da única vez que fui querer fazer uma coisa por vingança Deus se vinga de mim que Deus é esse tão injusto todo mundo faz tudo e sai são eu fiz uma vez só e levei a chapuletada logo de cara isso não é injusto porque uns não são castigados nunca fazem tudo de errado e só se dão bem na vida fazem tudo de mal e só têm o bem de volta e eu que só fiz uma vez de certo deus não quer que você saia do caminho Dele Eugênia ah todo mundo é humano eu também sou humana tenho o direito de errar não precisava toda essa humilhação pra eu verificar o meu erro já estou me sentindo culpada e não foi nem por causa dos puns ai meu Deus que vergonha se bem que eu merecia um Deus melhor esse Deus ficou bravo comigo por causa do que eu fiz pra me vingar e fez comigo a mesma coisa que eu estava fazendo se vingou de mim bom é pra você aprender Maria Eugênia agora você nunca faz de novo pois é ai Deus está certo mesmo o que eu fiz com o Ricardo foi sacanagem ele nunca fez isso comigo eu estou separada também não devo nada a ele isso é ai mas coitado aqui as flores que ele comprou pra mim eu não tenho caráter mesmo onde já se viu fazer isso com uma pessoa eu sou uma adúltera é isso que eu sou sempre critiquei tanto esse tipo de gente e agora sou igual é pra eu aprender coitado do Ricardo logo ele

# CAPÍTULO 8

Tililililim. Tililililim. Tililililim.

- Alô?

- Eugênia?

- Benção, pai.

- Deus te abençôe. Tudo bem, filha?

- Tudo, pai.

Lágrimas correram aos soluços, que aumentavam as lágrimas. Queria ela conforto quase paterno? Pois aquela tarde não conseguira. E suas frases perdidas em tentativas lacrimosas de parecer bem traziam para si aquele que fora o centro de suas disputas mais infantis e mais velhas - ele se locomoveria até ali em sua bicicleta preta.

Antônio de Souza, homem grado porém correto, era conhecido pelos mais velhos habitantes da cidade por ter passado ali sua vida toda e por ter ajudado com cada gota de seu suor a construir aquele local. Entregara sua vida ao trabalho, de forma que, apesar de suas posições sempre tímidas nos empregos, acumulara patrimônio vezes mais que aqueles acumulados por seus chefes, agora decadentes. Antônio de Souza, apesar do pouco estudo, erguera-se na vida e suas crias tiveram ao menos a oportunidade de escolher os caminhos a seguir. ME também fizera sua escolha.

Haveria de Ser. O que? Mulata. Haveria de Ser Mulata. Ela deslocava-se até o porTÃO para abrir caminho ao homem que em sua calça cinza, camisa listrada e sapatos pretos vinha visitar. Estivera a doméstica ciente do jeito descomposto da patroa quando esta retornara da padaria, e agora olhava para Eugênia com ironia enquanto retornava ao buraco de onde havia saído, nos fundos da habitação, após ter trazido em seu encalço, até a sala, o velho homem. Tendo Dono Antônio de Souza a sua frente, ME debulhou-se em lágrimas.

(sem conseguir se segurar)

Papai! Não precisava ter vindo... Eu estou bem.

DONO ANTÔNIO

(tímido, a bater nas costas da filha)

Não, minha filha. Eu só vim ver como você está. Não custa nada. Não deu pra ir no Fórum.

Assim, sentaram-se ambos. Um em cada sofá, a contemplar o constrangimento de não saberem como se portar em tal situação. Ela, a secar as lágrimas. Ele, a calar a vergonha dentro de si: ME então era mulher separada – porém, vestida em uns panos leves e confortáveis, a esconder as roupas de baixo remexidas por Mário-que-só-não-a-comeu-atrás-do-armário.

Sentia-se ME indigna do pai. Ele, a acreditar que ela sofria. Ela, a saber que sofria de tal maneira que havia minutos tivera a relação sexual mais destrinchante de toda a sua vida. Ainda se sentia fofa por dentro e cuidava para que a impiedosa flatulência dilacerante não surgisse de dentro de seu corpo aviltado e feliz. A mente, porém, a ofendê-la ainda mais. Tentara sempre ser a mais perfeita das filhas, a mais verdadeiramente digna das atenções de Dono Antônio. Sabia que o era e, mais, sabia que ele um dia saberia reconhecê-la. Assim, criava nas irmãs ódios funestos, porém passageiros de católicos, sempre a tentarem sabotá-la, mas nunca a alcançarem seus níveis nipônicos de perfeição. Entretanto, havia aquela que, com tão pouco esforço, estava sempre a segurar o cetro. O cetro que a tornava rainha. Eugênia menina chegou a pensar em como tomar dela o cabo real – queria segurá-lo, senti-lo. Sabia que com aquele cetro viria o trono da rainha, gratuito, fácil, porém também sabia que daquela fonte não poderia beber. Com chateação, dava-se conta. Com ressentimento.

Dono Antônio de Souza possuía movimentos nervosos, porém poucos. Seu azar era o choro constante de Eugênia e ele se fazia presente fisicamente, mas ausente de mente. Verdade, queria ser esquecido. Estava ali para preencher uma função, mas a esperar que esta não fosse requerida. Gotas de suor escorriam-lhe face abaixo; enxugava-as nas mangas de sua camisa. Por minutos compridos, palavra não foi dita naquela sala. Somente o silêncio embaraçoso da distância e dos soluços que se abafavam. Dono Antônio de Souza nunca demonstrava a suas filhas lado humano seu, homem simples que era. Rude, calado, distante, capaz de exibir o que possuía de forte - e somente. Assim, herói grego, meio-humano, modelador dos ideais masculinos de ME – ela, que acreditava na farsa interpretada por ele. Dono Antônio Farsesco. Este, ME não encontrou em Ricardo e não encontraria em homem algum. Homem irreal. Descobrisse todos os lados obscuros da pessoa de seu progenitor, perderia ela a admiração por ele. Jogá-lo-ia na vala comum dos fracos, pois o pai teria sido incapaz de comportar as pressões de acordo com os ideais que ele mesmo havia construído nela. Assim, naquela sala, Seu Farsesco atirava Eugênia no monte dos imbecis que não sabiam suportar os revezes da vida. Calado, interpretava seu papel e dava a ela satisfação de pertencimento, sensação de que nem tudo em seu mundo havia desabado.

- Eu vou pro cemitério. Você quer vir?

- Pro cemitério? Fazer o que?

- Levar flores pra sua mãe.

- Está bem. Eu dirijo o senhor.

- Não, eu vou de bicicleta mesmo. Tenho que passar na floricultura.

- Não, pai. Eu levo o senhor.

Maria Eugênia, a passar a mão por sua bolsa, levantou-se, pegou as chaves do carro e se pôs a partir com seu pai. Mas novos flatos vieram-lhe à porta, ao veículo que abria para a entrada paterna. Felizmente, logo fechou este no carro e se deixou esvaziar, antes de se dirigir para o banco do motorista. Vagarosamente, a esperar que tais conteúdos gasosos sumissem no ar, deu a volta por detrás do automóvel e se colocou em posição de saída. Aparentemente sã, deu a partida.

Seu Farsesco boca não abriu. Deixou que dirigisse. Somente apontou-lhe a floricultura dantes citada. Parada em frente à mesma,

ME sentiu invadir-se por mais gases – a pressão dentro de si a não resistir à exterior, suas aberturas arregaçadas pelo primo a darem passagem a todo o tipo de elemento da tabela periódica. Humilhante a sensação de não conseguir impedir tal trânsito interno, mais ainda perto do pai. Sentia-se imunda e queria que o mesmo demorasse a eternidade na tal loja, no que sentiu inebriar-se pelo calor e pelo sol da cidade. Um quê de vermelho por toda parte, a deixá-la desconfortável e imunda também por fora. O suor a escorrer por sua pele apesar do condicionador de ar ligado. Luz, calor, gases. Todos invasivos a lembrá-la infinitamente de sua impotência perante a tudo e a si mesma. Dono Antônio de Souza finalmente retornou ao automóvel, preparado para ser dirigido até a terra dos mortos.

Durante o trajeto, entretanto, algo ocorria. Agora conversavam como fosse aquele um dia normal. Falavam de assuntos diversos, do tempo, de conhecidos. Mas as forças do furacão que se formava no interior de ME a fazer pressão sob ela. A insistência de tais ventos internos. O grito que não deu de dor. Tudo aquilo, somado à vizinhança pela qual dirigiam para chegar até à cidade dos idos, dava a Eugênia esquisita sensação. As ruas estreitas e irregulares à beira da agora esquecida ferrovia. As casas de madeira, por ora pobres, estacionadas no tempo. As árvores que cresciam tal qual metástases, fora de controle – suas folhas a caírem secas nas ruas, suas frutas a apodrecerem sobre o chão a seu redor. O calor que de tais frutas fazia os vapores subir. Os cheiros que exalavam tais frutas e penetravam no condicionador de ar do automóvel. Tais gases que forçavam a entrada do lado de fora, mais os ventos que insistiam na saída do lado de dentro. Barulhos houve de estranhas movimentações estomacais. Tais demonstrações físicas eram o fim de Eugênia perante Seu Farsesco. Não conseguia ela segurá-las, mas ao menos flatulência não se tornaram. Eram ainda internas, mas já suficientes formas de humilhação perante ao progenitor. O que pensaria ele?

Meu deus do Céu!

quando eu chegar naquele bendito cemitério vou direto pro banheiro ou isso ou eu peço pro pai ir na frente aí eu vou bem no meio dos túmulos e deixo sair tudo dor desgramada

O cemitério e seu estacionamento mal improvisado despontavam vagarosamente ao fim da estreita ruela. Quanto mais suas escalas aumentavam no horizonte, maior a ansiedade da motorista ME. O torpor físico a enlouquecia. Já mal podia sentir as pernas. O carro finou-se ao fim de seu trágico trabalho de estacionamento. Não reduzira a velocidade, de forma que, não parasse o carro imediatamente, haveria atingido o muro branco que já se autodemolia. Abriu a porta, apressada. Jogou a bolsa no banco de trás. Não se importou com quem pudesse vê-la, com quem almejasse roubá-la através de um vidro quebrável. Quase se esqueceu da presença paterna. Mal podia esperar para que ele pegasse o ramalhete de flores que havia comprado. Estava por se derreter. Pisoteava o chão de ansiedade. Pedrinhas de cascalho naquele chão. Sentia o cheiro das velas a penetrá-la também. Sapateava para descarregar a necessidade recalcada.

Sobre os vapores do solo, abafados pelo sol escaldante, andou com as pernas muito juntas, acompanhando os passos do pai – o qual nunca andara mais devagar. Estava ficando velho e mortal. Apesar de toda a tardança, chegou por fim à entrada do cemitério, onde, assim como o progenitor, disse "Boa tarde" aos dois guardas. E entraram por sob aquele pequeno portal de alvenaria na casa dos falecidos. A recebê-la à porta, os vapores que vinham à tona por entre os buracos nas juntas dos túmulos, um mormaço que imediatamente lhe causou atordoamento – e por pouco não caiu por ali mesmo. Estava ela frágil aquela tarde, mas ainda tinha pressa em se livrar de Dono Antônio. Embora não muito criativa, conseguiu inventar de estalo uma desculpa para que o pai fosse à frente, pois ela o seguiria logo.

- Quero ver um túmulo de uma conhecida aqui por perto. Fiquei sabendo ontem que morreu.

- Tudo bem.

Seguiu Dono Antônio de Souza à frente, enquanto ME esgueirou-se por entre os caminhos estreitos das sepulturas. Ali, do lado esquerdo do cemitério, logo próximo à entrada, era onde havia as pessoas mortas fazia mais tempo. Setenta, oitenta anos de morte. Ela foi por ali, pois julgava ser a área mais limpa daquele local porco. Não deveria haver restos de quase mais nada, nem sequer de doença. Costumava admirar a beleza singela daqueles túmulos altos de cimento desenhado toda vez que ia ao sítio. Também pensava em que tipo de vida teriam vivido aqueles mortos quase centenários. Realizar. Andou entretida pela visão cheia de questionamentos misteriosos e imaginativos – nunca de fato respondidos. Quando notou, seu laboro havia sido muito maior que o necessário. Estava ela já perto da extremidade sul do recanto. Ali poderia aliviar-se. De tão mortos e havia tanto tempo, estava certa de que ninguém poderia ouvi-la. Também não tinha dúvidas de que seus conteúdos gasosos sairiam amontoados. Também escapuliriam conteúdos outros de toda a sorte, pensava. Errou. De forma obscura, o caminhar trôpego aliviou-lhe as internas pressões e então via-se livre delas e de todos outros infortúnios quaisquer. Sentiu-se nova. Aquelas carcaças todas haviam de invejá-la. Ela certamente invejava a felicidade marital de todas aquelas defuntas. Casadas até a morte a maioria delas, apostava – a que custo, não se questionava. Defuntas casadas. Lembrou-se de Dono Antônio Farsesco e resolveu ir encontrá-lo. Procurando espaço por entre as funestas construções, deu-se por si da vermelhidão de seus sapatos dantes negros. Sempre tivera horror àquele pó rubro de cemitério. Sentia sempre que lhe impregnava a alma. Enojou-se. Pó de doenças, de vírus e bactérias, de ossos. Toda vez que na terra dos mortos os pés botava, sentia nojo de si mesma, pois haveria de se limpar ao retornar ao lar. Este julgava empestar e durante o resto do dia se preocuparia com sua saúde física. Pensava já em como colocaria as vestimentas para lavar. Haveria de separá-las do restante, para que estas também não infestassem. Mas já era hora de tentar concentrar os pensamentos na busca de Dono Antônio de Souza. E assim o fez.

Pisou firmemente por entre aqueles jazigos de formas variadas. Cada vez mais, os sapatos manchavam-se da poeira sangrenta daquele solo faminto. A procurar, observava as variadas fotos nas lápides e não conseguia parar de imaginar a rotina de apodrecimento daqueles corpos dentro daquelas caixas quentes e abafadas de cimento. Os caixões a sentirem as pressões internas de corpos, que inchavam até arrebentá-los. Os cheiros, as secreções que após o ápice da podridão dissipavam-se para sempre. O vazio deixado por esse desaparecimento. A pele seca, os cabelos e unhas crescidos, as roupas manchadas, o caixão arregaçado. O desfazer-se ao pó. Aqueles rostos gorduchos. De que haveriam morrido? As fotos empalidecidas pelo sol impiedoso. As infecções por todo o canto guardadas, esperando um novo corpo em que crescerem até matarem. Como uma planta que engolia a outra viva. Bactérias, vírus. Insanos. Ela, alvo fácil. O pó penetrava as carnes dos pés. Certamente. Logo estaria ela em um caixão. A apodrecer, esquecida. Parou de respirar. Sentia a pressão para se imaginar morta, inexistente. Não conseguiu. O vazio a ela era inimaginável. Sentiu pena de si. Depois de morta, seria manipulada por funcionários de necrotério ainda mais desapiedados que o sol. Colocariam algodão em suas saídas. Os gases ali prenderiam. Não teriam pena. Chocou-se com o pai. Soltou um grito assustado.

Ela não percebera, mas estava ele ali, sentado ao canto do túmulo, a rezar. Se tivesse sensibilidade, perceberia também que Dono Antônio de Souza não passava de uma farsa. Sim, porque quase chorava. Considerá-lo-ia um fraco. Aposentado acabado. Resto de homem. Logo estaria ele também ali enterrado. Suas poucas carnes não demorariam a ser devoradas. Acabar-se-iam num estalar de dedos. Melhor assim que se desfazer em vida. Houvesse ME o surpreendido, seria ele não mais que uma piada velha. Um homem chorando!

ainda mais por causa dessa...

Mas Eugênia estava em si muito apegada para perceber qualquer coisa. O que viu foi um homem forte levantando-se. Haveria de estar limpando qualquer coisa da lápide. Deveras! Também ele temia morrer-se, mas logo se ergueu e, para interpretar seu teatro paterno, fez-se herói e esqueceu de seus conflitos internos. Que ela jogasse a água velha do vaso fora. Ele buscaria nova para acomodar recém-compradas flores.

- Tudo bem, pai.

Abstraiu-se ela de si própria ao observar a partida do progenitor. Ainda não o julgava um pobre coitado. Não até que se voltou para a fotografia materna. Desbotada madre.

como é que pode né uma mulherzinha dessas sem sal nem açúcar homem é besta mesmo nunca vi só um golpe da barriga pra fazer um homem como o meu pai casar com uma mulherzinha dessas ou ele estava muito enganado com ela igual eu estava com o Ricardo nossa como eu me enganei com o Ricardo coitado do meu pai acabou caindo na lábia dessa mulher fez o coitado sofrer a vida inteira até a hora que ela morreu nem dava atenção pra ele nem nada e agora o bobo fica aí trazendo flores pra ela e ela nem merece olha que cara mais deslavada até na fotografia do túmulo está com essa cara deslavada nossa eu tinha uma raiva dessa cara dela se ela soubesse nem falava comigo nem chegava perto porque eu bem que tive vontade de quebrar alguma coisa na cabeça dela dá até vontade de cavucar essa cova só pra ver o que a morte fez com aquela cara dela deve estar magra uma caveira aliás ela sempre foi uma múmia deve estar muito pior ainda toda ressequida nesse buraco aí deve estar é com sede será que ela quer uma água é bom até pra hidratar essa múmia seca mas água limpa não tem que ser esta água cheia de larva de mosquito que está aqui faz mais de semana é essa mesma então bebe um pouco mamãe a senhora deve estar com sede

E tornou o vaso agora de flores tolhidas sobre a fotografia da progenitora na lápide. Um banho imundo tomou a defunta, há de se dizer. ME conseguiu retirar, de uma só vez, todo e qualquer resto de planta que ainda restava no vaso. A tempo. Dono Antônio de Souza retornou rápido e nem percebeu a água sobre o túmulo. Pôs-se a rezar mais uma vez, após ter colocado as novas flores no vaso. Simplesmente. Eugênia, mesmo, sentiu-se envergonhada. Afinal, o Seu Farsesco realmente amava aquela falecida. Ela podia perceber. E se sentiu mal afrontando a figura paterna atrás de suas costas. De tão mal, resolveu arrepender-se. Colocou-se a rezar.

mas bem que aquela foto estava sujinha mesmo Pai nosso que estais nos céus santificado seja o vosso nome venha a nós o vosso reino

- Eugênia, eu vou esperar no carro.

- Está bem, pai.

seja feita a vossa vontade assim na terra como no céu o pão nosso de cada dia nos dai hoje perdoai às nossas ofensas assim como nós perdoamos a quem nos têm ofendido e não nos deixeis cair em tentação mas livrai-nos do mal amém

Tomada por súbita afeição pela figura da matriarca, enquanto ainda tinha Seu Farsesco em vista, levou-se Me a acariciar a fotografia recém-limpa. Conseguia lembrar-se de situações em que aquela mulher não fora tão má. Fora inclusive boa para com sua meninice em alguns momentos. Quando fez para a criança um casaco de tricô, havia uma festa de aniversário da vizinha para ir e a roupa nova chegara em boa hora. Mas agradecera muito mais a Dono Antônio de Souza – fora ele, afinal, quem pagara pelos materiais. Bem que podia ter agradecido mais à mãe que perdera todo aquele tempo... Tempos passados. Também gostava dos sucos que a mãe lha preparava nas tardes de calor. De tamarindo. Adorava – lambia os beiços. *Celina de Souza* lia a placa. Aqui jaz... E as datas. A mãe estaria velha, já. Não tão velha quanto o pai. Logo estaria ela velha também. Sentia até pena daquela mulher agora. Poderia ter vivido mais. Talvez se entendessem. Pobre mãezinha. E quando andava até seu quarto no meio da noite para cobri-la? Fez isso a vida toda, até que se casou. Se bem que com o calor das três lagoas... Passara muito calor ME, coitada. Mas o que importava era a intenção, como bem diziam. Eugênia teria ainda de corrigir as suas ingratidões para com a mãe - pensava nisso. Entretanto, força maior sempre a levava ao rancor. Força forte.

que força forte é essa gente tchau mãe

Conseguiu xingar mentalmente o pai por tê-la deixado para trás no meio de sua oração. Excomungou-o por agora ter de correr atrás dele. Não podia correr naquele terreno de irregularidades. Com aqueles sapatos altos, escorregava-se por entre as calçadas de túmulos horrendos. Notava os buracos das formigas e os buracos das águas que escorriam para dentro dos poços fúnebres. Notava os pés se infiltrarem do pó dos mortos que atravessava o solo e atingia os vivos. Andava como uma morta-viva. Muitas vezes escorregava, apanhava-se com a mão, curvava-se. Tentava manter o equilíbrio, mas os sapatos não ajudavam. Desta forma, meteu o pé direito em uma cumbuca – comida para o morto; arroz a derreter-se em sua própria podridão. Havia ali corós de mosquito de todas as formas e tamanhos a se misturarem nas áreas onde os fungos também se reproduziam. ME, para levantar o pé dali, precisou de força, atolada que estava. Sentiu o ranço da decomposição pelas narinas dilatadas e por entre os dedos do pé notou uma oleosidade de soja a lubrificá-la ao andar. Também se deu conta dos grãos de todo quase já desfeitos do arroz por entre um dedo e outro, por entre o pé e o que calçava. Enojou-se de maneira tal que resolveu não dispersar as atenções de seu trajeto para fazer a limpeza necessária. Seguiria assim mesmo sua busca por Dono Antônio Farsesco. Xingou-o mais uma vez, agora em voz alta, porque era dele a culpa de sua pressa. Não fosse por ele, estaria ela ainda angelicamente rezando para a mãe. Lembrou-se dela. Teve a sensação de tê-la deixado de alma lavada.

Caminhava para o sul, à procura do corredor de entrada da morada dos decompostos, que seguia na direção leste-oeste. Foi perto já da passagem principal que seus olhos aperceberam-se de um relâmpago que se fez claro por entre as nuvens que se concentravam ao sudoeste do cemitério. Ventava também – um vento fresco que se iniciara de repente, que soprava seus cabelos e lhe dava uma falsa sensação de frescor. Esqueceu-se ela da podridão de seu pé direito.

- Eugênia! Que surpresa! É a segunda vez que te vejo hoje, mas da primeira você não me viu.

ué cadê o seu bendito conjuntinho simpática queria te pegar de jeito e te dar uma boa sova passar pimenta nas suas partes aí você aprende a largar de ser invejosa falsa e eu pensando que você era minha amiga só esperando pra dar o bote que bote bem dado foi na frente de todo mundo mas eu ainda lhe pago de volta cachorra

- Então, como você está, amiga? Faz tanto tempo que a gente não conversa.

é que sem o seu conjuntinho fica difícil te reconhecer sua urubu

- Pois é.

- Eu engordei tanto ultimamente, menina. Até entendo porque você não me reconhece mais na rua.

dá pra ver que você comeu bastante manga hoje tomara que você engorde tanto que não consiga nem achar a boca no meio das bochechas

Enquanto a ex-amiga falava, Eugênia dedicava toda a sua atenção a um fiapo seco e longo que se dependurava, colado, no queixo da mesma. Percebia até, enojada, certa oleosidade da fruta que ainda se fazia presente no canto da boca da mulher. E um tom amarelado ali em volta também. E notou que a invejosa lançara um olhar rápido sobre seu pé direito, no qual nova poeira fina dos ossos já colava.

Tal visão lhe trazia uma memória que nem sabia mais estar guardada em qualquer gaveta de seu cérebro. Tão longos os anos que a separavam da última vez que rememorara tais fatos, não sabia como ainda não haviam sido excluídos de sua máquina cerebral. Era o inverno de 1966 e estavam ela e suas irmãs trancafiadas na casa – sua mãe não permitia que colocassem os pés para fora, pois poderiam pegar pneumonia. Assim, tentavam jogar cartas enquanto eram aquecidas pelos vapores da comida que a matriarca cozinhava. Maria Augusta foi quem surgiu com a idéia de que fossem para o quarto procurar alguma coisa, não sabia o que, para que brincassem com outro passatempo qualquer. Pois que pequena Eugênia seguiu as irmãs para logo retornar à copa. Lembrava-se de que havia colocado tal objeto na estante da sala. Voltou para se deparar com a mãe, com a boca cheia de algo que abocanhara por inteiro, limpando os cantos do primeiro orifício do aparelho digestivo com o mesmo pano que usava para enxugar os pratos que levava à mesa. A genitora demasiado embaraçada se mostrou, a tentar esconder por entre as bochechas a prova do crime, que também engoliu por inteiro. E então lançou um sorriso de dentes sujos para a filha, sua última tentativa de disfarçar. Não lidava com uma idiota. Pequena Eugênia retirou-se à varanda da frente e ali ficou até que Dono Antônio Farsesco voltasse. Então, seguiu-o para a sala para observá-lo comer. Via como enchia a boca para se alimentar de tão fétida boia, juntamente com as irmãs e a fonte dispersora de todos aqueles germes. Enganadora! A oferecer ao homem que a amava tanto os restos sujos de sua boca imunda. Odiou-a para sempre após aquele dia. Com ar de desentendimento, passou o encardido pano de prato por todos os talheres e pratos. Antes e depois do almoço. Aquele dia, ME não se alimentou. Nem no dia seguinte e nem no que seguiu aquele. Nem aquela semana. Por tal motivo, foi parar no hospital, com sintomas de fraqueza. Depois daquilo, foi passar o restante das férias escolares na casa de uma tia asseada, tempo suficiente para esquecer os medos que tinha de se alimentar com algo que houvesse tocado as mãos da grande porca materna. A partir dali desconfiou de suas ações, tornou-se avessa a suas aproximações, odiou-a como a uma inimiga e não deu chance para suas boas intenções.

Enquanto a ex-amiga falava tal qual uma papagaia no cio, ME levou seus olhos para os rolos de gordura que envolviam seu abdômen. Também viu, pelo canto de seu olho, que Dono Antônio Farsesco esgueirava-se por entre os túmulos a procurá-la. Certamente, iria até o túmulo da porca matriarca mais uma vez. Podia contar as circunferências mesmo através da frouxa camiseta de algodão. Agradeceu a Deus por não ser assim, uma baleia. Mas essa zinha e Zoraide precisavam entrar em um regime urgente. Indecente toda essa gordura exposta. Quatro anos atrás, não tinham nada disso. E mal haviam passado dos quarenta. ME, que das três era a mais nova, prometeu a si própria que não iria cometer os mesmos erros. Já se encontrava a caminho, mas talvez sessões diárias com Mário-que-só-não-a-comeu-atrás-do-armário fizessem a ela bem.

Despediu-se e se colocou no caminho de volta ao túmulo materno. Porém, não foi necessário chegar até lá. Encontrou Dono Antônio antes de ter de sair do caminho acalçadado e de ter de se enveredar por entre a podridão.

...cccccchhhhhh Olhou para os lados. O Patriarca também. Não havia muito tempo para correr.

chhhhhhhhhuvaaaaaaaaaaaaaa

Turning point. Correram. Não rápido o suficiente para não serem lavados de cima a baixo. Por inteiro. Por debaixo da mais grossa peça de roupa. Ponto de tornada. ME nem xingou a chuva. Afinal, aos poucos, direta ou indiretamente, lavava-lhe o pé. Aliviou-se com aqueles pingos grossos e frios. Sentiu-se limpar. A água que escorreu em alguns segundos pelos calçamentos também não a incomodou. Não pensou ser aquela a água imunda de restos mortais. Ponto de virada. Soltou naquele instante de espontaneidade sorriso largo como havia anos não soltava. A surpresa da natureza. Alívio. Sentiu-se pertencer. As chuvas que naquelas bandas só choviam quando vinham do sul e do sudoeste. De Brasilândia. Chuvas de verão, frescas e vorazes. Absolutas e urgentes. A banhar todas as coisas. Largaram mão de correr da água. Envolviam-se com ela, com prazer. Batiam os pés no córrego que se formava sob eles. ME viu claramente o pé direito limpar-se do arroz putrefeito. Era feliz.

Encharcados na terra dos mortos, deixaram-se ficar ao lado do carro, esperando que o vento fresco pós-chuva fosse secá-los. Não completamente, mas de fato. Entraram no automóvel, meio-secos. Eugênia não se importava. Desenvolta, dirigiu bem. Seus movimentos eram precisos. Marcha-ré, volante para a esquerda, primeira, segunda, terceira. Partiram do local pela mesma ruela estreita que os levara até ali. Desta vez, entretanto, relaxados, permitindo-se admirar as imagens pelo vidro do carro, parecendo estar diante de uma televisão. A cor extrema de todas as plantas, o sol filtrado pelas nuvens carregadas, o azul da água que novamente ameaçava jorrar da fonte celeste. Excelente trabalho de fotografia. Contraste de perfeição além-humana.

- Para aqui, Eugênia.

- Aqui?

Parou. Era o velho galpão abandonado da N.O.B. (dantes Nor, agora Nov Oeste do Brasil). Dono Antônio Farsesco ali trabalhara por certo tempo. Enquanto este descia do carro tomado por súbita melancolia, ME foi acometida, por sua vez, por profundas filosofias quanto ao passado profissional do pai, relacionando este com o restante de sua vida. Ainda no carro desligado, onde o ar encontrava-se um tanto refrigerado, ME descobriu incongruências, as quais nunca percebera, na vida de seu antepassado tão próximo. Afinal, como um homem tão pacato, reservado e fiel em sua vida marital poderia ter trocado de emprego tantas vezes? Vida de ciganagem profissional a de seu pai, o tempo todo, até que se aposentou. Somente então acatou ele a decisão vinda do topo da aristocracia para que fizesse uma só coisa até o dia de sua morte: nada. nada não é muito mas já é alguma coisa Estranho! Dono Antônio de Souza, o dedicado marido, nunca conhecera o significado da palavra dedicação em seus empregos. Ora os abandonava por motivos quaisquer, quase misteres, ora era demitido, ora partia para "*uma coisa melhor.*" Nunca o mister era ficar. Nunca o convenciam a se demorar. Nunca resolvia permanecer. Agora via ela. Era grande garanhão profissional, o pai, a procurar a satisfação instantânea em cada emprego, pulando de um ao outro sem dores na consciência. E fazia dinheiro. Por que não na vida amorosa? qualquer madrasta ia ser melhor que a mãe de sangue E pularia de uma a outra antes que ME se cansasse da atual. ME assistia ao pai ao mesmo tempo em que o tinha em seus pensamentos. Ele embrenhava-se por entre o mato mal capinado do local em abandono. Em um arroubo de inteligência, uma visão indigna de seu cérebro mal utilizado, podia ver ela, agora, que a única razão de seu progenitor ter se prendido a uma só víbora em vez de se enrolar com outras era sua tão indecente finalização física. Homem grande era ele, porém muito infeliz em sua cadeia de genes. Fenótipo mal construído. Obviamente sua única vantagem sobre os homens que o cercavam era o tamanho. Que mulher não haveria de se impressionar diante de tal tamanho? Que mulher não haveria de se lubrificar ao ser tocada por mãos tão grandes? Mãos arrebatadoras de grandes. Estremeciam onde tocavam. A grandeza que iludia multidões e tornava perdoável sua singela feiura. Por isso, conquistara com facilidade a falecida matriarca, a qual, apesar de ruim, nunca deixara de ser bela. Mal arrumada e feia. Porém bela. Obviamente, oferecia ele o porto-seguro desejado por toda mulher. Poste fácil de se em nele escorar. Tudo nele era grande. O que mais... deixava as mulheres tão...

se você vir o tamanho daquele volume ali gente o que é aquilo eu mesma se o Ricardo tivesse um volume desses eu nunca que tinha largado dele foi ele que me largou mas eu ia fazer mais por merecer gente nem o volume do Mário é tão grande assim eu num paraíso desses me acabava se o Ricardo tivesse isso tudo me esfolava toda mas que me fazia feliz isso sim fazia que coisa gente por que é que eu não dei essa sorte se bem que com o primo eu dei dei tudo a que tinha direito e quem também vai me julgar ninguém pode me condenar não que ninguém é santo essa gente fica se fazendo de inocente mas o que cada um faz no banheiro com os dez dedos que tem na mão mais os dez do pé só Deus é quem sabe pois é eu também tenho o direito de ser feliz se tenho o buraco é que é pra ser preenchido o da mãe é que deve ter sido muito preenchido com tudo isso esses anos todos e eu ainda não acredito que tudo isso é verdade pois é é verdade gente eu vou parar de pensar nisso senão saio desta terra quente direto pro inferno *informo* não é pra lá que vão as filhas que dormem com os pais a não ser aquelas que são violentadas porque é que ele não gente do céu deixa eu parar com isso meu deus vossa graça deusinho querido o senhor sabe que eu não sou uma pessoa má é muito fácil julgar esse povo julga a gente por cada motivo besta você sofre a vida inteira mas se fizer uma besteira boba na vida vira puta aqui é assim em todo lugar deve ser assim será que ele é peludo mais peludo que o Ricardo o Mário não era tão peludo assim lá nas partes que importa mas gente nunca vi maior tentação na mão daquele homem eu sou tudo imbecil porque é que ele foi embora daquele jeito grosso o Mário é grosso de várias maneiras só agora eu percebo ele deve ter percebido isso que acontece quando a gente cai de quatro logo de cara eu escolhi mesmo o primo errado os meus filhos seriam muito mais bonitos se eu tivesse casado com o Mário em vez do broxa do primo dele se arrependimento matasse e o Mário sempre foi caidinho por mim ai gente se ele não me ligar eu ligo pra ele aquela anta da Anete não sabe nem dar recado se ele ligar ela nem vai lembrar de falar se lembrar vai ser pra vir com aqueles comentários maldosos aquela sim que é uma víbora logo coloco ela na rua e ela nem é registrada vai comer o pão que o diabo amassou quando eu colocar a anta no olho da rua mas deixe eu ir que o pai vai achar que eu estou com grosseria aqui esperando ele voltar deixe eu me embrenhar lá quem sabe deus do céu me perdoe por isso você vai pro inferno Maria Eugênia se bem que a minha eu ando tão carente mentira você acabou de levar uma das boas hoje mentira mesmo eu sou descarada mesmo estou virando uma puta depois de velha ai nossa senhora me ajuda a limpar a minha cabeça desses pensamentos imundos é o satanás aqui me cochichando no ouvido isso eu sei valei-me nossa senhora eu vou sair daqui porque o diabo está aqui sentado do meu lado e vai anotar tudo o que eu falei que é pra eu não escapar mesmo no dia do julgamento final aí ele vai distribuir tudo o que eu pensei em forma de livro de capa-dura diabo infeliz

- Anda, menina!

- O que foi, pai?

E Dono Antônio mostrou a Eugênia todo aquele local ao qual ela nunca havia ido. Raras vezes anteriormente se sentira tão à vontade com o pai. Quase sempre, desde seus doze anos, sentia-se como que engessada perto dele. Talvez a presença da mãe fosse a causa disso, mas mesmo depois de sua morte, vivia ME com o pai um baile de máscaras sociais, em que os não ditos decoravam o ambiente e caíam pelo chão, fazendo com que tropeçassem vez em quando. Mesmo quando tropeçavam, erguiam-se logo para sacolejar a poeira e contar os ferimentos depois. Mas, agora ele ensinava para ela os mecanismos daquela oficina como fosse ela uma criança novamente. ME sabia que ele desconhecia quase tudo ali – nunca fora um profissional dedicado, Dono Antônio, mas mesmo assim desfrutava o tour–, poupava-lhe as perguntas difíceis. Dono Antônio mais uma vez era farsesco. Enquanto ele falava e apontava para as diversas máquinas abandonadas daquela oficina, ela uma vez se perguntou o motivo de tudo aquilo. Parecera-lhe tão repentina aquela viagem à idade áurea de sua tenra infância. Entretanto, em seguida, deixou-se levar. Divertiu-se.

Aproveitando que ele não calava, observava ela como o campim daquele chão abandonado parecia querer agarrar as pernas do pai. O chão era o grande corpo e os ramos de campim, as mãos: por algum motivo queriam que Dono Antônio fizesse parte deles. Ela ali pressentiu que o pai nunca sairia daquela terra. Tampouco ela. Fora criada sobre aquele solo vermelho de ferro do sangue e raras vezes se retirara dali. Mesmo que tivesse se retirado, era a ali que pertencia, e teria retornado. Pensava em que possível significado aquilo poderia ter. Notou que não era falta de amor pelo local que fazia com que o pai pulasse de galho em galho na árvore dos empregos. Ele sabia muito bem de tudo o que se passava sob os altos, largos telhados daquele antigo prédio. Sentia saudades, mas o que o governava era algo que o levava a mudar, mudar constantemente. Maria Eugênia não compreendia. Mesmo assim, admirava-o. Não podia ver que o pai sempre estivera certo de sua própria superioridade, tendo em cada emprego se sentido subutilizado. Eram dignos, porém não merecedores dele, os trabalhos. Revoltava-o que seus chefes não pudessem vê-lo; tinha certeza de que era mais capaz que cada um daqueles que lhe davam ordens. De fato o era, pois, trabalhador braçal sempre ignorado em um lugar escuso do canteiro, em sua vida pessoal construía pequena fortuna enquanto os patrões de pretensões mais extravagantes consumiam os ordenados em fachadas sociais. Antônio de Souza era um grande administrador, mas nunca cursara a faculdade. Antes de conhecer a causa de seu extasiamento com o pai, sedutor por seu ar maior e incompreendido, o tour terminou, como a festa que tem o final censurado, pois todos estão bêbados a ponto de causar confusão.

O tour não demorara muito, fazia sentir como fosse uma experiência excepcional. Estavam relaxados, tanto ME, quando o patriarca. E agora andavam de volta para o carro, como parar no meio da trajetória para nada de explicável fosse algo comum. E durante o retorno para a casa de ME, onde Dono Antônio pegaria sua bicicleta para ir embora, o som que predominou foi o seguinte:

Em breve, Dono Antônio montou sua bicicleta e antes mesmo de se despedir da filha, voltou a ser Farsesco por tempo integral. ME não refletiu sobre isso. Fechou o portão e

Rrrrrrrrangeu a porta.

# CAPÍTULO 9

Tchap tchap tong tong

- Anete?

Asfn salkjnasf kadb a;lfnas;fj wfasdlfkan slnaslfs sadfnla;f dakl sfsdnaq[reoh zjna ;slnfsp ewoijqe a;dlkndfas qeprqw[rew asdlfnasfdln ierhia'fnsdfas asd;nalsfnei faiji'hion'as nasfna;sehi nfakdfn';awoie nga;lkjawien fni[q[eirrnngifpo sfasdnasfkanskn fasfsalnas

infeliz será que ela já foi embora mas é atrevida mesmo nem esperou eu voltar eu preciso dar as contas pra essa zinha

Olhou para o vazio dos lados.

Sentou-se. Não havia nada para fazer. A casa fechada. Olhou para as paredes, para os móveis, para a televisão inanimada. Removeu as sandálias e estendeu os pés de unhas encravadas de muito tempo atrás sobre a mesa.

gente que casa vazia está faltando alguma coisa que estranho este silêncio é o barulho da morte eu tenho certeza que a morte tem este barulho por que é que as crianças não voltaram até agora está na hora de ligar para a Maria Augusta e falar pra ela mandar as crianças nossa que canseira de repente a gente para o sangue esfria e o cansaço vem e os meus pés estão me matando também a Anete bem que poderia estar aqui pra colocar uma almofada debaixo dos meus pés

eu estou com a cabeça meio variada hoje meio zonza que foi que eu tanto fiz parece que fui a pé daqui até o fim do mundo gente eu não consigo acreditar no que aconteceu hoje o Ricardo nunca mais vai voltar pra casa Maria Eugênia você vai morrer sozinha os seus filhos vão crescer você sabe que eles não gostam muito de você quando crescerem vão preferir ir morar com o pai gente vai ser um inferno ficar nesta casa sozinha pro resto da vida eu vou acabar é precisando da companhia da Zoraide isso sim já pensou aguentar a matraca da Zoraide falando vinte quatro horas por dia vai ser o fim e comer aqueles bolinhos mixurucas dela a Zoraide pensa que é a tal naquela cozinha dela os bolos são gostosinhos mas também não é de se exagerar eu bem que podia ter aceitado aquele pedaço de bolo me bateu uma fome agora mas eu também não vou ficar comendo os restos da Zoraide aí sim é que ela vai achar que está podendo que eu preciso dela eu bem que queria cozinhar melhor será que se eu cozinhasse melhor o Ricardo iria aparecer com essa de separação acho que não que será que essa Magda tanto tem de especial eu não tenho nada de especial por que é que eu sempre pensava que era bonita quando eu era mais nova o meu pai sempre me falava que eu era bonita mentiroso só o Ricardo que me quis há dias em que eu me olho no espelho e aí eu me sinto tão feia eu queria tanto ter o dinheiro praquelas cirurgias mas eu não tenho dinheiro nenhum será que o Ricardo nunca volta mesmo vai ser difícil ficar aqui sem ele ai gente será que eu consigo eu não quero ficar sozinha nesta casa a minha vida inteira mas se bem que mesmo que ele me quisesse de volta depois do que eu fiz hoje aí sim ele não vai me querer não vai mesmo maldita a hora que eu fui me debandar pro lado do canalha do Mário nem olhou pra minha cara depois que conseguiu o que queria cada homem mais sem-vergonha que o outro eu juro por Deus que um dia mato um se fosse pra matar um hoje quem é que eu deveria matar primeiro o Mário ou o Ricardo ou o meu pai por ter mentido pra mim falando que eu era bonita eu nunca fui bonita se fosse bonita o Mário não teria virado a cara pra mim aliás pra começar o Ricardo nunca nem teria se separado de mim eu acho que já pensei isso umas cinco vezes

eu vou preparar aquela torta de que o Ricardo tanto gosta para quando ele chegar e vou colocar bastante raspas de limão pra deixá-la bem azedinha ele gosta delas mais azedas que suco será que eu faço ele vai ter que passar na Maria Augusta pra pegar as crianças espera o Ricardo não vem pra casa hoje

Por uma tristeza tão triste foi invadida, não se lembrava que estava triste. Simplesmente, não sentia vontades, nem via o futuro. Conseguiu se esquecer, por um segundo prolongado, do buraco que estava formado em sua vida. Tampouco queria ver os filhos. Agora, não mais sentia saudades das crianças. Poderiam passar a vida em casa de Maria Augusta - a saudade que pudesse alimentar dos rebentos fora engolida pelo negro oco. Perto da falta de prospectiva, os momentos atuais pareciam mortos. Olhava para os lados, para os detalhes de suas salas vazias de gente e cheias de móveis. Tudo era, novamente, um mundo estranho. Era como houvesse acabado de sair do fórum, aquele mesmo sentimento. Vez ou outra, o rombo da tristeza profunda acabava quando se lembrava dele, Ricardo. E o universo que se abria para si era como uma terra nova que não tinha interesse em desvendar. Suspirava profundamente e notava que sua tristeza transformava-se novamente no vazio do nada da mais completa paz. Mais um segundo esticado e embebedado em sorte. Havia muito tempo não se sentia tão apaziguada. Era como sentir a brisa fresca de noite calma de primavera; um exercício que por certo um dia a haveria de tornar capaz de tirar Ricardo definitivamente de seus miolos, e as cortinas do Éden se abririam.

Repentinamente, em lembrança não sequencial, veio a sua mente sua amiga, grande companheira, com quem tentara se encontrar ao sair do fórum. Sentiu-se incomodada, sem identificar ao certo o porquê. Ao tentar descobrir o que a fazia de repente se sentir tão mal – mais uma vez, porém de forma diferente - em meio àquela paz da tristeza infinita, era remetida ao nada de seu ambiente familiar. Insistiu. Queria descobrir o que lhe havia trazido o incômodo da inquietação. Pensou na amiga, professora nas horas vagas, com filhos e marido.

sou eu que fico correndo atrás dela por que é que ela nunca vem falar comigo nunca toma a iniciativa de me ligar hoje por exemplo ela sabia que eu ia me separar e nem me ligou eu sou uma besta mesmo correndo atrás dessa esnobe deixe estar de hoje em diante não procuro mais a tal vai ser a Zoraide e só

Ainda se sentia carcomer por dentro. Ter-se dado conta do fato de que a amiga não estava interessada em si somente a levava a mais questionamentos sobre sua própria pessoa. O que em si era tão espantoso? – espantoso no sentido de espantar as pessoas para longe. O que em si era tão desinteressante?

um dia eu ainda vou ter um milhão de amigos e não vai ser gentinha que nem a Zoraide e a menina não vai ser gente graúda mesmo e vai todo mundo lamber os meus pés vai ser amigo pra dar inveja a qualquer um agora que eu estou separada a minha vida vai mudar você vai ver

ME ninguém quer saber de você

eu nunca chamei a atenção de ninguém mesmo não é desde criança que eu fico num canto assistindo a tudo de longe sorte grande quando alguém me pergunta tudo bem? gente ô vida miserável esta minha parece que eu nasci pra ser um nada mesmo antes tivesse sido abortada aposto que seria bem menos doloroso que viver neste limbo fizeram macumba pra mim eu aposto pra eu ficar a vida inteira andando pra trás feito um cateto amaldiçoado que vida mais sem sentido esta minha quando eu era criança tinha tudo pra levar a vida perfeita mas o que foi que mudou aposto que foi a mãe que estava com inveja de mim e fez de um tudo com as simpatias dela pra me fazer essa pessoa apagada que eu sou que sentido faz tudo isso

Desta turbilhão sua forma, um pensamentos de traumatizada deprimentes invadiu cabeça já. C-O-N-F-U-S-A. NO USA FC. FOSCA NU. NO SUA CF. No pior dia de sua vida, não era a primeira vez que caía em questionamentos, raros a alguém de natureza tão pouco reflexiva quanto a sua. Misturas contraditórias de pena de si própria com gigantesco desdém por sua pessoa. Tentava encontrar sentido em si ao se comparar aos seres que a rodeavam – eles, agigantados e ela, uma anã. Era uma criatura fracassada, sem relevância e chorou copiosamente a morte de suas possibilidades. Sua vida mortal era um eterno beco sem saída. Percebeu, aos soluços, a inutilidade de seu respirar. Ainda anestesiada que estava pela paz da profunda melancolia que a englobava, entregou-se, mansa, à própria morte.

Deitada no sofá. O bafo quente que saía de seus pulmões secava o rastro das lágrimas que passavam por seu rosto e escorriam em seus cabelos a caminho do estofamento do assento. Molhados secando. Qualquer coisa que lhe acontecesse não doeria. Assim, mergulhou em si mesma e calmamente sua respiração parou. Entregando-se à paz interna; sentia-se como no fim de um dia de extremo cansaço físico em que pudesse, finalmente, encostar a cabeça no travesseiro. Sentia-se apagar e ser engolida pela calmaria. A falta de fôlego das brincadeiras da infância – quando tentava segurar a respiração para testar seus limites – desta vez não a incomodava. De fato, a paz foi tanta, que por um segundo caiu no sono e deixou novamente o ar invadir seus pulmões sedentos. Acordou raivosa.

inferno nem morrer em paz a gente pode

você podia é cortar os seus punhos Eugênia ao menos assim ninguém poderia te interromper se você degolar o seu pescoço aí sim que vai morrer com deus não é assim que eles matam os bichos que comem os judeus as vacas

não acho que ou é com uma martelada na cabeça ou com uma facada no coração depois é que esgotam sinceramente não sei

bom eu posso colocar a faca no chão no meio dos meus sapatos virada pra cima e cair nela assim não tem escapatória

exato

é ou eu acabo com a origem do problema

quem você está querendo enganar a culpa disto tudo é sua que nunca deveria ter nascido

Resignada, dirigou-se até a cozinha com os pés arrastando e os olhos baixos desfitando seu destino. Abriu a gaveta do armário. Sua faca mais afiada esperava por ela – olhos abertos, arregalados, era um instrumento pronto para o trabalho. ME lançou a mão sobre a coisa perfurante e se surpreendeu com seu peso como nunca a tivesse segurado. Arrastou a pequena foice de cozinha até a sala de estar – o metal esfregando em sua roupa, cortando levemente fibras interlaçadas. A suicida caiu sobre si em um sofá. Levantou a cortante com a pouca força que lhe restava nos braços e lançou o fino metal sobre seu pulso grosso de mulher masculina, desajeitada. De nada adiantara sua delicadeza. Teria de usar de mais violência para abrir o buraco pela qual a morte lhe penetraria. Tentou mais uma vez. A faca, entretanto, não queria lhe fazer o grande favor. De novo. Outra tentativa. Nada.

essa Anete me paga quantas vezes eu tenho que mandar afiar as facas tem a pedra lá e tudo é preguiça mesmo ela deve achar que a sonsa aqui não vai perceber agora serrar o meu pulso é que não vai dar como é que eu vou ficar no caixão

desculpa

Antes de colocar a faca de lado, esculpiu umas mechas do próprio cabelo. Sentia-se uma bárbara das cavernas. Imaginou a própria imagem e se chocou.

Não tinha, era verdade, o clássico corpo feminino. Durante a infância, com seus belos olhos e cabelos, era uma promessa de mulher. Na adolescência, no entanto, a delicadeza de menina deu lugar a ombros largos e a formas másculas e desproporcionalmente grandes. Por dois anos, na metade do segundo grau, tentou usar a fórmula asiática para lidar com seus crescidos pés. No entanto, ao contrário das orientais – que dominavam a tecnologia-, enfaixou os membros inferiores tarde demais. Já eram grandes e os panos que enrolava nos mesmos somente trouxeram a quase morte de seus tecidos. Quando a mãe lhe flagrou apertando as já arroxeadas patas, proibiu-lhe de insistir na loucura, momento em que ME teve, finalmente, de se acostumar com a idéia de comprar sapatões número trinta e oito. O rosto redondo e de pele fina de criança também deu lugar a um desenho quadrado e hostil. Severa poderia ser seu nome - uma frau alemã. A altura, que herdara do pai, também sempre lhe causava problemas, preocupando-se a cada aparição pública em aparentar mais baixa que o ridículo Ricardo. Por um tempo, vestiu somente largas calças, pois assim podia esconder o fato de que andava com os joelhos um tanto arcados. Parou de utilizar a tática, entretanto, quando foi diagnosticada com uma séria inflamação dos tendões das pernas. Desde então, havia tido de ruminar diariamente as piadas sobre quem era o homem no casamento.

Era a enésima vez, naquele dia infernal, que refletia sobre os descontentamentos com o próprio corpo. A dor era demais em ter de lidar, para o resto da vida, com tamanhas frustrações. Sendo os médicos capazes de transformar um homem em mulher e vice-versa, pensava em quão difícil seria operar seu corpo austero para que se tornasse de vez uma verdadeira XX. Impossível não seria, concluiu. Seria a versão feminina de Roberta Close. Entretanto, sua eterna condição de dependente dona-de-casa de classe-média destruía todas as suas chances. Tinha prata demais para morrer de fome e acabar com sua infelicidade de uma vez por todas e demenos para viver completa e perfeita para sempre. Classe-média: purgatório.

De tanto pensar em si, sentiu-se imaterial, como a lembrança de uma pessoa falecida há anos; como palavra que se repete e começa a soar esquisita. Não conseguia rememorar-se dos detalhes de seu rosto ou do som de sua voz.

Aahhhhhhhhhhhhhhhaaaaaahhh

Produziu sons indecifráveis para que pudesse se escutar, em que se surpreendeu ao ver sua imagem no televisor desligado. Estranhou-se. Levantou-se em um impulso e, em segundos, estava novamente se encarando no banheiro, rancorosa. Frustrada, abaixou a cabeça. De passagem, seus olhos capturaram um par de calças azul-marinho de Ricardo que insistia em deslizar pela porta meio-aberta do guarda-roupas.

cretino

Pisando tão forte, seus pés rachavam o chão – enquanto dirigia-se até as calças, milésimos de segundo soaram como uma eternidade. Tchap tchap tong tong chap chop chap chop, seus azedos pés arrastados trovoavam. Abriu a porta do móvel como uma leoa rasga sua presa. Mil roupas de Ricardo penduradas, perfeitamente organizadas, passadas, lavadas, cheirando a amaciante. E uma peça, uma apenas, fora de lugar, arruinando a felicidade dobrada de todas as outras. Era mesmo como Ricardo, pensou, desmantelando sua até então sorridente família. Um ser egoísta e desarranjado, agindo por impulso e sem medir as consequências. Gota de água no óleo fervente.

Chorou de ódio e rangeu os dentes. Soluçava como criança mimada, separada. Sentiu o sangue fazer pressão contra as paredes de suas artérias, esticando sua pele por dentro. Advinhou-se quente e vermelha – inchada; as mãos e dedos mal podiam se dobrar. Reclamava em voz alta do topo de seus joelhos curvados - estrangulava a calça, que lentamente deslizava do guarda-roupas ao piso parquê.

Enquanto pouco a pouco abria mão da calça, por outro lado ajoelhava-se a suas barras; as lágrimas ainda escorrendo por sua face rosada de início de pressão alta. Inspirou uma grande quantidade de ar para preencher seu vazio. Seus olhos se perderam e se viraram para dentro. Levantou-se calmamente – sem ao menos sentir nos joelhos maltratados o peso da idade. Em pé, com as mãos bem sincronizadas, ajeitou a roupa e consertou amassados do cabelo que nem via. Fazendo uso de movimentos medidos, olhou para o topo do guarda-roupas como que vendo além de suas portas de baratos ciscos de madeira prensados. Dois passos e estava diante da subdivisão que desejava, a qual abriu decididamente. De seu interior retirou uma antiga mala de um couro grosso e amarelo-avermelhado que possuía uma cinta com larga fivela como tranca, a qual colocou sobre a cama impecavelmente refeita. E, assim, uma a uma, recheou a bagagem com perfeitamente dobradas roupas de Ricardo. Parecia ME uma perfeita esposa germânica arranjando as roupas do esposo que sairia a caçar porcos do mato para sangrentas linguiças com repolho. Não fosse o detalhe de que Ricardo nunca mais voltasse para casa, seria aquela uma ótima parábola da mulher dedicada. Eugênia, porém, possuía tamanho ódio recalcado que mal parecia cristã. Era o rancor que a movia com tamanha exatidão – melhor que a retidão moral e a ideologia do perdão advogados pelos livros bíblicos. Maria Eugênia não era nem virgem como Maria, nem geniosa como Madalena. Possuía, a seu favor, somente o desejo de vingança. Judas feminino? Hitler agnóstico.

A lembrança de sua motivação maior naquele dia, no entanto, logo a retirou de sua concentração nórdica. Sua respiração se acelerou e seus músculos se contraíram. Por fim, era a oficial de Hitler com quem sempre parecera. As roupas, que até então se encaixavam maravilhosamente na antiga mala, de repente começavam a se amassar e as dobras, a se desmantelar. ME, por sua vez, estava crescentemente nervosa ao ver tudo sair de seu controle. Aos poucos, passou a suar frio e suas mãos, a tremer. O calor tomou conta de seu corpo e o desespero, de sua mente. Deveria ter aprendido com alguém a organizar malas, pensou. Mas agora era tarde – nem disso era capaz. A cada roupa dobrada que arrumava no interior da grande bolsa de couro, outras três peças saíam de seus devidos lugares. Cada vez menos paciente e cometendo mais erros, blasfemou em voz alta e, quando tudo parecia perdido, pediu a Deus que a ajudasse a terminar tão árdua tarefa: fazer a bagagem final de Ricardo. Como ele, seu deus, não a ouvisse de pronto, perdeu Eugênia totalmente o controle de si e jogou contra a parede o mais precioso pullover do ex-marido. Havia, por fim, jogado Ricardo fora?

O suor voltava a escorrer por sua fronte quadrada, no mesmo passo em que os cabelos escapavam de sua presilha dourada e espetavam o ar. Suas roupas se molhavam por sob as axilas e seus pés manchavam e estouravam as sandálias baratas recém-calçadas. Por toda a vida, tivera um forte odor nos pés que era sentido de longe e este agora mais uma vez se fazia presente, um azedume que parecia vir de sua alma. As mãos inchavam e os seios também – era seu único atributo que verdadeiramente chamava a atenção masculina, uma vez ao mês. A ruindade de seus genes transparecia por fim, por sob seu superego pseudogermânico que se desfazia.

Voltou a pisar no chão com a mesma falta de zelo de sempre, enquanto se dirigia ao canto do quarto para recolher o pullover maltratado de Ricardo – os dedos gigantescos dos pés tão pouco pequenos a escorregar pela frente das sandálias e os calcanhares rachados a deslizar para um lado e para o outro, para fora dos limites físicos dos calçados, cujas amarras se rompiam. Andava com menor elegância que um mecânico naqueles saltos-altos e seu deus sabia que seus pés não diferiam em muito dos membros inferiores de tal profissional. Era um homem de dois metros de altura e duzentos quilos espremido em um corpo de mulher, a arrebentar suas quinas físicas. Agarrou e espremeu a peça do ex-marido como a estrangulasse.

Acabou por socar as roupas, dantes cuidadosamente dobradas, em uma sacola gigante de loja popular. Mas não se resumiu a isso. Como não estivesse a sacola suficientemente cheia, estendeu o despejo de Ricardo a outros bens pessoais – sapatos, aparelho de barbear, copos de cerveja, livros, revistas de mulheres nuas, cartões de amor para ela... Usando sua força hercúlea, conseguiu romper um pedaço do fundo do saco e uivou de raiva.

Pensou em ligar para Ricardo somente para ter o prazer de o ver catar peça por peça que caía pelo fundo semi-inexistente daquela sacola. Mas, não – para a humilhar, era possível que ele mandasse outra pessoa, esquivando-se até mesmo de ser alvo das *tentativas de reconquista* dela. Autocentrado como era, sempre acharia que a esposa o teria em mente por toda a eternidade. Pirracenta, ME não ligou. Arrastou o saco, para que seu cul não se desfizesse ainda mais, arrastou o saco ao exterior da moradia. Ralou as roupas pelo chão acimentado da garagem até que as despejou no porta-malas imundo de seu veículo. Coisas caíram, mas ela as catou com o desdém do empacotador de supermercado que amassava suas verduras e legumes semanalmente. Por fim, bateu a quinta porta do veículo como colocasse a última pedra no túmulo do ex. Está pronto!

Com a respiração acelerada, encostou-se no automóvel até recuperar o fôlego. Com a face virada para seu lar, repentinamente pressentiu que haveria algo que devesse temer com relação àquele lugar. Viu ali um buraco negro pronto a engoli-la. Era crente em más vibrações e coisas do gênero e projetava que uma sombra diabólica houvesse tomado conta da casa desde aquela briga que originara seu inferno. Uma última ventosidade mariana e seu coração disparou – uma arritmia repentina que parecia querer arrebentar-lhe o peito e lhe dava uma sensação de morte inevitável - nem tão desconfortável, não fosse a traseira do automóvel quente de sol a lhe queimar as mãos.

Funções cardiorespiratórias restabelecidas, moveu um pé adiante, a retornar para o prédio tão familiar. A parte supersticiosa e egocêntrica de seu ser, no entanto, gritou por sua atenção. Parou imediatamente. Olhou para o solo. O pé esquerdo havia sido o primeiro em direção à edificação que costumava ser seu lugar seguro. Um medo a invadiu de que tal força demoníaca existente ali a devoraria, entrasse ela sozinha no recinto. Seria, sim, o seu túmulo aquele. Retrocedeu, encostando os glúteos quadrados na lâmina quente de metal do porta-malas. A chave do veículo estava em suas mãos. Gelada de medo, adentrou o quatro-rodas, abriu o portão e partiu sem nem se virar de costas para a moradia – algo podia vir e agarrá-la.

# CAPÍTULO 10

Ainda que fatigada pela solidão exasperante, ME saiu dirigindo sem destino. Seu pensamento estava longe, tateando a insuperfície lunar. Longe de tudo. Longe de todos. Longe até mesmo das necessidades de seu carro, que outra coisa não fizera naquele dia, que rodar, rodar e rodar. O automóvel engasgava, tentando chamar-lhe a atenção. Afinal, ela não era o único ser naquele louco planeta que precisava de cuidados. Nada acontecia. A desatenta continuava ali, a segurar o volante e a ir em frente. Apenas segurava o volante e ia em frente. Insensato coração, diria o carro, pudesse ele falar. Porém, o carro não falava. Não falava, mas engasgava. Mais uma engasgada, e mais outra. Nada. Quiçá uma outra um pouco mais forte? Parecia ter funcionado. ME olhou para o painel e só agora percebia que o tanque estava seco, muito abaixo da reserva. Nada de gasolina. Pensou no posto mais perto e cruzou os dedos para não ficar no meio da rua. Que transtorno seria ir a pé ao posto e voltar com um galão na mão. Mais algumas tossidas e o carro parou – felizmente, na boca da salvação.

Alguns funcionários, gentilmente, empurraram-no até a bomba mais próxima. Que vergonha! Todos se viravam para olhar a distraída motorista que não se lembrara que carro não andava sem uma bebida. Passou por alguns garotos e ouviu a piadinha de sempre: "Só podia ser mulher!". Pensou em responder, mas decidiu se calar. Lembrou-se da velha lição que havia aprendido por recorrência: iniciar bate-boca com moleque desbocado era pedir para ser publicamente humilhada. A poucos metros, outros jovens, em calções de banho, abasteciam uma caminhonete. ME imaginou como seria bom estar dentro de uma água gelada, sem pensar em nada, nem tampouco na solidão de sua separação. Se pudesse esquecer por alguns minutos que fossem daqueles seus problemas de separada, seria...

- Ô, tia, o dinheiro! - gritou o frentista.

- Maldito, quem lhe deu tal liberdade para me chamar de tia? Bem que eu poderia sair na toda agora, para você aprender a me respeitar. Sem te deixar um centavo...

Pensou, mas novamente não o fez - eles haviam empurrado seu carro. Engatou a marcha-ré, entregou o dinheiro e se desculpou -

era o mínimo a se fazer para não passar por mais um vexame. Estava tão depressiva, que até a vontade de brigar perdia. E aquela casa vazia pensando o tempo todo em engoli-la! Fosse em outra época, esbofetearia em correções o funcionário mal-educado e o reduziria ao pó da pós-humilhação. Julgava ser sina: na lama o brasileiro nascia e para o pó da humilhação se encaminharia. Ou, mesmo, reclamaria ao dono do posto. Nem uma coisa, nem outra teve disposição para fazer. Em alguns instantes conseguiu até esquecer o incidente. Quem diria! Logo ela, que odiava ser chamada de tia. Uma vez, deixara toda a compra que havia feito em uma barraca da feira livre porque o despolido do feirante a chamara de tia. Seus pensamentos retornaram para a figura de sua mãe. No fundo, havia muito, invejava aquela caveira. Então, morta, não tinha problemas, não possuía medos, não sofria de solidão em seu túmulo isolado. Por que não havia sido mais grave o acidente que tivera quando saíra do fórum? Nem para morrer, prestava! Nem pra morrer, tinha sorte. Continuava viva, carregando com ela todo o peso da solidão, e como pesava a danada. Ainda no seu primeiro dia de separação e já sentia como houvesse insuportáveis cem quilos sobre si.

- Eu não morri no acidente, mas posso tentar alguma outra coisa que não tenha volta – disse ela a si mesma quando percebeu a placa que indicava o rio Sucuriú, a pouco mais de dois quilômetros. Só então percebia o quanto havia dirigido até ali. Fizera o balão que a levara até aquele ponto e nem se dera conta. Estava mesmo desligada. Lembrou-se dos rapazes que vira no posto de gasolina, e da vontade que tivera de ser englobada pelas águas frescas de algum rio. In-Consciente. ConscienteInn. Inconsciente – o que sabia ela do inconsciente? Nada, além do que a metida da vizinha costumava dizer quando queria se desculpar por algo que fizera sem querer. Sim! Deveria existir mesmo um inconsciente. E, forte, ele a levara até ali, sem que ME percebesse. Forte e esperto, pois... O rio seria a ... - É... o rio é a minha saída. mistérios da religião

Tão logo avistou aquele grande corpo de água, teve vontade de pisar fundo no acelerador e se jogar com carro e tudo lá do alto. Alguns carros de pescadores de fim de tarde estavam estacionados ao lado da estrada que levava até a ponte, o que impossibilitava, entretanto, que ela realizasse seu intento. ME jamais saberia: teria coragem de concretizar a ideia? Resposta: resposta? Encostou o carro e desceu o barranco. Caminhou por algum tempo, a se afastar dos olhares dos que por ali estavam a pescar. Não conhecia tão bem o rio assim, para que ele lhe sorrisse com tanta intimidade, tão convidativo, como o melhor dos amigos. Não sabia se de repente cairia em um abismo, ou se a água iria ficando mais funda aos poucos; não conseguia perceber nada. Mas, para que se preocupar com isso? A única coisa que notava com clareza era a acolhida calorosa daquelas correntes, que pareciam abrir os braços para recebê-la. Não pensou em mais nada. Apenas na morte. Ela, morta; Ricardo iria ter remorsos para o resto da vida dele. Sentiu o gosto amargo da vingança incendiá-la por dentro – a água a alimentar esse fogo. Diziam que a vingança era um prato para se comer frio. Mas, não. Ela sentia as chamas que lhe davam coragem. Era uma vingança quente aquela, a dela, com as bordas caramelizadas pelo líquido do Sucuriú: crème brûlée. Sentiu o fogo que lhe queimava as entranhas, que a incentivava a ir em frente, que a impelia a procurar Dona morte. A liberdade, ou mesmo outra mulher, não traria a Ricardo felicidade alguma, com aquela culpa a lhe cobrar o tempo todo: ele, com seu egoísmo, levara uma coitada ao suicídio. Um sorriso estranho pendeu-lhe nos lábios, ao imaginar Ricardo só, com filhos para criar - e com eles o remorso a corroê-lo, lembrando-lhe, cobrando-lhe o tempo todo: "És um assassino! Teus filhos agora não têm mãe porque tu, Ricardo, o Insensível, o Egoísta, a mataste!"

Alguma coisa estava a se aproximar dela, ME. Vinha a descer o rio e, quanto mais se aproximava, pior se tornava o cheiro. Por alguns instantes não sabia definir o que era. O odor forte fazia com que tapasse as narinas. Havia saído de sua insensatez. Ficava parada sem saber o que fazer. Sua vontade de morrer fora interrompida pelo cheiro podre que dela se achegava. Mais alguns metros vencidos e passava por ela, chegando a tocá-la, uma enorme rês que havia bebido centenas de litros de água, apodrecida e inchada. Os olhos arregalados do animal pareciam estar lhe perguntando: "Queres ficar igual a mim?" A repulsa que sentia era tamanha, que gritou com o toque em seu corpo daquele quadrúpede, que poderia até haver sido bonito quando vivo, mas que agora estava horrendo, repugnante.

Imaginou-se como tivesse se afogado, a ser procurada por dezenas de pessoas. Na busca, todas ficavam com pena, afinal, havia sido mulher, havia sido mãe e havia sido... separada! Tinha todos os predicados para que sentissem pena - além do melodrama que sempre envolvia uma suicida. O que levaria alguém a tirar sua própria vida? E todo o blá, bê a blá católico. Até Ricardo sentiria pena, além dos óbvios remorsos. Sentiriam pena até o dia em que encontrassem seu corpo. Quantos dias seriam? Quatro? Cinco? Uma semana? Até esse dia, sentiriam pena, tristeza e muitas outras coisas. Porque, quando a encontrassem, sentiriam nojo! Prestes a explodir, toda intumescida, olhos arregalados, a faltar algumas partes do corpo levadas pelos peixes - talvez os olhos não estivessem arregalados pois era possível que nem os tivesse. Quiçá não tivesse perdido também os lábios? Seus dentes expostos, num eterno sorriso equino, como tivesse morrido feliz. Ninguém perceberia que o que a haveria levado à morte teria sido a tristeza, pois teria aquela felicidade da vingança esculpida na sua face. Sempre sorrindo. Dentro de um caixão - e sorrindo. Mas seu cheiro forte! Lá estariam Ricardo e todos os outros a tapar as narinas, a prender a respiração, a perder neurônios por falta de oxigênio - nos olhos, estampado o nojo quando olhassem para ela. Não! Tudo mais ela poderia aguentar, menos que Ricardo tivesse nojo de si. A imagem que ele guardaria dela a incomodava. Podre, ali se desmanchando, fedendo, derretendo e feliz, pois estaria sorrindo. Ele não sentiria mais pena e, sim, repulsa e alívio. Saiu das águas às pressas. Deveria haver modo mais digno de morrer. Algo que não despertasse nojo em ninguém, tanto menos em Ricardo.

Ao passo em que saía do rio, Eugênia teve sua atenção cativada por um senhor que, a poucos metros de si, jogava, uma a uma, rosas n'água. Parecia estar em um transe. ME distraiu-se tanto que assistiu a ele como a uma televisão. Terminadas as rosas, jogou-se ele de joelhos à margem e caiu em copioso choro que cortava o coração da espectadora. Queria ela chorar também, de voyerismo.

quanto sofrimento o senhor está se sentindo bem eu até sinto o mesmo que ele ele já pensou e se ele estiver assim por causa da filha dele a filha morreu há oito meses foi encontrada bem aqui neste local ela se suicidou por causa do marido não conseguiu suportar a separação e ainda com quatro filhos pequenos para criar ela se jogou no rio olha como o pobre do homem está soluçando forte deve gostar mesmo da filha tem cara de avô sofredor ele de certo mesmo a filha dele se matou morrer por causa de homem tem de ser besta mesmo dá até dó pena como será que é o nome dele o sofrido pai da suicida eu bem que podia falar com ele só pra ver como ele está é ME olhe como o coitado está sofrendo deveria gostar mesmo da filha não adianta não adianta se o homem não quer saber mais tudo que se tem a fazer é tocar a vida pra frente veja só a filha do coitado suicidou-se a pobre deixou os filhos sozinhos o pai nem quis saber caiu no mundo e deixou os pobres dos coitados com o vô será que ele tem esposa com o avô e com a avó agora eles não têm nem mãe você acha que serviu de alguma coisa ela ter morrido o negócio é o seguinte ou se tenta uma reconciliação ou vai cada um pro seu lado se não tiver jeito mesmo mas tirar a vida assim sem essa ou aquela é que não pode pobre Regininha deve ter ficado fraca das idéias eu estou bem fraca das idéias hoje também onde já se viu morrer assim por causa de um marido que nem se importa na mesma semana que ela morreu aposto que o marido passou lá na casa do pai dela deixou as crianças e partiu deve ter dito que assim que arrumasse a vida buscaria os filhos qual o quê desculpa para deixar os pobrezinhos arrumou a desculpa de que queria começar a vida em outro lugar mas que não podia sair assim para um lugar estranho com os filhos tão pequenos aposto que ele não escreve e nem telefona desde que foi embora e eu bem que acredito mesmo por isso é que o pobre do ancião está tão desesperado além de se sentir culpado pela morte da filha de certo não sabe o que fazer pra esticar a aposentadoria deve ser o ancião mais novato do mundo agora procurando um emprego e ela que pensou que tinha descoberto desespero desespero é agora e isso já tem quase oito meses o viúvo deve ter arrumado outra pelo buraco em que se meteu se é que não levou qualquer baranga daqui mesmo Regininha estava desconfiada que ele tivesse outra nem respeito por ela ele teve nem esperar a coitada esfriar ele esperou quem mais sofreu foi o pai a mãe e as crianças também se bem que se eu moresse só quem iria se importar iria ser o pai e as crianças a mãe nem se estivesse viva se importaria a Zoraide iria chorar bastante também coitada da Zoraide até que não é tão ruim assim não merece não ninguém merece tamanha loucura isso não é amor é fraqueza tirar a própria vida por causa de uma pessoa que não está nem aí por você o Ricardo por exemplo iria morrer de felicidade eu sou um peso pra ele mesmo pensa que eu não sei dá uma raiva daquele infeliz

ME chorou ao assistir o homem das rosas e foi invadida por sentimentos católicos. O sofrimento dele a contagiava. Verdade, Maria Eugênia jogava sobre ele a teia de sua própria vida. Ele se emaranhava sem perceber. Em sua mente, ME criticava Regininha por ter sido tão tola – pudesse ela imaginar o sofrimento que iria causar aos anciãos seus pais, não teria feito a asneira que fez. ME dizia isto, mentalmente, ao infeliz. Isso parecia confortá-lo um pouco.

é o que faltou além de um pouco de juízo foi alguém para conversar com ela mas aposto que ninguém conseguia por exemplo a Zoraide bem que tenta conversar comigo mas eu deixo a Regininha se fechou tanto que ninguém arrancava uma palavra dela ninguém podia imaginar a loucura que se passava na cabeça dela eu morta e o Ricardo todo assanhado indo viver a vida dele todo cheio de nojo de mim depois de me ter visto apodrecida no caixão não consegue nem imaginar como é que um dia foi capaz de ter tido comigo no meu velório aposto que ele já vai estar usando a viuvez para conquistar alguma sirigaita Haveria de Ser e os filhos será que ele entrega as minhas crianças pro seu Antônio cretino será que eu falei alto o ancião parece que me ouviu fale baixo ME esse gostinho eu não te dou não quantos viúvos eu conheço nenhum deles fica sozinho por muito tempo o Alfredo dois meses depois já estava com outra e olha que a mulher dele era bonita e eu aposto até que morreu de amor quem já ouviu falar de uma dor de cabeça daquelas tão de repente as pessoas diziam que no velório da esposa ele nunca enxugava os dois olhos ao mesmo tempo era um de cada vez pois me lembro como fosse hoje enquanto ele secava um o outro ficava livre para procurar a próxima vítima depois nós é quem somos as viúvas negras eles nos deixam loucas de suicídio só pra ter outra e outra chance o Ricardo nem seca os olhos porque eu aposto que dalí não sai nenhuma lágrima cada olho dele vai estar olhando um para cada lado mas pro meu caixão é que ele não olha quem é que vai me querer ver podre lá dentro o Ricardo é feito camaleão do deserto para não perder muito tempo olha pros dois lados simultaneamente se eu tivesse morrido afogada então a imagem dantesca minha fedendo me desmanchando serviria para que as pretendentes ao cargo de Sra Ricardo sentissem pena do coitado do viúvo coitado ainda mais pobrezinho perder a esposa assim tão estupidamente é agora eu seria esposa não seria ex como esposa causaria mais pena agora ele precisaria de alguém para o ajudar com os filhos pobres crianças quando é a mulher quem fica viúva não aparece uma boa alma com pena das crianças mas com ele cada dia teria uma fulana lá olhando cuidando das pobres criancinhas até o pobre do pai chegar do serviço e aí elas ficariam até mais tarde para ajudar o pobre pai com o jantar pra lavar as louças pra arrumar a cama para o pobre dormir e pra ajudar a desmanchar a cama também com o pretexto de que está muito tarde para ir para casa com certeza ele estaria muito cansado pra levar alguém pra casa àquela hora talvez o Ricardo até se demorasse mais a se casar de novo mas não por minha causa eu estaria me remoendo dentro do túmulo isso sim apodrecendo de raiva mas toda feliz afinal os peixes teriam comido os meus lábios o Ricardo se demoraria a casar pelo número de pretendentes do jeito que o mundo está cheio de interesseiras ele seria um viúvo jovem até tenha ele a idade que tiver é sempre jovem neste mundo decadadente de lambisgóias ele até tem um bom pé de meia e eu sempre envergonhada dessa vida miserável de esposa de dentista um dentista com consultório montado casa própria carro na garagem nem é mais pouca coisa neste mundo de hoje quem diria ele ainda não sai nas colunas sociais mas também não está tão mal assim no meu tempo dentista era um médico fracassado nada mais e ainda mais ele com umas crianças que não são tão pequenas assim sinal que não darão trabalho algum eu deixaria pra ele tudo de bandeja nossa a fila de candidatas para consolar o infeliz seria um bocado grande tem gente que se contenta com pouco mesmo se bem que eu me contentei por que é que eu sou tão idiota sonho muito pequeno mesmo ah Ricardo se depender de mim eu não te deixo viúvo é nunca graças a Deus apareceu a tal da vaca morta na minha frente pra me lembrar da minha decadência corporal gente agora que eu lembrei quantos milhões de bactérias tem nessa água com aquela vaca podre mas pelo menos a vaca não permitiu que eu fizesse a asneira de tirar minha vida na Índia as vacas são sagradas deviam ser aqui também eu acho que no fundo daqueles olhos tristes há uma sabedoria imensa só há de haver primeiro veio a rês que só adiou minha vontade de morrer então veio o pobre ancião das rosas com o testemunho vivo de que a vida é muito preciosa para ser tirada assim por causa de um traste qualquer nossa as coisas caem do céu mesmo às vezes a vaca é que deve ter mandado o ancião olha só ele só veio de mensageiro mesmo agora já está indo embora já está indo o senhor não quer uma carona estou de carro não precisa aposto que ele está com aquele outro senhor que estava enchendo a cara lá em cima se a Regininha soubesse das companhias do pai dela não descansaria tão em paz assim de nada imagine só vou tirar a terra dos pés e já vou também e quando chegar em casa tenho que tomar um banho de ácido sulfúrico a vaca é sagrada mas já anda bem apodrecida a que ponto eu cheguei

Na volta, passava com as roupas molhadas grudadas ao corpo, mostrando-lhe as formas. Percebia os olhares dos pescadores e dos bêbados no bar – o senhor amigo do ancião das rosas também olhava. Sentiu que cativava a atenção e não era toda de se jogar fora, visto que muito deles viravam a cabeça para acompanhá-la. Imaginava ME a si própria boiando naquele mesmo rio, a feder e a se desmanchar. Questionava-se se aqueles homens rudes olhariam para si, caso estivesse naquelas condições. Certamente que não – obteve a resposta de si mesma. Talvez, mas só se estivesse de bunda para cima. Pelo momento, contentava-se em fazer sucesso entre os membros daquela classe de gente ribeirinha. Pelo momento, não sentia o costumeiro desprezo. Pelo momento, sentia-se Rita Cadillac e estava feliz assim. Pensava em quanto Ricardo ficaria revoltado caso soubesse daquilo, pois sempre se orgulhara do fato de ter um diploma universitário e ser diferente daquele tipo de gente, como ele os chamava – portanto, sentir-se-ia muito mais enojado em ter de dividir uma mulher com eles que com seu próprio primo Mário. "Se você não quiser, há quem queira" – repetia ela a si mesma. Ao menos, era o que parecia - e deixava seu ego ser massageado pelos homens brutais daquele local.

Toda a infeliz idéia do suicídio desaparecera por completo e rapidamente em ME – tal o efeito do ancião das rosas, da vaca sagrada e dos admiradores do bar beira-rio. Pensava ela, agora, no quanto havia dirigido até chegar ali, e no quanto haveria de dirigir para retornar ao seio de seu lar vazio. "lutar ou partir para outra" Lutar seria usar todas as armas para tentar reconquistar Ricardo – as armas que não tivesse e fossem necessárias, ela as forjaria, pois estava disposta a tudo. Quanto a partir para outra, preferiu pensar nisso somente quando não houvesse mais nada que pudesse fazer, quando estivesse mesmo derrotada. Estava então ME sob o efeito catártico de suas drogas televisivas, a crer fielmente que o mundo girava ao redor de si, que a vida real era pura materialização dos sonhos ideais. Talvez os olhares bares dos homens antropófagos a tivessem dirigido àquilo – sentia-se ela por vagos instantes como um símbolo sexual construído para protagonizar novela das oito. Quanto tempo ela perdera, deixando que Ricardo se afastasse mais e mais, era só o que tinha em sua mente. Talvez os amigos achassem que ela não tivesse dignidade, orgulho, amor próprio, mas ela triunfalmente, enfim, provaria a veracidade das leis novelescas.

será os amigos mais chegados e também os mais afastados nessas horas ninguém precisa de convite e nem de intimidade todos querem se intrometer mas e daí o que eles têm com isso a vida é minha na hora em que a gente está sofrendo nenhum deles aparece com a solução com o remédio certo para acabar com essa sensação horrível nenhum deles tem a fórmula para te fazer esquecer a maioria deles nem aparece não querem se encher com choradeira de mulher frustrada quer saber eu quero mais é que todos eles se danem é fácil dar palpites na vida dos outros quando quem está se arrebentando não é você eu vou fazer o que tenho vontade errando ou acertando se depois de tudo o que eu tentar não conseguir o Ricardo pelo menos eu tentei deixar o Ricardo escapar é que eu não deixo gente esses homens não tiram os olhos de mim será que eles não têm mulher em casa não vou chegar lá em cima seca quando eu colocar as mãos no volante os meus braços vão quebrar de tão secos eles estão me devorando viva mesmo

Aquele rio dantes limpo agora era um mar de putrefação, de propagação de doenças românticas, de discursos de donas-de-casa de classe-média. O homem: o sentido da vida. O homem, o homem, o homem. E com pouquíssima sutileza arrumou a calcinha de forma a que ficasse ainda mais visível por através de sua roupa: tentativas do InnConsciente de agradar homens bares. Colocou um dos CD's do ex-esposo para tocar e até conseguiu cantarolar – e desafinada, acompanhou a letra até quase o fim. Tudo isso enquanto arrumava os seios para os másculos antropófagos e ligava o carro.

Uma pessoa na garupa de um moto-táxi chamou-lhe a atenção ao retirar o capacete, agitando os cabelos grisalhos e secos ensopados de suor enquanto aguardava o troco.

d. Celeste é isso mesmo mas e se ela disser tudo o que eu não quero ouvir e se o que ela tem para me dizer for o que eu não quero ouvir

A certeza de antes já não estava mais estampada em seu rosto, havia pouco tão alegre e cheio de esperança libidinal. Em um segundo, o semblante dela se transformara na ME do rio, insegura, fraca, dependente de um palpite de uma cartomante. Apesar de que nas três vezes em que procurara por uma cartomante nada de proveitoso e de certo ela ouvira, esquecia-se disto naquele instante. Sua situação era outra. Já não era a MEugênia disposta a jogar mais uma cartada, nem a

MEugênia que cantarolava alegre pela posse antecipada de uma remota vitória. Era a MEugênia de um pouquinho antes.

a Zoraide foi nessa D. Celeste e gostou tanto eu não gostei tanto eu acho que é a tal da dona Celeste quem mais pode ser o cabelo de espantalho está igual é bom eu ir logo antes que a dona desapareça por essa podridão que coincidência eu procurei a infeliz duas vezes e ela não estava agora ela passa aqui na minha frente aposto que é um sinal um sinal de quem de que anda Maria Eugênia sua anta você vai perder a velha de vista e veja se não esquece de trancar o carro aqueles brutamontes não iriam perder a oportunidade de roubar uma madame

No fim da linha da cartomante estaria o recomeço de ME.

já pensou se eles descobrem que Deus é uma vaca seria um tombo pra nós adoradores de churrasco ia todo mundo direto pro inferno cada um de nós brasileiros carnívoros sim porque se Deus disfarçou Jesus bem que ia se disfarçar também e melhor já sei foi aquela vaca quem mandou a cartomante

# CAPÍTULO 11

Maria Eugênia havia sido apresentada àquela cartomante dois anos antes, acompanhando uma conhecida com quem ensaiara uma amizade. Inicialmente, a própria ME tivera medo do que uma leitora da sorte lhe diria. Temia conhecer em uma ocasião como aquela um futuro sombrio, do qual não poderia fazer nada para se livrar. Por alguns meses dormiu sobre a idéia, esperando acordar no dia seguinte, ou resolvida a ir, ou resolvida a esquecer a chance de conhecer seu próprio destino. Indecisão e medo de tal tamanho insistentes permaneceram até certo dia em que, em conversa com Zoraide, esta, em um arroubo pouco católico, decidiu-se a visitar D. Celeste. E assim o fez. Naquela ocasião, ME aproveitou para condenar a amiga, repetindo o que sempre ouvira em missas e o que encontrara nas poucas vezes em que revirara a bíblia. Também jurou que nunca iria recorrer a qualquer tipo de bruxaria em sua vida, além de ter feito questão de enfatizar que só acompanhava Zoraide devido à tremenda consideração que tinha por ela – seria uma prova de sua amizade, com o que Zoraide sentiu-se verdadeiramente honrada.

Entretanto, tão logo a amiga lhe deixara na porta de casa, ME bebeu algo – a ansiedade lhe dava sede-, passou a mão nas chaves do carro e se destinou novamente àquela pequena habitação às margens do Rio Sucuriú. D. Celeste, que naquele fim de tarde dedicava-se a assuntos mais pessoais, surpreendeu-se ao vê-la de volta.

Possuía a cartomante duas netas adolescentes, as quais criava como fossem filhas. Em seu retorno, deparou-se Eugênia com cenas familiares de uma avó tentando impor ordem. Sentiu-se ME, no entanto, exultada, por não ter conseguido atenção imediata. Tanto avó como netas ignoraram sua presença na sala de estar por um bom bocado, o que não haviam feito quando estivera ali com Zoraide. é por isso que a gente não pode ir dando liberdade Após algum tempo somente, terminada havia muito todas as possíveis discussões, veio uma das netas perguntar do que se tratava sua visita, ao que a avó, que estivera consciente todo o tempo de sua presença espantalha no meio de sua sala, gritou de seu quarto que logo estaria a atendê-la. E, realmente, a cartomante não demorou muito. Porém, não conseguiu apagar em ME a revolta de haver sido esquecida com indiferença –

muito, mas muito diferentemente do que acontecera quando Zoraide estivera ali. Esta, sim, havia sido tratada como uma rainha, mesmo apesar de sua completa falta de compostura. Portanto, apesar de haver ouvido da conhecedora da sorte palavras que encheram seu coração de esperança e orgulho, ME prometeu nunca retornar ao local.

Promessas, no entanto, haviam sido feitas para serem quebradas. ME retornara várias vezes para ver D. Celeste, com e sem Zoraide, somente para verificar que a indiferença era igual e persistente, toda vez em que ia só. Após algum tempo, a amiga cansou-se da novidade e nunca mais retornou. Eugênia, no entanto, jamais se cansou e vez ou outra aparecia para ter seu coração acalentado. Ironicamente, cada vez lidavam com ela como se pudessem ver mais longe através de seu corpo, que esperava calado, como uma visita que de tão presente passa a ser invisível. Nem sequer a cumprimentavam. Esta era, assim, uma experiência de duas facetas para Eugênia. Se, por um lado, gostava de ouvir as palavras que giravam ao redor de si que provinham de D. Celeste, por outro lado deprimia-se por se sentir um capacho insignificante. Sempre retornava para se sentir importante pelas palavras e um nada pelos atos. E, toda vez, em seu caminho de volta, jurava a si mesma que não colocaria os pés lá novamente, somente para se desmentir semanas mais tarde - a tarde de hoje era mais uma dessas ocasiões de desmentira.

Sim. A vaca sagrada havia levado ME até ali – e com um propósito. Nesta ocasião, seguira a cartomante com tal proximidade, que esta se surpreendeu com ela antes mesmo de abrir a porta. Desta vez, a casa estava trancada e não parecia haver netas por volta.

Aquele era um interessante casebre espremido entre o rio, o capim, os bares e outros prédios caindo aos pedaços, quase na intersecção da estrada e o Rio Sucuriú. Além de cartomante, D. Celeste era também dona de bar, o qual ME notara estar fechado. Sua moradia, com as paredes cobertas de um cal meio rosado, meio salmão, meio bege, possuía uma coloração particular no meio de tantas construções pobres. À varanda minúscula, samambaias dependuradas e vasinhos improvisados espalhados pela mureta – plantas escondidas do sol pela gigantesca árvore plantada à frente da casa. As portas e janelas de metal e vidro barato foram abertos pela leitora da sorte, sendo o local tomado pela umidade que vinha do rio. E logo ali, à beira da porta, uma mesa com cadeira e a falta de uma ante-sala. D. Celeste logo apontou o assento a Eugênia, que se acomodou enquanto a mulher foi deixar sua bolsa no cômodo seguinte – uma sala de jantar de móveis avermelhados, todos com uns trinta anos de idade.

Assim como não houvera cumprimentado ME quando de sua chegada, D. Celeste não abriu a boca até que a sorte estivesse jogada. ME pensou pela primeira vez que o motivo daquele tratamento haveria de ser porque a esperavam. Era como soubessem que viria e nem se dassem ao trabalho de perder tempo antes de fazer o que o destino lhes impunha: girar ao redor dela e falar de sua vida. Entre bocejos e um olhar visivelmente descontente com sua própria existência, a cartomante foi cuidar da vida do ser eugênico, celestialmente a sua frente. Além disso, desta vez, parecia mais afinada com as necessidades não ditas de Eugênia que nunca. Para choque desta, que sempre precisava especular e corrigir para obter as respostas necessárias e desejadas, desta vez D. Celeste era clara e precisa como um livro científico, a debulhar respostas para questionamentos presentes e a apontar soluções futuras. Dados os acertos nos fatos presentes, ME pré-julgou também corretos as recém-apresentadas visões do futuro. Tão logo ouviu o que queria, Eugênia, repentina, colocou dinheiro sobre a mesa e partiu, interrompendo a rotina de então ouvir as reclamações da velha sobre problemas pessoais, em que deveria se fingir interessada.

Mal sabia Eugênia que da próxima vez que viesse ver Dona Celeste, esta a trataria melhor que nunca. Também não saberia ela, nos encontros futuros, do porquê da mudança na forma de tratar. Explique-se.

Ao sair, sem pensar deixara ME dinheiro para a leitora da sorte. Apesar de D. Celeste sempre dizer aos quatro cantos que nunca gostava de aceitar pagamento material em troca de seus serviços, era isso o que sempre esperava. Distraída, Eugênia nunca percebia que Zoraide possuía uma nota de cinco reais na palma da mão direita, toda vez que chacoalhava a cartomante para dizer adeus. Zoraide também nunca contou à amiga de tal costume, pois cria que comentar qualquer coisa sobre o que ocorrera naquela sala rosada lhe traria má sorte e a não realização dos fatos revelados que lhe deveriam ser bons. Dessa forma, sempre saía ME sem agradecer, nem ressarcir D. Celeste pelo tempo gasto e trabalho prestado, de tal maneira que toda vez que regressava, era recebida com indiferença e falta de vontade maiores ainda que da última. A conhecedora da sorte havia feito público, não só às netas, sobre sua cliente menos querida, e se esforçava ao máximo para deixar Eugênia desconfortável a ponto de não mais retornar. Bem sucedia-se por alguns dias, mas, semanas depois, lá voltava a esposa de Ricardo, com e sem Zoraide. Era fato que, apesar da má vontade, D. Celeste paradoxalmente sempre conseguia tocar o coração de ME com suas palavras. Sendo assim, mesmo que suas palavras fossem errôneas no pouco que significavam, Eugênia tratava de as preencher no passar dos dias com fatos acontecidos, o que a levava a voltar. Em sua defesa, diga-se que dona Celeste via Eugênia como um Jesus Cristo anunciado por Gabriel, mas abortado por Maria Verdinha. Agora, com as mãos molhadas, era como a profecia da chegada de ME finalmente se realizasse. Desta vez, que a cartomante mal se censurou para não dizer a ME que não voltasse mais e quase nem se prestou a olhar nas cartas para metralhar suas verdades criadas, estava a velha surpresa com a gratificação e decidida a dizer àquela cliente verdades muito mais reais em sua próxima visita. Jesus Cristo havia nascido e teria muito futuro. Também tornou o pagamento inesperado ainda mais público que a falta do mesmo em aparecimentos eugênicos anteriores. Seria ME sua cliente mais adorada.

Fora tão rápido o partir de Eugênia, que nem notou o olhar amável de D. Celeste refletindo a cor do dinheiro. Desta vez, no entanto, ME nem se daria ao luxo de se sentir ultrajada pelo tratamento que recebera.

.......................................................................................................................

até que enfim uma cartomante acerta alguma coisa e não é bobeira não como é que ela iria saber que eu estou com problemas no relacionamento essa é boa mesmo não é que a Zoraide finalmente deu uma dentro não estou nem acreditando quando chegar em casa eu ligo prà Zoraide pra contar pra ela não é melhor não aí ela vai querer ficar conversando conversando gente eu preciso arranjar uma amiga menos faladeira eu e o Ricardo vamos ficar juntos no final gente eu não estou nem acreditando como é que ela foi tão certeira assim é dom divino mesmo agora só falta o Ricardo me ligar vai celular toca toca eu estou esperando e essa bosta não toca saia da frente tio o senhor já passou da idade de parar de dirigir mas eu estou ficando fraca mesmo gente aquele é o carro do Ricardo é sim ele está aí nunca quis saber de voltar mais cedo pra casa do serviço como é que está no hotel a uma hora dessas se bem que ele veio me visitar é mas eu pensei que ele fosse voltar pro serviço de lá será que eu paro é melhor agir que ficar esperando uma ação dele o Ricardo às vezes precisa de um empurrãozinho mas se eu for tem de ser de surpresa se eu tentar marcar um horário com certeza ele vai protelar o máximo possível mas o que eu digo pra ele ah que diabos eu não preciso inventar nada só digo a verdade que estava passando e que vi o carro dele e que resolvi reciprocar a visita de mais cedo

Talvez, tivesse Ricardo não se mostrado tão indiferente a ela, tivesse demonstrado algum interesse verdadeiro, houvesse sido possível que ME o deixasse para trás. Em tal situação, ela enganaria a si mesma e se diria que havia sido ela quem não quisera nada com ele, que o divórcio e tudo mais haviam partido dela. Mas, não. Toda aquela indiferença de Ricardo acumulada fazia semanas havia despertado nela uma obsessão. Sentia que morreria se o perdesse completamente – o pensamento era suficiente para causar em ME falta de ar e palpitações.

O sorriso antecipado de ver Ricardo novamente morreu-lhe frio nos lábios quando, diante do apartamento dele, pronta para bater, a porta se abriu para deixar passar uma sorridente e regateira jovem. Eugênia havia se esgueirado por detrás das vistas distraídas do recepcionista, raro funcionário naquele hotel antigo e já esquecido. Então, diante de tão brejeira moçoila, sentia ela o arrependimento de ter chegado sem aviso. O sangue percorreu-lhe o corpo numa velocidade que lhe queimava as carnes. Faltou-lhe compostura. Agarrou a jovem pelos cabelos enquanto lhe dizia nomes dantescos. Queria fazer a moça pagar por ter praticamente arruinado as chances que a cartomante lhe dera. Uma a uma, as portas daquele andar foram se abrindo. Diante de tanta vulgaridade, um Ricardo surpreso fez a única coisa possível para acabar adiantadamente com tal espetáculo de mais pura baixaria. Arrastou ME pelo braço para dentro do apartamento e fechou a porta. Somente então, ela se apercebia de que sua atitude fora digna do mais arrependido dos suicidas. Se antes possuísse alguma chance de reconquistar o marido, então já não contava com nenhuma. Teve o ímpeto de mergulhar de cabeça pela janela. Mas se lembrou de que estavam somente no terceiro andar – não que o prédio possuísse outros, ou que tivesse aprendido qualquer lição da vaca sagrada através do ancião das rosas. Teve de encarar o olhar duro do marido sobre ela. Por enquanto, não tinha opção. Seria enfrentar a fera ou abrir mão do que viera buscar. Decidiu assumir o papel de vítima. Iria com calma, mas queria fazer com que pedisse desculpas por sua traição. Até aceitaria recriminação, mas não seria justo que levasse toda a culpa.

- Eu não aceito que você receba mulheres em seu apartamento!

- Se lhe serve de consolo, nós estamos separados. Que vergonha, meu Deus!

- Nós mal acabamos de nos separar...

- Não venha com choradeira porque você não tem o direito de me cobrar nada. Que vergonha, atacar assim uma funcionária do hotel.

- Funcionária?!!!

- Ela veio trocar as toalhas. Tão gentil...

- Safadeza agora mudou de nome. Cara de galinha como ela só!

- Vamos parar por aqui mesmo. As pessoas já devem ter voltado pros seus apartamentos. Você já pode ir. Agora eu vou ter de passar pelo vexame de pedir desculpas à moça e ao gerente pela suas maluquices.

- Mais uma desculpa para você receber aquela sirigaita requebrante aqui novamente!

- Quer parar com isto e sair logo?

ME percebeu que perdia e resolveu reverter a situação a seu modo.

- Desculpe Ricardo. Eu não queria... - desabou no chão.

Ricardo apenas a olhou de soslaio; não moveu um dedo – cansado? Ela não queria que ele se exaltasse, mas estava tão difícil falar agora – talvez porque ele conhecesse todos os seus truques. Mas, Eugênia tinha certeza de que não teria outra oportunidade. Tentaria passar mais um tempo ali. Assim, fingiu recobrar os sentidos e lentamente abriu os olhos que, não totalmente fechados, observavam a frieza do ex-marido.

- Não estou me sentindo muito bem. Nossa, que mal estar. Eu estou precisando é de uma boa alimentação. As minhas vistas se escureceram e eu apaguei. Você falou alguma coisa?

Ele balançou a cabeça negativamente, enquanto ela fingia dificuldade para chegar até o sofá.

- Se não for fome, deve ter sido aquele bendito bolo da Zoraide. Não é a primeira vez que eu como as coisas dela e passo mal. E olha que eu não sou de comer muito.

- Todo mundo sabe que você ama a comida da Zoraide. Só depois da barriga cheia, mete a boca nisso, mete a boca naquilo... Ela cozinha mil vezes melhor que você.

- Quem, eu?

- E além do mais, você come o dobro do que eu como.

- Nossa, você anda mal-educado mesmo. Cada vez mais grosso! Seu grosso!

E enquanto falava, andava em direção à saída, mas olhando para trás. E tamanha a distração, meteu a cara na porta que Ricardo havia trancado seguramente, a deixar do lado de fora os olhares vizinhos. A dor espalhou-se cronicamente pela face de ME. Sua testa parecia quebrada em mil pedaços. Ele, por sua vez, finalmente foi a seu socorro. Trouxe-a para o sofá e correu até a pequena geladeira em busca de um copo de água gelada. Na verdade, a geladeira não funcionava bem e a água estava morna. Ademais, era água de torneira de banheiro que a gentil camareira de havia pouco colocara na garrafa de água mineral, falsamente lacrada – eram instruções da gerência para corte de gastos e a pobre camareira havia pensado que, fazendo assim, asseguraria seu emprego. Enfim, ME bebeu toda aquela água, apesar do gosto estranho e da temperatura que em instantes lhe iria dar dores abdominais. Passados os primeiros momentos, tentou se levantar - precisava ir ao banheiro. Ricardo, a pensar que ela pretendia ir embora, sentiu-se tocado de um sutil remorso, por ter sido tão áspero.

- Aonde você vai? Espere mais um pouco, você não está em condições de ir a lugar algum agora.

ME esteve a ponto de dar pulos de alegria pela atitude dele, e o faria se a situação fosse outra. Até de sua dor crônica na face havia se esquecido. O barulho que lhe veio do estômago fez com que se lembrasse de que havia bebido em demasia. Em verdade, era a água morna a surtir efeito. O líquido trouxe boca afora certa emissão de gases que não pôde conter. Barulhentos gases. Ricardo embaraçou-se por ela, pois a ex-esposa sempre sofrera daqueles descontroles, inclusive nas horas mais íntimas e impróprias. Ela, por sua vez, por serem corriqueiras tais emissões diante dele, não se deixou intimidar. Além do que, sabia que o mais importante no momento era usar o máximo que pudesse a chance de estar em uma sala a sós com Ricardo, principalmente tendo artimanhas em mente, ele a ouvi-la e o destino que a cartomante revelara, a seu lado.

- Hoje à tarde, meu pai esteve em casa - você sabe o quanto ele se preocupa comigo. Assim que eu falei que a separação tinha sido consumada, ele passou muito mal e me pediu água para tomar um remédio.

- Seu pai está morrendo de novo?

- Ele não anda nada bem, Ricardo. Você sabe o quanto meu pai gosta de você e o quanto nossa separação o entristece. Ele tinha esperança de que a gente iria voltar atrás. Eu acabei falando pro papai que a gente estava junto de novo, que a gente tinha feito as pazes na saída do fórum. É só até ele melhorar. Não merece tudo isso pelo que a gente o está fazendo passar. Por favor, Ricardo. Ele ficou tão feliz quando eu dei a notícia. Ele vai melhorar e aí a gente conta a verdade.

- Se você acha...

- Eu proponho o seguinte: a gente volta a viver juntos, como marido e mulher. Se você quiser, eu até posso dormir no chão. Você dorme na cama. Eu estou pensando em chamá-lo pra passar uma temporada conosco. Só depende de você. Você é quem decide. Mas se for ajudar, você pode ligar pra ele e convidá-lo pra almoçar com a gente no fim de semana? Aí, eu faço o convite para a temporada.

Parou, aguardando uma resposta que não veio. Ricardo estava concentrado. Parecia acuado.

- Caso você opte por ir lá pra casa, lembre que a gente deve levar uma vida normal, para ele não desconfiar.

- A idade finalmente alcançou o Seu Antônio. Coitado!

ME cria que, quanto mais tempo passasse longe de Ricardo, maior seria o abismo entre eles e menor a chance de retornarem ao mundo idealizado por ela. Portanto, nada era maior que a excitação e ansiedade geradas pela possível resposta positiva por parte do ex. E, enquanto esperava, já que ele não lhe dava espaço para falar em reconciliação e nem se mostrava disposto a isso, ela arquitetava outros planos, caso voltasse para casa. As idéias das cirurgias plásticas voltaram a viver em sua imaginação por uns poucos, porém frutíferos, segundos.

- Posso usar seu banheiro? - perguntou ela.

Acompanhou-a até a porta do toilete, sem nunca dizer uma palavra que demonstrasse o que se passava consigo.

Ela se apoiou na parede e fechou a porta, tentando demonstrar maior debilidade que de fato havia em si. Não era sua intenção, mas necessitou usar a latrina – era o efeito da água morna dos canos velhos. Assim, abriu a mesma torneira que lhe causava os problemas para que a ajudasse a abafar os sons de sua humanidade. Expurgava suas impurezas e também buscava a santidade. Em breves instantes, fez uma prece para que Deus lhe desse uma mãozinha, que influenciasse Ricardo a que ele lhe dissesse que *sim*; retornaria a viver em casa com ME. Ela sabia que, quando isso acontecesse, as acomodações da meia-idade segurariam o dentista naquele conforto para sempre. Com a descarga, foi a oração. Sentiu uma necessidade de se embelezar. De repente, o coração disparou. Sabia, desde que chegara ali, que não passaria muito tempo – era sua intenção inicial sair em grande estilo, de forma a deixar saudades. Portanto, o sim ou o não de Ricardo que definiriam seu futuro estavam a poucos segundos de distância. Passou água no rosto - o líquido morno deu-lhe novo ânimo. Enxugou-se; passou um pente pelos cabelos; retocou o batom que insistia em se borrar nos cantos de sua boca. Olhou para o relógio; teria de ser definitiva - não tinha mais como retardar sua permanência ali. Espreitou pelo buraco da fechadura e se surpreendeu ao ver Ricardo ao telefone celular. E se estremeceu quando o ouviu dizer o nome de dono Antônio. De ímpeto, abriu a porta. Suas pernas trêmulas quase lhe faltaram.

- Comigo está tudo bem, seu Antônio. E com o senhor? Pois é, seu Antônio... A Eugênia me contou que o senhor ficou abalado quando ouviu da separação.

- Finalmente. Graças a Deus. Pai, agora é com o senhor. Vamos, lá, pai. Eu fico lhe devendo essa. - Enquanto esperava do pai efetiva ação intervencionista, rezou Pai Nosso e Ave Maria. Tentou, como muitas vezes já o havia feito, concentrar-se em Deus. Esperava que este se impressionasse com sua fé e que visse o quanto era merecedora de suas obras. Mas a verdade foi que nem ME rezou um Pai Nosso ou uma Ave Maria inteiros, com sentido e em ordem, nem tampouco pôde ouvir ou entender o que o ex-marido falava ao telefone.

Assim, quando Ricardo desligou, estava ela tão perdida quanto telespectador que perde último dia de novela. Tinha tantos planos e estava tão disposta a colocá-los em prática! Somente o que precisava era de uma outra chance. Reiniciou suas preces em um lapso de atenção em que se desconectou da realidade verdadeiramente. Alguns segundos depois, lembrou-se de que Ricardo já havia desligado o telefone.

- E então?

- Ele está aceitando.

- O que?

- Ele vai aceitar a nossa separação. Você vai ver. Não me pareceu tão mal quanto você me disse.

- Então, você não falou nada pra ele? Você não vai voltar pra casa?

- A gente não vai precisar fazer isso. O seu pai é um homem maduro e forte. Ele já até me falou que vai continuar me considerando parte da família.

ME odiava Ricardo um monte mais a cada palavra que proferia. Ele ali, a explicar de um milhão de maneiras como dono Antônio de Souza Sogro havia *elaborado* os últimos acontecimentos. A ex-esposa mal sabia de onde ele havia tirado tal termo – nunca fora leitora de psicologia Maria Eugênia, uma vez que nunca ousara discordar do que diziam que dizia a bíblia. Em verdade, Ricardo utilizou o termo *elaboração* e outros relacionados, a ponto de ME ter nojo não só do radical daquela palavra, mas também do jeito que Ricardo a proferia. Enchia a boca de prepotência Ricardo, toda vez que utilizava palavras que, sabia, a mulher não entenderia. Fazia-o de propósito quando a queria desviar do curso de certo assunto. Vencia-a através da humilhação do que ia além de sua compreensão. Maria Eugênia, por sua vez, geralmente elaborava bem essa perda de status. De fato, em todas as vezes que utilizara tal prática, Ricardo fora bem sucedido e o presente momento não parecia ser nenhuma exceção. Não demonstrava ser, mas era. Eugênia então sentia repulsa tamanha do marido, como nunca houvera sentido; por ele não ter acreditado em uma percepção sua sequer; por não ter considerado, assim, qualquer sugestão dela, por mais séria que fosse, embora mentirosa. Frustrada sempre fora ela. Um cachorro a cujos latidos se ignora, mesmo quando indicam verdadeira aproximação de marginal. ME tentava de todas suas formas tortas soltar gritos de socorro que eram, simplesmente, desacreditados. Sentia que morreria, mas não lhe era dado crédito algum. A isso, adicionava-se nela o nojo pelo jogo baixo dele de usar vocabulário além de sua compreensão para lhe dar mais um golpe. Ricardo acabara de manipular dono Antônio para que este se manifestasse de acordo com a presente situação e então manipulava ME para que ela se sentisse uma tola previsível e fracassada. Era verdade, mentira sobre a doença de Antônio, mas não sobre os sentimentos do velho. De qualquer forma, agora nada poderia fazer. Ricardo vencera com sua retórica. Mas se, por um lado, fora bem sucedido em desviá-la de seus planos e os frustar, falhava o ex em um outro aspecto. Desta vez, diferentemente das outras, Eugênia necessitava, em nome de sua vida, ser ouvida. Retraiu-se em si própria e o ódio que sentiu por ele em tal momento o fulminaria deixasse ela que tal sentimento viesse à tona.

- Oh, desculpe. Eu até esqueci que você estava aí. Bom, eu vou indo pra casa.

Ricardo estava descrente das motivações da ex-exposa. Cria que ela estivesse imaginando algum tipo de plano B, como fingir outro desmaio ou inventar que tinha leucemia. Mas se surpreendeu quando Eugênia simplesmente tomou sua bolsa e vagarosamente partiu. O fato foi que ele sentiu uma mordida de seu inconsciente. Sentiu-se despachado – era a terceira vez que sentia isso vindo de ME, a segunda vez naquele dia.

Experimentasse Ricardo quaisquer sentimentos de rejeição, Maria Eugênia estaria alheia a tudo. Naquele momento, não enxergava diante de seu nariz nem o próprio chão que a sustentava. Somente não caiu escada abaixo porque andava tão devagar. Uma pena estar tão desatenciosa, pois criar sentimento de rejeição no âmago de Ricardo fora sempre seu maior e mais reprimido desejo – desde sempre. Tudo o que havia feito até então, nos finais de semana de paz e nos momentos em que brigavam, era com a censurada intenção de criar em Ricardo uma ponta de despeito. Irracionalmente, esperava que isso o fizesse mais ativo em sua função de dominá-la marital-paternalmente. Pouquíssimas vezes fora bem sucedida em atravessar a barreira de seu próprio superego. Então, que não o intencionara, não o esperava e não estava apta a notá-lo, tal sentimento nele ali ficara às moscas camareiras.

Andou como uma moribunda através do hotel até o carro. Clientes, gerente e empregados do estabelecimento gostariam de saber o que havia de errado com aquela mulher, mas não tiveram coragem de perguntar, pois temiam que fosse uma louca. O carro, estacionado ao sol, possuía um bafo por pouco mais quente que o que começava a queimar as entranhas de ME. Estando ela mais em brasas que o próprio veículo, não notou o calor deste, apesar de grossas gotas de suor escorrerem por todo o seu corpo. Encharcou-se e não percebeu, estando mais molhada que após ter entrado no rio.

Pasma. Simplesmente, nunca se apaziguara com a ideia de que a separação fosse definitiva. No entanto, ao presenciar Ricardo tão homem e decidido, a encarar Dono Antônio de Souza, a quem sempre, no fundo, temera, Eugênia sentira em seu órgão de instinto algo que negava a si própria, seu grande motivo de alienação. Ela, que jamais houvera sido a mais brilhante, a mais delicada ou a mais sensível das mulheres, às vezes ainda era invadida por passageiros e errôneos presságios – como algo fosse certeira e repentinamente o rumo dos ventos mudar. Fora por uma experiênia similar que havia acabado de passar. Ao encontrar a cartomante, deixou-se levar pelo bom pressentimento de que o fim de sua separação fosse coisa inevitável. Entretanto, ao pisar os pés no hotel, os sopros do destino mudaram.

Talvez um pensamento que cruzara sua mente, talvez um quê de ruim em si que despontara e que fizera com que a vaca do universo lhe desse ali outro futuro. Seria para sempre infeliz por ter sido pecadora por um segundo – assim cria Maria Pia. Verdade seja dita, seu espiritualismo e suas crenças sincretizadas baseavam-se no pilar do catolicismo. Como toda santa católica, acostumou-se a creditar Deus pelo que de bom ocorresse e a sua libertinagem por todo o resto. Creditava a Deus o Brasil e a si, os brasileiros. Deus lhe trouxera um marido mediano e filhos que – em poucas ocasiões como hoje duvidara – lhe traziam felicidade. Seus pensamentos pecaminosos haviam causado desde as piores guerras internacionais a cortes nos dedos em vez de nos tomates. Enfim. Quando pisou os pés no estabelecimento em que se encontrava seu ex-marido, sentiu os ventos nasais da vaca universal tocarem em redemoinho. Não havia se dado conta de que sequer passava algo por sua cabeça naquele momento – de qualquer maneira, haveria de ter passado algo, e haveria de ter sido alguma das piores perversões sexuais, pois o turbilhão, em vez de trazer calmaria, veio para castigá-la. Sentiu o novo presságio a desmentir o anterior, mas não quis acreditar nele. Confrontada com a camareira peralta e tudo o que houve enquanto esteve no quarto do ex-marido, esqueceu-se da intuição até que voltou ao carro.

Ali, finalmente a notar que estava mais molhada do que quando saíra do rio e ao presenciar suas pernas e mãos inchadas como Ricardo adorava criticar, decidiu que, não podendo as coisas mudarem para pior, haveria ela de satisfazer seus desejos reprimidos. A vaca sagrada já a havia punido. Levara a fama e agora rolaria na lama. Abriu a porta do carro e escarrou – a vontade de chorar, que reprimira tão fortemente enquanto no quarto, agora era atirada ao chão. Desta maneira, ME deixava vir à tona a carrasca de poucas ocasiões, como no dia em que quase iniciara uma verdadeira relação conjugal em seu casamento.

Com uma calma calculada de extrema racionalidade, a qual poucas vezes apresentara em toda sua vida, ME colocou os pés para fora do automóvel, tirou a chave da ignição e, ainda sentada, comeu uma cutícula do dedo indicador direito, que havia algum tempo a incomodava. Caminhou até o porta-malas, onde as roupas de Ricardo ainda aguardavam. Atirou-as ao chão ali mesmo, no meio da avenida. Os carros que passavam buzinaram, mas ela não se importou. Que passassem por cima. Vagarosamente, andou até um dos bares na porção inferior do hotel Três Lagoas. Pediu à dona uma garrafa de álcool. Visto que esta estava surpresa e parecia não compreender seu pedido, perdeu logo a paciência e avisou que pagaria cinco reais pela mísera garrafa de álcool, de conteúdo quase que totalmente ido, que jazia sobre a churrasqueira de espetinhos de gato. Cinco reais nas mãos, uma dona de bar sorridente lhe disse que estava livre para levar o objeto, embora o líquido já estivesse no fim. Assim ME fez, levando também – emprestada – uma caixa de palitos de fósforo.

Era verdade que Maria Eugênia aparecera quase que como um anjo na vida da dona do estabelecimento. Anjo, santa ou virgem, antes do aparecimento dela, a dona de bar pensava em como faria seus espetinhos aquela noite. Além de o álcool estar no fim, o carvão já tinha se acabado e, havia muito, tinha saldo negativo com seu fornecedor. Horas antes, passara por seu estabelecimento um inspetor de órgão de vigilância sanitária que, para permitir que continuasse a trabalhar sem licença, acabou por estorquir o último dinheiro que tinha. Além de dona de bar e prostituta, era também avó precoce e fazia milagres com o dinheiro que ganhava naquele lugar para sustentar a grande família. A depender de ME, no entato, seu estabelecimento sairia nos jornais.

Em um rápido ato, Maria Eugênia derramou o pouco de álcool sobre as roupas ricardianas, iniciando um fogo de labaredas devoradoras e monstruosamente altas. O ódio consumia. Assim, de imediato conseguiu a atenção de todos e até uma recém-viúva na funerária da esquina parou de chorar. Motoristas passavam quase que por sobre a já estreita calçada do hotel, cujos pingados funcionários agora se dirigiam para fora para assistir aos atos insanos da indomável dona-de-casa. Por fim, sua frieza acabou se esquentando de paixão. Era sua intenção desaparecer dali como naftalina, logo após sua atitude incendiária. Entretanto, iniciara o fogo tão próximo à traseira de seu carro, que agora estava presa ao local até que a combustão chegasse ao fim. Mas, não cuidou de se preocupar. Aos poucos, foi usurpada pelo fogo que queimava as memórias de um amor pisoteado e a raiva que saía de seus olhos tanto aumentava as labaredas, como lhe trazia satisfação. Dessa forma, não notou a multidão de curiosos crescer para assistir à sua fogueira de São João tão especial. Também não viu Ricardo – cuja primeira vez a ver o fogo fora atrás da janela fechada de seu quarto no hotel. Em um pulo, estava ele do lado de fora e andando, furioso, na direção de ME – seu ódio fumegante a aumentar ainda mais ao notar, uma por uma, que as peças se carbonizando ali eram suas. Agarrou-a pelo braço tão forte, a ponto de deixá-la roxa mais tarde. Tentou tirá-la do meio do circo, mas Maria Eugênia livrou-se dele com força de bêbado. Estava ébria de frustrações fermentadas no buraco interior deixado por suas expectativas.

- Me larga! Socorro!

Apesar de ser ela a incendiária, esperava que um dos homens da plateia saísse em seu benefício para a livrar de um marido aparentemente abusivo. Não contava ela, entretanto, com um fator: ME era uma mulher de meia-idade; já havia perdido seu valor na sociedade. Perdera seu valor feminino de troca - seus serviços já eram dispensados. Sinal disto foi o fato de que os homens a assistir ao espetáculo – em sua maioria acima dos trinta e cinco, mas também adolescentes – riam-se dela. Gargalhavam sobre ela como só mereceria uma palhaça que perdesse a dentadura. Deu-se conta de seu papel ridículo no momento em que as mulheres, sempre tão sádicas, também se juntaram ao coro do esculacho e caíram no deboche que fuzilava a opositora. E notou que, apesar das reclamações, as mulheres eram, muitas vezes, mais machistas que os homens. A situação abriu-lhe os olhos, mas não tinha ela brilhantismo nem tempo para criar teoria com base em seus dados empíricos. Ricardo ainda tentava arrastá-la pelo braço quando um rapaz de menos de trinta anos saiu da multidão em seu resgate. Empurrou Ricardo para longe. Este caiu sentado na sarjeta. As gargalhadas da repressão então voltavam-se a ele, *homem frouxo*, elevando-se drasticamente em tom e volume.

Tal mudança levou ME a encarar a multidão mais uma vez para, no meio dela, reconhecer um par de olhos familiares. Mesmo assim, necessitou de tempo para ligá-los ao dono, Mário. Este, logo ao perceber que fora avistado por ela, tratou de se sumir tão misteriosamente como ali havia chegado. Afinal, não era homem de chorar sobre os ossos da galinha almoçada. Estranho e amedrontador aquele recém revelado poder de Mário de aparecer do nada e a observar de longe e às escondidas, para depois fingir que esta não era sua intenção.

- A senhora precisa de ajuda? – perguntou-lhe o voluntarioso rapaz que havia pouco a salvara, ainda ao seu lado puxando-a de suas divagações.

- Este homem aqui já fez muito pior que isto! Faz um tempo, decidiu sair de casa e se separar. Eu andava desconfiada, mas hoje tive certeza que ele está de caso com uma piranha aí desse hotel. Pra você ver. O cara nunca teve a capacidade de cumprir direito com as obrigações de marido. Quem deveria ter pedido a separação era eu, que nunca fui satisfeita na cama, nem na mesa. Que profissão é essa de dentista? Eu bem que deveria saber que não se deve esperar muito de quem passa a vida debruçado na cárie dos outros.

Era ME a porca chauvinista.

A multidão ria como fosse ela uma humorista qualquer.

- Bom. Era a separação que você queria, Ricardo? Estão aí os seus trapos. Seja feliz. Eu vou procurar um homem de verdade capaz de fornecer pros nossos filhos e dar conta de mim nas outras coisas. Onde já se viu? Dá pra acreditar que esse traste aí largou os dois filhos por causa de uma piranha vagabunda? Magda! Vão viver na lama os coitados. Vão prà escola pública que nem filho de gentinha.

O povo foi se sentindo materializado e aos poucos parou de rir da desgraça alheia para chorar a própria.

- Eu é que agora vou ter que me certificar que eles não vão virar uns vagabundos que passam o dia inteiro cuidando da vida dos outros que nem este povo aqui. Por isso que o Brasil não vai pra frente.

Ricardo tentava se levantar e se esgueirar por entre as ruelas da vergonha pública para sumir.

- Você está indo pra onde, Ricardo? Vai voltar pra sua piranha? Mas, já? Tem certeza de que não vai querer os seus trapos?

Pisando firme a se afastar da ex-esposa, Ricardo conseguia dobrála à condição de que ela nunca saíra, na verdade: a pobre abandonada. Ao quê, ela de imediato correu e se debruçou sobre ele e segurou seu corpo e caiu de cócoras sobre sua própria tristeza. Agarrou-se seu braço e até mesmo arrancou um pedaço de sua camisa, implorando em alto e bom choro para que não fosse sem retorno, para que reconsiderasse. Porque ela estava arrependida e precisava dele. Porque sempre o amara e não sabia o que iria fazer sem ele. Mas ele foi cruel assim como fora em todas as ocasiões em que, como então, percebia que ela necessitava de si, de seu perdão e de sua companhia. Virou as costas e, mais forte que nunca, desvencilhou-se dela para a deixar para trás.

Abrindo seu caminho a cotoveladas por entre a aglomeração, correu ela em sua última tentativa de não deixar Ricardo desaparecer – ele, que a esta hora já estava com os pés quase dentro do hotel. Ela reteve-o mais uma vez pela camisa, esparramando seus botões pela calçada. Mas, no rosto de Ricardo, havia uma crueldade à qual ME, após tantos anos de casamento, já estava acostumada. Era uma expressão que se estampava em seu rosto quando ele estava prestes a se vingar dela com indiferença e sem pena. Como quando ela fazia algo bobamente errado e ele, estando em um mau dia, a fazia pagar por tudo o que havia acontecido de infeliz a ele nos últimos meses. Uma ave de rapina a destroçar uma filhota de rato com seu bico-agulha, ao mesmo tempo em que reclama da pobreza da refeição. Ela sempre tinha o ímpeto de não se deixar humilhar ou ferir em tais circunstâncias, mas um medo do olhar perfurante dele, misturado ao receio de deixar ainda mais nervoso o marido, tornava-a imóvel. Desta forma, permitiu-se vitimizar por ele. Como das outras vezes, temia tanto, que quase chorava como uma criança, interiormente pedindo por piedade, tentando demonstrar a si própria que aprendera sozinha a lição, prometendo mentalmente que não cometeria o erro novamente.

Ao chão da porta do hotel, ME percebeu que não somente havia feito algo de errado, como passara dos limites. Não sabia ela, mas inconscientemente estava o tempo todo a buscar por estes momentos de um Ricardo quase paterno. Seus pedidos externos de trégua eram para ser lidos como exatamente o oposto. Queria aprender a lição. Quando na face dele estava em cartaz tal maldade, Ricardo não costumava, tampouco, economizar na força – embora nunca a tivesse agredido, não haviam faltado apertos. Com vigor e frieza fulminantes, levantou a mulher-criança pelos braços, tão seguramente que as mãos de ME abriram mesmo contra a sua vontade. Em seguida, Ricardo a jogou para um canto da porta e adentrou o hotel em passos firmes, sem olhar para trás.

Ricardo ido, o público ainda esperava o final do espetáculo. Após a realização de seus desejos íntimos, um banho de realidade: ME nunca se sentira tão humilhada em sua vida, nem sob as mãos para ela ferinas de sua mãe. O motivo de sua extremada vergonha não era, porém, os olhares indagadores das donas-de-casa, office-boys, taxistas e outros, pois sabia que estavam em uma situação mais ridícula que a dela – ninguém bem sucedido estaria livre àquela hora da tarde para gastar tempo com a vida alheia. Sentia-se tão diminuída, isto sim, pelo fato de que, mesmo após ter sinceramente pedido pela clemência ricardiana, esta lhe fora negada de forma ultrajantemente vingativa. Impulsos contraditórios - a racionalidade que estragava prazeres. A culpa pós-ato consumado. Nunca se deveria negar um pedido feito de forma tão humilde e verdadeira. Não se responder a uma súplica por piedade dando-se em troca mais sofrimento.

Ao chão, ela era perfurada, então, pelos olhares questionadores e sarristas de sua audiência. Debruçou-se sobre si. Respondeu em voz alta:

- cachorro seu filho da égua você pensa que eu preciso de você não preciso não tem muito mais gente que me quer você não é o único no mundo não você nunca deu conta de mim mesmo seu patife quisera eu você desse conta de mim aí eu não ia precisar buscar fora o me falta dentro de casa você acha que alguém mais vai te querer nem pela sua conta bancária meu filho você é um dentista dos mais rebas e mulher nenhuma vai querer ficar contigo por causa dos seus lindos olhos verdes muito menos por causa do seu sabe o que eu vou é arranjar um homem mais decente pra mim que eu faço melhor coitadas das crianças que têm um pai tão ridículo e isso eu não posso mudar você vai ver seu Ricardo você me paga o povo vai olhar na sua cara e vai rir de hoje até o dia do seu velório essa sua pose imbecil parece até que é justificada você é o homem mais risível que eu conheci na minha vida inteira pena que eu só descobri isso quando me casei com você e aí já era tarde como eu voltaria atrás eu queria que Deus me desse essa chance a minha vida seria mil vezes melhor eu teria arranjado um marido decente na cama e na mesa também eu seria uma mulher respeitada nesta cidade mas não com você não com você eu não sou nada mas eu já achei o homem que vai te substituir já achei e já até fiz o teste drive e gostei ele é muito mais homem que você quem diria eu pensei que isso de ser insosso fosse problema de família mas parece que não é não porque o seu primo me deu um banquete você nunca vai nem chegar aos pés dele pode desistir não chegava quando era novo e não vai chegar agora e quer saber de uma coisa nem adianta ligar pra se desculpar as crianças não saem de casa com você nem passando por cima do meu cadáver pode dizer adeus eu vou arranjar um paizinho pra eles coitados pra eles e pra mim ah como eu quero um paizinho o que é que vocês estão olhando?

O povo que ria ME fuzilou com o nojo de quem olha de cima pra baixo. Entrou em seu carro e passou em marcha-ré sobre o fogo quase extinto das roupas. Havia muito, o tráfego na avenida estava interrompido tanto pelo fogaréu, quanto pelo populacho. Dez minutos após a saída da incendiária, chegaram a polícia e o corpo de bombeiros.

..............................................................................................................

ME ainda possuía pelos de Ricardo em suas unhas – seriam os últimos. Soluçava de raiva e tremia do pavor da nova vida. Era definitivo. Não conseguia vangloriar-se nem mesmo da segunda humilhação a que havia submetido o ex-marido atrás de suas costas. Parou o carro a dois quarteirões de seu local de partida, após quase ter se envolvido com o automóvel em um novo acidente. Era uma vaga em frente à Praça da Bandeira, entre o ponto de ônibus e uma banca de revistas. Ao seu lado esquerdo, a ferrovia paterna. Atrás de si, o hotel do esposo. A sua frente, o povo que, passando, assistia ao seu derreter em um carro fechado sob o sol não piedoso. Sua maquiagem, desde sempre barata, vestia-a, a cada gota de suor, de algo mais próximo a um palhaço. Era necessário fazer uma escolha e tinha medo de voltar para casa. As buzinadas de um motorista de ônibus impaciente a retiraram de seu lugar. Dirigiu perdida para, numa coincidência proposital, ir parar em frente à casa de sua amiga na região central da cidade.

A apenas três quarteirões e meio ao norte do hotel, encontrou ME a amiga, que no início da tarde lhe fugira. Tocou a campainha uma só vez e em segundos estava dentro da casa. A professora vestia suas crianças após o banho. ME deparou-se com a falta de familiaridade. Sua amiga era, em verdade, uma estranha com a qual tentava forjar um relacionamento. De repente, viu com seus olhos claros como possuíam tão pouco em comum. Ela, ME, quarenta e alguns anos, estava em frente a uma menina de vinte e poucos, cujos filhos bebês não lembravam Eugênia nada de seus próprios rebentos, tão mais velhos. A situação do encontro daquelas duas almas – ME e Menina – era em si demonstrativa da maneira artificial com que a mulher criava seus enlaces sociais.

Encontraram-se na escola de inglês, onde ME fora pesquisar valores de cursos de idiomas para os filhos, a mando de Ricardo. Naquele mesmo dia de manhã, estivera Eugênia embaraçada quando, fazendo compras com Zoraide, esta, passando pelo caixa, demorou alguns minutos procurando em sua bolsa por cupons de desconto daquela casa de comércio – como de costume, Zoraide contava com os cupons deixados em sua caixa de correios para ajudar na quitação da dívida. Estava ME na fila com a amiga e, assim que madames atrás de si começaram a reclamar da demora, Eugênia passou a fingir que não conhecia aquela a quem acompanhava. Entretanto, Zoraide não lhe deu essa chance e fez questão de estabelecer que se conheciam, sim, quando terminou por pedir dinheiro emprestado a ME. Acuada, Maria Eugênia deu à finge-que-não-é-minha-amiga o que possuía, dinheiro que havia colocado no sutiã por falta de outro lugar. Sob o olhar enojado das dondocas, sentiu-se humilhada – ainda mais porque pagou por umas coisinhas que havia comprado com um cheque pré-datado.

Portanto, quando chegou à escola de inglês, Maria Eugênia estava disposta a impor respeito e impressionar, de forma a se recompensar pelo que sofrera aquela manhã. Não somente pesquisou os preços das aulas como a instruíra Ricardo, mas, às custas de seu cartão de crédito, matriculou as crianças de pronto. Menina lhe atendia, ao que um pé d'água começou a cair do lado de fora. Ao fim das negociações, estando ME prestes a partir, Menina despediu-se das colegas da escola e se pôs a esperar do lado de fora. Lendo em seu crachá o sobrenome único de Menina, o qual a aparentava com um dos políticos mais importantes da cidade, Eugênia, com um desinteresse dissimulado, ofereceu-lhe uma carona. Apesar de a moça ter aceitado a oferta muito reticentemente, a esta se seguiu uma longa visita.

Do lado de fora, no carro – o pé d'água ainda caindo -, Menina convidou MEugênia, por pura cortesia, para um chá. Eugênia rapidamente aceitou, causando nervosismo naquela que a receberia. Ao chá seguiram horas de conversa monopolizadas por ME, que não deixava o assunto morrer. A noite chegou; o esposo de Menina e as crianças de colo chegaram; Menina foi preparar o jantar; Eugênia conversava. Somente partiu porque recebeu um telefonema inquisidor de Ricardo. Mas no dia seguinte passou para convidar Menina para fazerem compras, às quais seguiram mais horas de monólogo regadas a chá.

E assim foi iniciada uma amizade estranha – Maria Eugênia tentando impressionar e Menina tentando ser educada, mas aos poucos se afeiçoando e se interessando por aquela personagem unidimensional criada pela outra. Desde então, ME desdenhou como nunca de sua velha companheira Zoraide, a única que realmente se preocupava com ela. Somente desistiu por completo de sua ideia de se afastar para sempre da dona-de-casa quando não encontrou Menina ao bater em sua porta após a separação. Caíra mais uma vez nas atenções de Zoraide, mas agora que tinha a oportunidade, voltava a pensar em sua vida como um todo, e no dia seguinte em particular, e tentava corrigir o erro de percurso, reaproximando-se de Menina e voltando a ignorar Zoraide.

Deparou-se ME com uma situação inusitada de autopercepção. Após meses de convivência imposta, notou finalmente que Menina não tinha espaço em sua vida para lidar com problemas de outrem. Estava ela ali, a trocar fraldas e a preparar mamadeiras para deixar as crianças sob a atenção do marido e partir para a escola quando chegou a mulher de meia-idade, perdida como uma barata. Menina tentou dar atenção à visita e ouvir o que tinha para dizer. Ofereceu água para Eugênia. Esta, indo até a cozinha, encontrou suco fora da geladeira, ao lado das duas mamadeiras dos infantes. Após pedir licença para tomá-lo, percebeu Eugênia que era somente o suficiente para as crianças. Envergonhada com as exigências que fazia de tão despreparada criatura Menina, ME arrastou-se em meio aos mares de embaraço até a sala de estar, onde disse à conhecida que só passara para verificar como estava e que já estava de saída. Menina ainda lhe perguntou como fora a sessão no fórum, a que ME respondeu: "Foi bem". E partiu, pedindo à agora quase filha que se cuidasse. Zoraide haveria de dar.

Havia muito tempo, ME não conseguia pensar em alguém que não si própria, mas o sentimento de vergonha persistiu durante todo o trajeto até sua casa, imperando até sobre o espetáculo que dera às portas do hotel Três Lagoas.

# CAPÍTULO 12

Dos possíveis finais de ME.

Final I: À Hollywood

1- INT. CASA DE MARIA EUGÊNIA/SALAS DE ESTAR E JANTAR - TARDE

MARIA EUGÊNIA, meia-idade, de traços severos e em roupas pouco atraentes, senta-se com as pernas sobre a mesa de centro. A campainha começa a tocar insistentemente. Ela se levanta e corre para atender o interfone.

MARIA EUGÊNIA
Já vai! Já vai!

Maria Eugênia alcança o interfone.

MARIA EUGÊNIA
(ao interfone)
Quem? Quem é? Você está me assustando.

Ouve-se o portão da casa abrir. Alguém caminha firme até o interior da habitação. Maria Eugênia se assusta e tenta espiar pela janela, em vão. RICARDO, homem de meia-idade e físico mediano, de calça jeans e camisa social, entra. Maria Eugênia se surpreende.

MARIA EUGÊNIA
Ricardo?

Ricardo a toma em seus braços e a beija calorosamente. Maria Eugênia o empurra para longe.

RICARDO
Eu fui um burro por ter pensado que poderia viver sem você. Eu passei o pior dia da minha vida sem você, Eugênia.

MARIA EUGÊNIA
E é minha a culpa?

RICARDO
Eu pensei que você também tivesse sentido a minha falta.

Maria Eugênia vira de costas para Ricardo e caminha pela sala, desinteressada.

MARIA EUGÊNIA
Pra você ver... No final das contas, eu acabei aprendendo uma lição com isso tudo.

RICARDO
Você não pode ter me esquecido assim, tão rapidamente.

MARIA EUGÊNIA
E se eu te dissesse que você não é tão necessário quanto pensa?

RICARDO
Você estaria mentindo.

MARIA EUGÊNIA
Será? Eu tenho os meus truques, mas não sou mentirosa.

RICARDO
Eu sei que eu sou tão importante pra você quanto você é pra mim.

MARIA EUGÊNIA
Você está presumindo demais. Sabe? Eu gostei desta casa vazia, sem ter um mestre pra servir. É tudo tão calmo... Só eu e as crianças, sem ter que me preocupar em te entreter. Eu posso ser eu mesma. O que foi? Se cansou do seu joguinho e resolveu voltar?

RICARDO
Eu te amo, Eugênia, e não posso viver sem você. Era isso que eu

procurava saber e foi essa a lição que eu aprendi.

MARIA EUGÊNIA
Agora é tarde.

RICARO
O que?

MARIA EUGÊNIA
Você foi longe demais; brincou demais comigo. E eu tomei a brincadeira por verdade.

Maria Eugênia, de costas para Ricardo, enxuga lágrimas por seu rosto.

MARIA EUGÊNIA [CONTINUA]
Por favor, Ricardo. Não me atordoe mais com a sua indecisão. Me deixe só. Esta casa não é mais sua. Você conhece o caminho da rua.

Frustrado e arrependido, Ricardo sai. Ouve-se o portão da casa se fechar. Maria Eugênia, por sua vez, deixa-se cair no sofá e chora copiosamente.

CORTA PARA:

2- <u>SEQUÊNCIA</u>

A) Tomada de belas imagens do fim de tarde em Três Lagoas com trilha sonora melancólica.

FADE OUT

FADE IN

3- INT. CASA DE MARIA EUGÊNIA/SALA DE ESTAR - FIM DE TARDE

Maria Eugênia lê uma revista. MARIA AUGUSTA, meia-idade, rechonchuda, chega com LUCAS, 7 anos, e GABRIELA, 6 anos, que carregam suas mochilas. Maria Eugênia se levanta e eles abraçam a mãe, com saudades.

MARIA EUGÊNIA
Que saudades! Vocês já comeram?

As crianças balançam a cabeça afirmativamente.

MARIA EUGÊNIA
Vão guardar suas mochilas e se limpar para o jantar. Vamos comer sanduíche de manteiga de amendoim e geleia.

LUCAS
E o pai, mãe? Quando ele vem pra casa?

MARIA EUGÊNIA
Nós já falamos sobre isso, Lucas. O papai e a mamãe vão morar em casas separadas. Foi tudo decidido hoje. Agora, já para a banheira.

Lucas e Gabriela saem para seus quartos. Maria Augusta senta-se com Maria Eugênia.

MARIA AUGUSTA
Como você está, de verdade?

MARIA EUGÊNIA
Estou um caco!

Maria Eugênia chora nos ombros de Maria Augusta.

CROSS DISSOLVE:

4- INT. QUARTO DE LUCAS E GABRIELA - NOITE

Maria Eugênia dá um beijo de boa noite em Gabriela. Lucas já dorme.

GABRIELA
Mãe, o pai não vai voltar pra casa, mesmo? Nunca mais?

MARIA EUGÊNIA
Não, Gabi. Mas você vai poder visitá-lo na casa dele toda vez que tiver vontade. Boa noite.

Maria Eugênia acaricia Gabriela, desliga a luz e sai.

CORTA PARA:

5 - INT. QUARTO DE MARIA EUGÊNIA - NOITE

Maria Eugênia entra, liga a luz e olha a sua volta. Cansada, tira os sapatos e começa a desfazer a cama. Para, senta-se e chora.

FADE OUT

FADE IN

6- INT. SALA DE JANTAR DE MARIA EUGÊNIA

Maria Eugênia conversa com Zoraide na mesa do café-da-manhã.

MARIA EUGÊNIA
Depois disso, eu mandei o Ricardo embora.

ZORAIDE
O Ricardo tentou se reaproximar e você, de cabeça quente, disse coisas que não queria dizer.

MARIA EUGÊNIA
Quem te disse isso?

ZORAIDE
Você pode negar, se quiser. Pare um pouco, reflita e, então, você toma sua decisão. Eu vou pra uma festinha junina do Exército hoje à noite. O pessoal disse que está bonita. Você quer vir?

CROSS DISSOLVE:

7- EXT. FESTA JUNINA - NOITE

Ocorre uma festa junina ao ar livre, com música. Há várias barracas, atendidas por jovens soldados uniformizados, que estão por toda parte. Também há mesas com um público misto. Em uma das mesas, Zoraide e Maria Augusta tomam quentão. Com elas, Maria Eugênia somente observa.

ZORAIDE
Você não vai comer nada, Eugênia?

Maria Eugênia balança a cabeça negativamente. O celular de Maria Augusta toca. Ela o atende.

MARIA AUGUSTA
(ao celular)
Alô? Ricardo? Oi... Tudo bem, e você? A Eugênia?

Maria Eugênia imediatamente gesticula para Maria Augusta, como dizendo: "eu não estou aqui".

MARIA AUGUSTA
(ao celular)
A bateria do celular dela deve estar descarregada. Mas não se preocupe. Ela está bem. Falar com ela? Sobre o que? Ah... É um assunto delicado, Ricardo. Você sabe disso. Tudo bem. Eu tento. Não. Pode deixar. Eu dou o recado. Está bem, Ricardo. Até mais. Tchau.

Maria Augusta desliga o telefone.

MARIA EUGÊNIA
O Ricardo?

MARIA AUGUSTA
Está louco atrás de você, Eugênia. Disse que tentou ligar para o ceu celular um milhão de vezes, mas que está desligado. Ele pediu para

eu interceder para que você ouça o que ele tem a dizer.

MARIA EUGÊNIA
Eu queria que fosse fácil, assim, que uma conversa resolvesse tudo.

ZORAIDE
Às vezes, as coisas mais complicadas se resolvem da forma mais simples.

MARIA EUGÊNIA
Ele pôs um fim em tudo o que a gente construiu e agora pensa que pode voltar atrás. Isso não se faz! Brincar com o coração alheio, assim!

ZORAIDE
Ele cometeu um erro e está arrependido...

MARIA EUGÊNIA
Quando eu chego em casa e encontro tudo vazio, tenho calafrios na alma. Me desespero; tenho vontade de subir pelas paredes; não consigo acreditar que esteja acontecendo comigo. Eu adoraria ter o Ricardo ao meu lado, mas... Eu sou gata escaldada e não tenho acreditado muito em milagres ultimamente. Meu deus tem me deixado a ver navios.

Maria Eugênia tenta segurar o choro.

MARIA EUGÊNIA
Com licença.

Maria Eugênia se retira. Zoraide e Maria Augusta ficam sem saber o que fazer.

CORTA PARA:

8- EXT. FESTA JUNINA - NOITE

Em meio à festa junina, Maria Eugênia sai de um banheiro e, ao passar por umas mesas, ouve por acaso:

MÁRIO(em off, distante)
Ela desligou o telefone porque não quer falar contigo, Ricardo. Agora, você não vai deixar uma coisa destas estragar a sua noite, vai? Tem tanta gatinha por aí...

Maria Eugênia interessa-se pela conversa imediatamente e procura onde ela se origina. Finalmente, encontra a mesa onde Ricardo, Mário e alguns AMIGOS tomam cerveja. Maria Eugênia esconde-se atrás de uma barraca para ouvir a conversa.

RICARDO
Você não compreende, Mário. E nem adianta eu tentar te explicar. Você sempre foi sozinho; nunca amou ninguém.

Maria Eugênia se comove, ouvindo escondida.

RICARDO [CONTINUA]
Foi o momento mais imbecil da minha vida aquele em que eu resolvi que queria experimentar viver sem ela. Sem a Eugênia, eu descobri que não vivo. É o amor da minha vida e eu a perdi.

MÁRIO
Não seja tolo!

RICARDO
Se eu tivesse uma segunda chance, juro que nunca deixaria a Eugênia escapar dos meus braços. Já volto.

Ricardo se levanta e caminha em direção à barraca atrás da qual Maria Eugênia se esconde. Ela tenta se afastar rapidamente, mas Amigo 1 de Ricardo a avista.

AMIGO 1

Ricardo!

Ricardo vira-se ao amigo, que aponta a Maria Eugênia. Ricardo a vê. Ela, por sua vez, tenta desaparecer na multidão, mas Ricardo a segue e alcança. Ele segura seu braço e ela o encara.

MARIA EUGÊNIA

O que você pensa que está fazendo?

RICARDO

Eu não sabia que você estava aqui...

MARIA EUGÊNIA

Vim espairecer.

RICARDO

Eu também, mas... Eu liguei para você no seu celular um milhão de vezes. Você está acompanhada?

MARIA EUGÊNIA

Estou.

RICARDO

Estou atrapalhando?

MARIA EUGÊNIA

Bom... Eu preciso voltar à minha mesa.

RICARDO

Se divirta.

Maria Eugênia se afasta.

RICARDO

Eugênia?

Maria Eugênia se vira novamente.

MARIA EUGÊNIA
O que?

RICARDO
Me ligue.

Maria Eugênia força um sorriso.

RICARDO
Me desculpe por ter sido tão infantil.

MARIA EUGÊNIA
Eu não sei se jamais vou conseguir te desculpar.

RICARDO
Eu sei.

MARIA EUGÊNIA
Bem, quando você quiser ver as crianças, passe lá em casa, sem problemas. Desde que não atrapalhe os estudos deles.

RICARDO
Obrigado.

MARIA EUGÊNIA
Eu vou voltar para minha mesa agora. Até mais, Ricardo.

Maria Eugênia se prepara para se distanciar.

RICARDO
Eugênia?

Ricardo surpreende Maria Eugênia com um beijo na boca que a deixa sem fôlego. Finalmente, ele a solta.

RICARDO
Eu precisava fazer isso uma última vez. Eu queria te pedir para ir para casa comigo, Eugênia, mas eu sei que você iria me dizer não.

Maria Eugênia não consegue segurar as lágrimas. Ricardo a abraça, enxuga suas lágrimas e fala em seu ouvido.

RICARDO
Você não sabe o quanto eu estou arrependido. Eu sei que nada vai mudar o que eu fiz, mas eu preciso dizer uma coisa. Perdão. Me dê mais uma chance, por favor.

Triste, Maria Eugênia parece balançada. Ela e Ricardo olham-se nos olhos. Ele a beija novamente. Entregam-se um ao outro. Fogos colorem o céu sobre eles. A câmera sobe na grua. Eles ficam pequenos na imensidão da festa.

FADE OUT

FIM

Final 2: Melodrama à mexicana

**CENA 1**
**SALAS DE ESTAR E JANTAR DE MARIA EUGÊNIA/TARDE**
**MARIA EUGÊNIA, RICARDO, MÁRIO**

MARIA EUGÊNIA TOMA CHÁ. TUDO ESTÁ EM SILÊNCIO. SONOPLASTIA MARCA: A CAMPAINHA TOCA. MARIA EUGÊNIA VAI ATENDER.

MARIA EUGÊNIA (AO INTERFONE) – Pois, não? (PAUSA, TOM) Ricardo?

MARIA EUGÊNIA APERTA UM BOTÃO NA CAMPAINHIA. SONOPLASTIA MARCA: OUVE-SE O PORTÃO ABRIR. NERVOSA, MARIA EUGÊNIA SENTA-SE. RICARDO ENTRA.

RICARDO – Você não está ocupada, está?

MARIA EUGÊNIA (RESERVADA) – Não.

RICARDO – Posso me sentar?

MARIA EUGÊNIA – Claro.

RICARDO SE SENTA. HÁ SILÊNCIO POR ALGUNS SEGUNDOS.

RICARDO – Eu vim me desculpar por ter sido tão insensível no hotel com você mais cedo.

MARIA EUGÊNIA – Foi minha culpa.

RICARDO – Você sabe que não era minha intenção trazer sofrimento pra você com tudo isto, não sabe?

MARIA EUGÊNIA – Sinceramente, Ricardo, faz meses que eu não sei mais nada.

RICARDO SE APROXIMA DE MARIA EUGÊNIA E SEGURA A MÃO DELA.

RICARDO – Me desculpe se eu trouxe sofrimento pra você nos últimos tempos. Existem velhos mal-entendidos entre nós que nunca foram esclarecidos.

MARIA EUGÊNIA – E não vai ser agora que tudo vai se esclarecer, de uma hora para a outra.

RICARDO – Você tem razão.

MARIA EUGÊNIA DELICADAMENTE LIVRA-SE DA MÃO DE RICARDO.

MARIA EUGÊNIA – O que me surpreende é a rapidez com que tudo mudou. De repente, de um homem satisfeito, você se transformou na pessoa mais infeliz do mundo ao meu lado. Eu só gostaria de saber porquê.

RICARDO – Depois que você saiu do hotel, eu percebi... Eu cometi um grande erro. Eu reconheço que me deixei influenciar por más companhias... Pessoas que não compreendem como eu poderia ser feliz tendo tantas responsabilidades.

MARIA EUGÊNIA – Quem?

MÁRIO ENTRA. RICARDO E MARIA EUGÊNIA SE SURPREENDEM. MARIA EUGÊNIA LOGO FICA PREOCUPADA.

MÁRIO – Desculpe por ter entrado sem bater, mas o portão estava aberto... Eu vim saber como você está, Eugênia. Fiquei preocupado depois da última vez que te vi.

MARIA EUGÊNIA ENGOLE SECO.

MÁRIO – A Eugênia te contou do nosso encontro hoje, não, Ricardo? Estava tão transtornada, que bateu o carro.

RICARDO – Bateu o carro?

MÁRIO – Nada sério.

MARIA EUGÊNIA – Eu estou bem, sim, Mário. Não se preocupe. Eu não sei como dizer isto sem ser rude, mas eu e o Ricardo estávamos tendo uma conversa importante.

MÁRIO TENTA ENGOLIR A FRUSTRAÇÃO.

RICARDO (POLIDO) – Nós podemos continuar nossa conversa depois, Eugênia. Sente, Mário. Sinta-se à vontade.

MÁRIO - Você tem algo para bebermos, Eugênia?

MARIA EUGÊNIA (SEM RUMO) – Claro.

MARIA EUGÊNIA SE LEVANTA EM DIREÇÃO À COZINHA.

MÁRIO – Eu te ajudo.

MÁRIO SEGUE MARIA EUGÊNIA, DESCONSERTADA, PARA A COZINHA.

**CORTA PARA/**

**CENA 2**
**COZINHA DE MARIA EUGÊNIA/INT./DIA**
**MARIA EUGÊNIA, MÁRIO**

MARIA EUGÊNIA PEGA UMA JARRA NA GELADEIRA E TRÊS COPOS NO ARMÁRIO. MÁRIO A OBSERVA.

MÁRIO – E então? Você já contou para ele sobre nós?

MARIA EUGÊNIA – Eu não tenho nada a contar.

MÁRIO – Você já está chamando os belos momentos juntos que tivemos de nada?

MARIA EUGÊNIA – Nós passamos meia hora em um motel barato. Foi só! Eu estava frágil, fora de mim, e você tirou proveito disso. Não que você tenha sido o único culpado. Eu também fui irresponsável. Mas, eu sou uma mulher separada. Não devo satisfações a ninguém.

MÁRIO – Se você e o Ricardo estão se acertando, seria bom contar a ele toda a verdade. Você não acha?

MARIA EUGÊNIA – Quem te disse que eu e o Ricardo estamos nos reconciliando?

MÁRIO (SECO E BRUSCO) – Eu não sou burro!

MARIA EUGÊNIA, COM OS COPOS E A JARRA DE SUCO, PREPARA-SE PARA VOLTAR PARA A SALA.

MARIA EUGÊNIA – Com licença.

MÁRIO AGARRA O BRAÇO DELA, AMEAÇADOR.

MÁRIO – Eu não terminei de falar!

MARIA EUGÊNIA – Me largue, seu bruto!

MARIA EUGÊNIA TENTA SE LIVRAR DE MÁRIO, MAS ELE A SEGURA FORTE. A JARRA DE SUCO CAI NO CHÃO E SE QUEBRA. MÁRIO A SOLTA.

MARIA EUGÊNIA – Está vendo o que você fez?

MARIA EUGÊNIA CATA OS PEDAÇOS DE VIDRO. RICARDO ENTRA.

RICARDO – O que houve?

MÁRIO (FALSO) – Minha distração, Ricardo. Maria Eugênia, eu faço questão de limpar esta bagunça.

MARIA EUGÊNIA – Não precisa.

MÁRIO – Eu faço questão. Enquanto eu recolho os cacos, você pode nos fazer um outro suco, se quiser. Não seria bom, Ricardo?

RiCARDO – Claro. Você quer ajuda, Eugênia?

MARIA EUGÊNIA – Não, Ricardo. Obrigada.

RICARDO – Eu presumo que você também não, Mário.

MÁRIO – Não. Obrigado.

RICARDO – Eu espero na sala, então.

RICARDO SAI. MÁRIO SEGURA O BRAÇO DE MARIA EUGÊNIA NOVAMENTE.

MÁRIO – Se você não contar para ele, eu conto.

MARIA EUGÊNIA – Não venha você querer me dar ordens ou me chantagear. Saia da minha casa.

MÁRIO – Sabe que eu adoro quando você fica brava?

MÁRIO SEGURA EUGÊNIA E A BEIJA. ELA SE LIVRA DELE.

**CORTA PARA/**

**CENA 3**
**SALA DE MARIA EUGÊNIA/INT./DIA**
**MARIA EUGÊNIA, RICARDO, MÁRIO**

RICARDO ESPERA. MARIA EUGÊNIA ENTRA COM UMA NOVA JARRA DE SUCOS, COPOS E ACOMPANHADA DE MÁRIO. ELA SERVE A TODOS. ELES BEBEM O SUCO EM SILÊNCIO. MÁRIO TERMINA PRIMEIRO.

MÁRIO – Delicioso!

MARIA EUGÊNIA – Seria demais te pedir para ir agora, Mário?

RICARDO – Eugênia!

MÁRIO TROCA UM OLHAR AMEAÇADOR COM MARIA EUGÊNIA.

MÁRIO – Você sabe qual o problema, Ricardo? A Eugênia está nervosa porque tem algo a te contar.

MARIA EUGÊNIA FICA AFLITA.

RICARDO – Algo a me contar? O que?

MARIA EUGÊNIA – Nada.

MÁRIO – Você veio aqui com esperanças de se reconciliar com ela. Infelizmente, a Eugênia já está comprometida.

RICARDO (SURPRESO) – Comprometida? Com quem?

MÁRIO – Diga a ele, Eugênia.

MARIA EUGÊNIA ESTÁ NERVOSA, PERDIDA.

RICARDO – O que foi, Eugênia, que você tem a me contar?

MARIA EUGÊNIA – Eu não tenho nada a dizer, nada para lhe contar, Ricardo. O Mário está inventando.

MÁRIO – Isso não é verdade. Você quer mesmo saber, Ricardo? Eu e a Eugênia temos nos visto desde que você a abandonou.

RICARDO – É verdade isso, Eugênia?

MARIA EUGÊNIA CONTINUA MUDA.

RICARDO – O que ele está falando é verdade, Eugênia? Diga alguma coisa!

MÁRIO – O que você quer que ela diga? Que negue tudo? Eugênia e eu temos planos para um futuro juntos.

MARIA EUGÊNIA – Mentira!

MÁRIO – Você vai negar tudo o que aconteceu entre nós? Todas as vezes que nós dormimos juntos?

MARIA EUGÊNIA – Nós estivemos juntos uma única vez, mas o suficiente para me deixar arrependida pelo resto de minha vida.

RICARDO – Me poupe desses detalhes nojentos! Só escutem uma coisa: eu não vou deixar os meus filhos com pessoas imorais como vocês dois.

RICARDO SAI, NERVOSO. MARIA EUGÊNIA CHORA.

MÁRIO – Não fique assim, querida. Era preciso.

MÁRIO ABRAÇA EUGÊNIA. ELA TENTA SE LIVRAR DELE, MAS ELE A SUBJULGA E CONTINUA ABRAÇADO A ELA.

**CORTA PARA/**

**CENA 4**
**SALA DE MARIA EUGÊNIA/EXT./DIA**
**MÁRIO, MARIA AUGUSTA, LUCAS, GABRIELA**

MÁRIO ESTÁ SENTADO, IMPACIENTE. MARIA

AUGUSTA CHEGA COM LUCAS E GABRIELA. ELES SE SURPREENDEM COM A PRESENÇA DELE.

MARIA AUGUSTA – Mário?

MÁRIO – Tudo bem, Maria Augusta?

MARIA AUGUSTA – Onde está a minha irmã?

MÁRIO – Estava com dor de cabeça e foi se deitar.

MARIA AUGUSTA (ESTRANHANDO) – Você vai ficar aqui?

MÁRIO – Vou.

MARIA AUGUSTA – Eu vou acordar a Eugênia para entregar as crianças a ela.

MÁRIO – Pode deixá-las comigo. Eu cuido das crianças.

MARIA AUGUSTA (indecisa) – Tudo bem... Tem certeza? Não, tudo bem... Eu preciso ir.

MÁRIO – Sem problemas, Augusta. Eu vou ficar até a Eugênia acordar.

MARIA AUGUSTA – Então, tchau a todos. Tchau, meus queridos.

**CORTA PARA/**

**CENA 5**
**QUARTO DE MARIA EUGÊNIA/INT./DIA**
**MARIA EUGÊNIA**

MARIA EUGÊNIA ESTÁ PENSATIVA. LÁGRIMAS ESCORREM POR SEU ROSTO. ELA OUVE ALGO E SE LEVANTA.

**CORTA PARA/**

**CENA 6**
**SALA DE MARIA EUGÊNIA/INT./DIA**
**MARIA EUGÊNIA, MÁRIO, LUCAS, GABRIELA, MARIA AUGUSTA**

LUCAS E GABRIELA BRINCAM. MÁRIO CONTINUA SENTADO. QUANDO MARIA EUGÊNIA CHEGA À VARANDA VINDA DO INTERIOR DA CASA, MARIA AUGUSTA ESTÁ SAINDO E FECHA A PORTA. MÁRIO OLHA PARA MARIA EUGÊNIA E PARA AS CRIANÇAS.

MÁRIO – Eles são tão bonitos!

MARIA EUGÊNIA SORRI PARA LUCAS E GABRIELAS E ELES A VÊEM. ELES CORREM E A ABRAÇAM. ELA É CARINHOSA COM OS DOIS.

MARIA EUGÊNIA – Vocês já tiveram seu lanche da tarde?

GABRIELA – A gente comeu, mas faz tempo, já.

MARIA EUGÊNIA – Então, vão tomar um banho.

MÁRIO ABRAÇA LUCAS E GABRIELA. ELES O ESTRANHAM UM POUCO.

MÁRIO – Quando vocês saírem, eu e a mamãe vamos ter um

lanche delicioso para vocês, está bem?

LUCAS E GABRIELA ENTRAM NA CASA. MÁRIO E MARIA EUGÊNIA OS ESPERAM SE DISTANCIAR.

MÁRIO – Não seria uma pena você perder a guarda dessas lindas criaturinhas?

MARIA EUGÊNIA OLHA PARA MÁRIO COM RAIVA.

MÁRIO – Eu posso te ajudar, Eugênia. Eu sou a única chance de você conseguir manter os seus filhos. Já pensou se o advogado do Ricardo alegar insanidade mental sua? Você não anda tão equilibrada ultimamente. O juiz tiraria o Lucas e a Gabriela de você em um estalo de dedos se uma testemunha surgisse dizendo que você está louca.

MARIA EUGÊNIA TENTA CONTER-SE. MÁRIO A ABRAÇA.

MÁRIO – Mas, não se preocupe. Você tem o melhor advogado desta cidade ao seu lado. O Ricardo vai tentar te prejudicar. Mas juízes se compram.

**CORTA PARA/**

**CENA 7**
**QUARTO DE MARIA EUGÊNIA/INT./NOITE**
**MARIA EUGÊNIA, MÁRIO**

MÁRIO DORME, SUFOCANDO MARIA EUGÊNIA COM SEU ABRAÇO. ELA NÃO CONSEGUE DORMIR. RESIGNADA, SOMENTE CHORA.

**CORTA PARA/**

**CENA 8**
**O DIA AMANHECE SOMBRIO EM TRÊS LAGOAS. TRILHA SONORA ADEQUADA.**

**CORTA PARA/**

**CENA 9**
**SALAS DE ESTAR E JANTAR DE MARIA EUGÊNIA/INT./DIA**
**MARIA EUGÊNIA, RICARDO, LUCAS, GABRIELA, MÁRIO**

MARIA EUGÊNIA TERMINA O CAFÉ DA MANHÃ. RICARDO ENTRA.

MARIA EUGÊNIA (ALTO, PARA AS CRIANÇAS OUVIREM DE OUTRO CÔMODO) – Crianças! O papai veio ver vocês.

RICARDO – Na verdade, eu vim falar com você.

MARIA EUGÊNIA – Comigo?

RICARDO – Eu não posso acreditar que você tenha me esquecido tão rapidamente assim...

MARIA EUGÊNIA – Eu...

RICARDO – Me deixe terminar. Qualquer coisa que tenha havido entre você e o Mário, eu perdoo. Você não tinha nenhum laço que te prendesse a mim. Você estava desiquilibrada, fora de si, e eu não tenho o direito de te cobrar pelo que tenha acontecido. Nós estávamos separarados. Mas, agora, eu vim disposto recuperar a minha mulher e a minha família.

MARIA EUGÊNIA, CHORANDO EMOCIONADA, ABRAÇA RICARDO. MÁRIO ENTRA PELA PORTA DA FRENTE, TRAZENDO MALAS, E OS INTERROMPE.

MÁRIO – Ricardo, o que você está fazendo em minha casa?

RICARDO – Eu vim ver a minha mulher e os meus filhos na minha casa!

MÁRIO – Sua mulher? Eu acho que a Eugênia deixou claro quem ela ama, não é verdade, querida? Temos planos de nos casar.

MÁRIO COLOCA SUAS MÃOS EM VOLTA DE MARIA EUGÊNIA, O QUE FORÇA RICARDO A SE AFASTAR.

RICARDO – Pelo visto, quem está sobrando aqui sou eu, mesmo.

MARIA EUGÊNIA – Ricardo, é mentira!

RICARDO SAI. MÁRIO SOLTA MARIA EUGÊNIA, ABALADA, E OLHA PARA ELA COM ÓDIO.

MÁRIO – Por que você me envergonha na frente do Ricardo desta forma? Você não sabe que eu sou o único que pode assegurar que você terá a guarda dos seus filhos? Ingrata!

MÁRIO DÁ UM TAPA TÃO FORTE EM MARIA EUGÊNIA, QUE ELA CAI AJOELHADA NO CHÃO, COM A MÃO NO ROSTO. MÁRIO SAI. LUCAS E GABRIELA ENTRAM.

LUCAS E GABRIELA – Papai!

ELES VEEM QUE SE TRATA DE MÁRIO SAINDO E SE DECEPCIONAM. PREOCUPAM-SE COM O CHORO DA MÃE.

**CORTA PARA/**

**CENA 10**
**QUARTO DE MARIA EUGÊNIA/INT./NOITE**
**MARIA EUGÊNIA, MÁRIO**

MÁRIO DORME. MARIA EUGÊNIA PERMANECE DE OLHOS ABERTOS. CAUTELOSAMENTE, ELA SE LEVANTA, DE CAMISOLA, E VESTE UM ROUPÃO. SILENCIOSA, CALÇA SAPATILHAS DE DORMIR E DEIXA O QUARTO.

**CORTA PARA/**

**CENA 11**
**RUAS DE TRÊS LAGOAS/EXT./NOITE**
**MARIA EUGÊNIA**

MARIA EUGÊNIA, DE CAMISOLA, ROUPÃO E SAPATILHAS, CAMINHA

APRESSADA PELAS RUAS DESERTAS DA CIDADE, TARDE DA NOITE.

**CORTA PARA/**

**CENA 12**
**HOTEL TRÊS LAGOAS/EXT./INT./ NOITE**
**MARIA EUGÊNIA, FIGURANTES (FUNCIONÁRIOS DO HOTEL)**

MARIA EUGÊNIA ENTRA E SOBE LOGO AS ESCADAS. OS DOIS FUNCIONÁRIOS DO HOTEL ESTRANHAM E VÃO ATRÁS DA INTRUSA.

**CORTA PARA/**

**CENA 13**
**HOTEL TRÊS LAGOAS/CORREDOR DO QUARTO DE RICARDO/INT./NOITE**
**MARIA EUGÊNIA, RICARDO, FIGURANTES (FUNCIONÁRIOS DO HOTEL)**

MARIA EUGÊNIA BATE NA PORTA INSISTENTEMENTE. OS DOIS FUNCIONÁRIOS A ALCANÇAM.

FUNCIONÁRIOS – O que a senhora pensa que está fazendo?

RICARDO ABRE A PORTA E SE SURPREENDE.

RICARDO – Maria Eugênia?

RICARDO VÊ A APREENSÃO DOS FUNCIONÁRIOS.

RICARDO – Podem deixar. Ela está comigo.

OS FUNCIONÁRIOS COMPREENDEM E SAEM. RICARDO APONTA PARA QUE MARIA EUGÊNIA ENTRE.

**CORTA PARA/**

**CENA 13**
**HOTEL TRÊS LAGOAS/QUARTO DE RICARDO/INT./NOITE**
**MARIA EUGÊNIA, RICARDO**

MARIA EUGÊNIA, OFEGANTE, ESTÁ SENTADA NO SOFÁ. RICARDO ENTREGA A ELA UMA BEBIDA. ELE TAMBÉM SE SENTA.

RICARDO – O que você veio fazer aqui?

MARIA EUGÊNIA – Você não pode deixar o Mário se colocar entre nós dois, Ricardo.

RICARDO – Vocês estão morando juntos. Não existe mais "nós dois". Existe agora "vocês dois".

MARIA EUGÊNIA – Não é verdade. Ele é um cafajeste. Confie em mim. Eu continuo te amando. Eu nunca te substituiria assim. Você precisa deixar de lado essa idéia de lutar pela guarda das crianças, Ricardo. Só assim, nós poderemos ficar juntos.

RICARDO – Então, foi para isso que você veio? Para me

convencer a abandonar os meus filhos? Para entregar o Lucas e a Gabriela de bandeja para o Mário e para você?

MARIA EUGÊNIA – Não! Você está entendendo tudo errado.

RICARDO – Foi ele que te mandou, não foi? Por que mais você viria? A única coisa que falta para a felicidade completa de vocês é a guarda das crianças. Não que eu ache que você realmente se importa. Mas, assim, você se sente menos culpada por ter destruído a nossa família?

MARIA EUGÊNIA – Eu sabia que seria uma perda de tempo vir aqui falar com você.

RICARDO – Pode dar meia volta e retornar para os braços do seu amado. Dos meus filhos eu não abro mão. Não vou querer aquele cretino influenciando as minhas crianças. O Lucas e a Gabriela nunca chamarão o Mário de pai.

MARIA EUGÊNIA – Você nunca vai tirar as crianças de mim. Eu só quero que um dia você olhe para trás e perceba o quanto foi tolo. Eu quero que você descubra que não havia motivo nenhum para desacreditar em mim. E então, você vai sofrer pelo resto da eternidade por ter sido infeliz sem necessidade. Passe bem.

MARIA EUGÊNIA SAI.

**CORTA PARA/**

**CENA 14**
**QUARTO DE GABRIELA/INT./DIA**
**MARIA EUGÊNIA, GABRIELA, MÁRIO**

MARIA EUGÊNIA PENTEIA OS CABELOS DE GABRIELA. MÁRIO ENTRA COM UM PAPEL, O QUAL ENTREGA A EUGÊNIA. ELA LÊ O DOCUMENTO.

MÁRIO – Em menos de um mês, você será minha, Eugênia. Nós precisamos preparar os convites.

MARIA EUGÊNIA MOSTRA-SE PREOCUPADA AO LER OS PAPÉIS.

**CORTA PARA/**

**CENA 15**
**CONSULTÓRIO/SALA DE RICARDO/INT./DIA**
**RICARDO, SECRETÁRIA**

RICARDO, EM UNIFORME BRANCO, LÊ UM LIVRO ORTODÔNTICO. A SECRETÁRIA BATE E ENTRA IMEDIATAMENTE. ELA ENTREGA A RICARDO UM ENVELOPE, O QUAL ELE ABRE. CLOSE NO CONVITE DE CASAMENTO DE MARIA EUGÊNIA E MÁRIO.

**CORTA PARA/**

**CENA 16**
**SALA DE JANTAR DE MARIA EUGÊNIA/INT./DIA**
**MARIA EUGÊNIA, MÁRIO, LUCAS, GABRIELA**

**MARIA EUGÊNIA, MÁRIO, LUCAS, GABRIELA**

MARIA EUGÊNIA, MÁRIO, LUCAS E GABRIELA ALMOÇAM.

MÁRIO – O Ricardo entrou hoje com a ação pela guarda das crianças. Eu soube que no mesmo dia que recebeu o convite de nosso casamento, procurou um advogado para dar andamento aos papéis.

MARIA EUGÊNIA SE MOSTRA CHATEADA.

MÁRIO – Eu te avisei do homem vingativo que ele é.

LUCAS – Mamãe, não tem como você e o papai entrarem em um acordo?

GABRIELA – Vocês vão brigar na justiça?

MÁRIO – É difícil ouvir isto, crianças, mas o Ricardo não é uma pessoa confiável. Sua mãe sabe muito bem. Ela está tomando uma sábia decisão. Em poucas semanas, nós estaremos casados e eu serei seu novo pai.

**CORTA PARA/**

**CENA 17**
**BELAS TOMADAS DA CIDADE QUE INDIQUEM UMA PASSAGEM DE TEMPO. TRILHA SONORA ADEQUADA.**

**CORTA PARA/**

**CENA 18**
**IGREJA/INT./DIA**
**MÁRIO, ZORAIDE, MARIA AUGUSTA, FIGURANTES**

É O CASAMENTO DE MARIA EUGÊNIA. MÁRIO AGUARDA NO ALTAR. ZORAIDE E MARIA AUGUSTA ESTÃO PRESENTES, NOS BANCOS, NO MEIO DA MULTIDÃO. A MÚSICA COMEÇA A TOCAR.

**CORTA PARA/**

**CENA 19**
**CONSULTÓRIO/SALA DE RICARDO/INT./DIA**
**RICARDO, MARIA EUGÊNIA**

RICARDO, DEPRIMIDO, TEM NAS MÃOS O CONVITE DE CASAMENTO DE MÁRIO E MARIA EUGÊNIA.

INÍCIO DE FLASHBACK

AQUI ENTRA PARTE DA CENA 13 DO CAPÍTULO 182.

MARIA EUGÊNIA (V.O.) – Desde quando você perdeu a confiança em mim, Ricardo? Eu só quero que um dia você olhe para trás e perceba o quanto foi tolo. Eu quero que você descubra que não havia motivo nenhum para desacreditar em mim. E então, você vai sofrer pelo resto da eternidade por ter sido infeliz sem necessidade.

FIM DE FLASHBACK

RICARDO, COM O CONVITE NAS MÃOS, TEM UM ESTALO.

RICARDO – Então, é isso! Aquele cafajeste está chantageando a Eugênia. Foi para isso que ela foi até o hotel aquela noite!

RICARDO SE LEVANTA, PEGA SUA CARTEIRA E CHAVES DO CARRO E RAPIDAMENTE SAI.

**CORTA PARA/**

**CENA 20**
**IGREJA/INT./DIA**
**MARIA EUGÊNIA, MÁRIO, LUCAS, GABRIELA, ZORAIDE, MARIA AUGUSTA, ANTÔNIO, FIGURANTES**

ZORAIDE E MARIA AUGUSTA ESTÃO NA MULTIDÃO DE CONVIDADOS DO CASAMENTO. MÁRIO ESPERA NO ALTAR. A MÚSICA TOCA. MARIA EUGÊNIA ENTRA, ACOMPANHADA DE ANTÔNIO. GABRIELA E LUCAS SÃO A DAMA E O CAVALHEIRO DE HONRA, RESPECTIVAMENTE. MÁRIO, EXPLODINDO DE FELICIDADE, É DISTRAÍDO POR SEU CELULAR, QUE TOCA. DISCRETAMENTE, ELE O ATENDE.

MÁRIO (AO CELULAR) – O que é? Saiu? Eu sabia. Ele não iria deixar barato. Pode ir adiante e executar o nosso plano. Eu não queria que fosse tão longe, mas não tenho escolha. Eu jurei que não iria deixar o Ricardo se colocar entre mim e a minha felicidade.

MÁRIO DESLIGA O TELEFONE E PRESTA ATENÇÃO À NOIVA MARIA EUGÊNIA, QUE SE APROXIMA DO ALTAR.

**CORTA PARA/**

**CENA 21**
**RUAS DE TRÊS LAGOAS/EXT./DIA**
**RICARDO, CAPANGAS**

DIRIGINDO PELAS MOVIMENTADAS RUAS DE TRÊS LAGOAS EM ALTA VELOCIDADE, RICARDO NOTA QUE ESTÁ SENDO SEGUIDO. TENTA ACELERAR, MAS OS CAPANGAS DO CARRO QUE O SEGUE ACELERAM AINDA MAIS. POR FIM, TORNA-SE UMA PERSEGUIÇÃO. APÓS PERIGOSAS SITUAÇÕES, OS CAPANGAS FAZEM COM QUE O CARRO DE RICARDO CAPOTE SERIAMENTE.

**CORTA PARA/**

**CENA 22**
**IGREJA/INT./DIA**
**MARIA EUGÊNIA, MÁRIO, ANTÔNIO, LUCAS, GABRIELA, ZORAIDE, MARIA AUGUSTA, FIGURANTES**

MARIA EUGÊNIA ESTÁ NO ALTAR COM MÁRIO, DIANTE DO PADRE. TODOS ASSISTEM A ELES DE SEUS RESPECTIVOS LUGARES.

MARIA EUGÊNIA (SEM VONTADE)
– Sim.

NOS FUNDOS DA IGREJA, INICIA-SE UM BURBURINHO POR ENTRE OS CONVIDADOS.

**CORTA PARA/**

**CENA 23**
**CEMITÉRIO/EXT./DIA**
**ANTÔNIO, ZORAIDE, MARIA AUGUSTA, FIGURANTES**

EM UM DIA NUBLADO E CHUVOSO, UM CAIXÃO É LEVADO À COVA. ANTÔNIO, ZORAIDE E MARIA AUGUSTA ESTÃO ENTRE OS PRESENTES. UMA PLACA NO TÚMULO DIZ: "AQUI JAZ RICARDO".

**CORTA PARA/**

**CENA 24**
**CALÇADA DE MARIA EUGÊNIA/EXT./DIA**
**MARIA EUGÊNIA, MÁRIO, LUCAS, GABRIELA, MOTORISTA**

CHOVE. LUCAS E GABRIELA ESTÃO NO CARRO DE MÁRIO, OLHANDO PELO VIDRO DE TRÁS PARA MARIA EUGÊNIA, QUE CHORA EM PÉ, NA CALÇADA. MÁRIO CARREGA A ÚLTIMA MALA NO CARRO. O MOTORISTA ENTRA NO CARRO E PARTE. MARIA EUGÊNIA MAL CONSEGUE SEGURAR O CHORO. MÁRIO, COM UMA PASTA NA MÃO, A ABRAÇA - ELA, SEMPRE ENOJADA COM ELE. ELES ASSISTEM AO CARRO COM LUCAS E GABRIELA PARTIR.

MÁRIO – Vai ser melhor para eles. A escola em Campo Grande é muito melhor que qualquer uma das que temos aqui.

**CORTA PARA/**

**CENA 25**
**SALA DE MARIA EUGÊNIA/INT./DIA**
**MARIA EUGÊNIA, MÁRIO, CAPANGA**

CANSADO, MÁRIO SENTA-SE NO SOFÁ E COLOCA SUA PASTA DE LADO. MARIA EUGÊNIA O OBSERVA E VÊ UMA ARMA NA PASTA.

MÁRIO – Finalmente, a sós! Você não imagina o quanto foi difícil ter você só para mim.

TRISTE, MARIA EUGÊNIA SE MOTIVA AO VER A ARMA. RECUPERADA, ALCANÇA A ARMA E A APONTA A MÁRIO, SURPRESO.

MARIA EUGÊNIA – Eu posso ter perdido o Ricardo, mas você não vai ter o prazer de se livrar dos meus filhos e me fazer sua escrava. No inferno, você vai chorar porque seus esforços vão ter sido em vão.

MÁRIO – Eugênia, por favor!

MARIA EUGÊNIA ESTÁ PRESTES A ATIRAR, MAS LEVA UM TIRO PELAS COSTAS E DESFALECE VAGAROSAMENTE. SEU CORPO MORTO CAINDO REVELA O CAPANGA ATRÁS DELA, COM A ARMA EM RISTE. LOUCO DE ÓDIO, MÁRIO TENTA SOCORRÊ-LA, EM VÃO. MARIA EUGÊNIA ESTÁ MORTA COM UM TIRO NO PEITO, DE OLHOS ABERTOS.

**CORTA PARA/**

**FINAL DO ÚLTIMO CAPÍTULO**

Final III: À Nelson Rodrigues alencariano

Penúltimo Ato

(Trata-se de uma sala de família de classe-média, com saída para os quartos de um lado e para a rua do outro. Eugênia está sentada no sofá. Lucas e Gabriela estão brincando ao chão timidamente.)

**EUGÊNIA** (de saco cheio) — Vão pro quarto. Eu estou um caco. Quero ficar sozinha.

(Lucas e Gabriela, tristes, saem. Eugênia recosta a cabeça no sofá, coloca as pernas sobre a mesa e tira os sapatos. Tira um cochilo. A iluminação muda – a noite cai. Na total escuridão, ouve-se gatos no cio que cruzam. Eugênia geme em sonho, quando os gatos se silenciam. Ouve-se os passos de alguém que entra. Eugênia se levanta e liga a luz. Mário está sentado ali.)

**MÁRIO** — Você estava dormindo tão bem. Eu não queria te acordar.

**EUGÊNIA** — O que você quer?

**MÁRIO** — Eu acho que eu te devo desculpas por mais cedo. Eu estava perdido. Não sabia como reagir ao que aconteceu entre nós.

**EUGÊNIA** — Sabe qual o seu problema, Mário? Foi por isso que eu nunca te dei bola. Você é muito bonzinho. Não fazia sentido chifrar o bostinha do Ricardo com um cara mais chato que ele.

(Mário se surpreende e se levanta, desconfortável).

**EUGÊNIA** — Hoje, eu até me animei. Você me humilhou, acabou comigo. Já estava pensando em te procurar de novo, mas, aí, você me aparece aqui pedindo desculpas? O que é isso? Assim não dá, Mário. Você nem pra amante serve.

**MÁRIO** — Eu pensei...

**EUGÊNIA** — Mulher gosta de ser jogada feito boneco de trapo. Ou você me come agora, ou dá o fora. Vou até virar de costas.

(Eugênia vira de costas, com as mãos apoiadas na mesa. Mário, incerto, aproxima-se e a abraça por trás. Ele a beija e ela continua gélida. Ele muda e arranca sua calcinha. Apagam-se as luzes e, quando se acendem novamente, Eugênia está deitada sobre a mesa, onde acha um bilhete enrolado numas notas de dinheiro. Ela lê o bilhete).

**MÁRIO** (no microfone) — Taí um troco. Vê se compra umas calcinhas. Essas suas calçolas desanimam qualquer homem.

(Eugênia coloca o bilhete de lado, pega sua calçola e a rasga de forma a deixar somente um fino Y. Ela veste a nova calcinha, rasga a saia e amarra a blusa de forma provocante também. Tira um maço de cigarros escondido numa gaveta).

**MÁRIO** (no microfone) — Vou tratar, eu mesmo, de espalhar a sua fama. Daqui a uns dias, quando eu voltar, só espero que você tenha um pouco mais de experiência.

(Eugênia fuma seu cigarro. Entra um grupo de 5 rapazes vindos de uma noitada).

**RAPAZ 1** — Quanto é?

**EUGÊNIA** — Vinte e cinco.

**RAPAZ 1** — Vinte e cinco cada um? Está caro.

**EUGÊNIA** — Não. Vinte e cinco pelos cinco. Cinco, cada um.

(Os rapazes se amontoam em volta dela. As luzes se apagam e, quando se acendem, os rapazes não estão mais lá. A iluminação se intensifica – o dia retorna. Eugênia deita-se no sofá. Lucas e Gabriela entram. Entra também, pelo outro lado, um homem gordo).

**EUGÊNIA** — Crianças, digam "oi" pro Jairo. Ele vai ser o papai de vocês por hoje.

**LUCAS E GABRIELA** (tímidos) — Oi.

(Mário entra).

**EUGÊNIA** — Crianças, vão para o quarto com o Jairo. Mamãe tem que trabalhar.

(Lucas, Gabriela e o homem gordo saem).

**EUGÊNIA** — Não falei que eu aprendia?

**MÁRIO** — O Ricardo anda curioso. Sua boa fama foi parar nos ouvidos dele.

**EUGÊNIA** — Diga pra ele que os trocados do açougueiro mais gorduroso e sujo do mundo me compram, mas que ele não encosta as mãos em mim. Diga que é um privilégio. É o único.

**MÁRIO** – Ouvi dizer que já até anda circulando a vizinhança, esperando por uma oportunidade de te encontrar.

**EUGÊNIA** – O conhecimento que eu adquiri nos últimos tempos que me iguala a ele também vem com uma sujeira que impregna. Mesmo que ele queira saber de mim, eu não ouso tocar nele. A imundície é transmissível.

**MÁRIO** – Bem, eu nunca rejeito uns trocos.

(Eugênia fica pensativa. Entra um grupo de rapazes).

**MÁRIO** — São os seus clientes das cinco.

(Mário sai. As luzes se apagam. Quando se acendem novamente, a sala está vazia. Eugênia entra com Mário, que conta dinheiro).

**MÁRIO** — Nada mal. Se continuar assim, não vai mais precisar de um empresário como eu.

**EUGÊNIA** – Cafetão, seu gigolô!

**MÁRIO** – O seu cliente já deve estar chegando. Pagou um preço especial.

**EUGÊNIA** – Que preço?

**MÁRIO** – O de doar um bem para a caridade só para recomprá-lo no leilão.

**EUGÊNIA** — Você está falando do Ricardo?

**MÁRIO** – De quem mais?

**EUGÊNIA** — Esse eu falei que não recebia.

**MÁRIO** – Como, não?

**EUGÊNIA** – Você negociou com ele? Foi ele quem veio te procurar?

**MÁRIO** – Não. Eu o procurei com o valor, que ele aceitou pagar.

**EUGÊNIA** – Mas, eu não aceito. Eu só o recebo com todo o dinheiro na mão.

**MÁRIO** — Que dinheiro? Ele já me pagou.

**EUGÊNIA** — Quero o que você vem coletando dos meus clientes, Mário – toda a parte que me cabe. Só depois, quando eu julgar que tenho o suficiente, aceito esta proposta. Mas ele tem de vir me procurar pessoalmente. Não quero que pague a você.

**MÁRIO** — Mas ele é só um cliente.

**EUGÊNIA** – Eu já disse que ele é o único que não desfruta dos meus serviços. Ele não toca em mim assim.

**MÁRIO** – E o que você quer?

**EUGÊNIA** – Eu quero a parte que me cabe deste latifúndio. Pegue a sua parte de cafetão e me dê o resto.

**MÁRIO** – Agora? Você acaba a nossa parceria assim?

**EUGÊNIA** – Você tem todo o dinheiro agora?

(Mário entrega um bolo de dinheiro que tem no bolso a Eugênia).

**MÁRIO** — É tudo.

**EUGÊNIA** – E com quanto você ficou?

**MÁRIO** – Com o acordado.

**EUGÊNIA** – Pois, bem. Eu agradeço por ter me trazido por esse caminho. Só há um pedido que eu tenho a fazer. Não é um pedido. É seu último serviço prestado a mim.

**MÁRIO** – E o que é?

(As cortinas se fecham. Sua abertura indica o começo do Último Ato. É noite no quarto de Eugênia. Ela espera só de lingerie, sentada no sofá. Ricardo entra. Sem jeito, senta-se na cama).

**EUGÊNIA** — Vai ficar calado?

**RICARDO** – Não sei o que dizer, ou o que faço.

**EUGÊNIA** – É simples. Me beija.

**RICARDO** – Assim? Do nada?

**EUGÊNIA** – Não é por isso que você está pagando? Trouxe o dinheiro?

(Ricardo coloca o dinheiro sobre a mesa de centro).

**RICARDO** — Está aqui.

**EUGÊNIA** – Então... Você é um cliente.

**RICARDO** – Sou.

**EUGÊNIA** – E por que espera ser tratado de maneira diferente?

**RICARDO** – Pois, é. Eu acho que tive esperanças demais.

**EUGÊNIA** – Seu estúpido! Ricardo, tira esse dinheiro da minha frente.

**RICARDO** – Por que? E fazer o que com ele?

**EUGÊNIA** – Não sei. Joga fora, dá para a caridade... inventa. Eu só não quero esse dinheiro na minha casa. Quem você pensa que é?

**RICARDO** – Foi o seu cafetão que me mandou.

**EUGÊNIA** – E você falou com ele porque quis. Eu sempre estive aqui.

**RICARDO** – Se negando a me receber.

**EUGÊNIA** – Porque eu era uma vadia. A vida me ensinou, Ricardo, a te entender, ao mesmo tempo que me fez suja demais para te tocar. Mas, agora, não. Eu estou limpa. Tira o seu dinheiro daqui, que ele corrompe.

**RICARDO** – Limpa?

**EUGÊNIA** – Eu agora frequento a igreja Pentecostal.

**RICARDO** – Está limpinha, então? Se ajoelhando na frente do pastor e tudo? Que santa, meu Deus!

**EUGÊNIA** – Na nossa igreja, a gente não acredita em santos. Vai começar?

**RICARDO** – Não. Eu vim para terminar.

**EUGÊNIA** – O que você acha que vai conseguir com esse dinheiro?

**RICARDO** – O que a cidade inteira conseguiu.

**EUGÊNIA** – Eu já falei para tirar ele daqui, que ele corrompe!

(Ricardo joga o dinheiro porta afora).

**RICARDO** — Pronto. Mas agora como é que eu pago pelos seus serviços?

**EUGÊNIA** – Eu não prometi serviços nenhuns.

**RICARDO** – O seu cafetão prometeu.

**EUGÊNIA** – Vai atrás dele, então. Quem sabe, ele te dá o que prometeu?

**RICARDO** – O que você quer de mim? Você quer me enlouquecer?

**EUGÊNIA** – Você veio pensando que podia me ter mais uma vez, que era o que precisava para seguir em frente com sua vida, não é? Pode dar meia volta, se é isso que você quer.

(Ricardo se prepara para sair).

**EUGÊNIA** — Ricardo, eu te aceitei na minha casa para te dar o que homem nenhum, além de você, teve.

**RICARDO** – O que você quer dizer? Que não dormiu com todos aqueles caras que frequentaram a nossa cama?

**EUGÊNIA** – Não é isso.

**RICARDO** – Então, o que?

**EUGÊNIA** – Você sabe, Ricardo, que a nossa separação quase me deixou louca. Mas este dia, não. Este é o dia em que ganho a minha sanidade mental. Eu precisava saber o que havia de errado comigo. Eu queria descobrir porque você tinha me deixado. Diferente de você, eu sempre gostei de cama cheia. Não consigo pensar sozinha. Mas eu também não estava pronta para te trair.

**RICARDO** – E para isso você colocou mil infelizes na sua cama! Infelizes, não. São mais realizados que eu.

**EUGÊNIA** – Você está se sentindo vazio? Eu também. Mas, sabe que esses infelizes me deram algo?

**RICARDO** – Que bom para você.

**EUGÊNIA** – Apesar disto tudo, eu nunca te traí. Sabe por que? Porque meu coração só buscava te compreender. E compreendeu. Sabe o que eu fiz com o dinheiro que juntei?

**RICARDO** – O que? Apagou a humilhação que me causou?

**EUGÊNIA** – Me limpei para você. Eu sou virgem novamente, Ricardo. Para você. O meu hímen é novamente como da primeira vez que estivemos juntos. Por isto, eu te quis aqui. Para te mostrar que nunca te traí. Que me preservei de corpo e alma para você. Eu não quero o seu dinheiro. Eu quero que, agora que sou igual a você, experiente, madura, nós nos entreguemos um ao outro para corrigir os erros do passado. Nós pertencemos um ao lado do outro, Ricardo. Para sempre. Me tome para si, porque só você jamais teve meu coração. Foi assim na nossa primeira vez. Que esta última primeira vez marque o início da nossa eternidade. Desligue a luz, que meu coração é inocente e meu hímen, novinho em folha.

(As cortinas se fecham).

# CAPÍTULO 13

Chegando ao domicílio, ME sentiu, pela enésima vez, a frustração da vítima que não pode alterar seu destino. A casa seria para ela um repouso túmulo, tal qual um sarcófago para os egípcios. Enterrada viva por aquele que até então lhe dera o pouco sentido de sua existência, era obrigada a se apaziguar. Não que ela assim o quisesse, pois seu despeito era grande – possuía uma sensação horrível de ser material descartável. Mas seria novamente a pacata e inexpressiva dona de casa de sempre, apenas, agora sem um marido para servir. Era um cão sem dono e sem botas para lamber. Mas continuava sendo um cão.

A mudez de Ricardo mais cedo no hotel ainda irritava seus ouvidos e feria seu coração. Era um desprezo tremendo, ameaçador: "Ou você volta para casa e se comporta de uma vez por todas como uma pessoa sensata, ou eu lhe tiro as crianças. Aí, sim, vamos ver como vai viver sem a pensão que pagaria a elas". De repente, a seriedade daquelas não ditas palavras lhe causavam um choque tão retardado, quanto paralisador. Mais uma vez ele se valia da força para intimidá-la; novamente, ela teria que ceder e fazer como o desejado por um outro e não por si. Culpava-se por sua falta de amor próprio, materializada em sua inexistente ambição. Chamava-se de boba, acomodada, inútil. Nunca se preocupara em usar seus diplomas, em ter uma profissão. Nunca pensara em descobrir algo que lhe chamasse a atenção, algo outro que um homem a que se dedicar. O resultado? Agora o ex-marido lhe impunha o que fosse que quisesse, em troca de um prato de comida. Das mãos do pai, passara às do marido e assim se especializara em ser uma prostituta de cama, mesa e banho. Após tê-la usado e se cansado dela, Ricardo a colocava no devido lugar – porque, não fossem os filhos, ela não teria um só vintém.

Cedera. Ela, covardemente, teria que engolir o choro de humilhação e revolta. Tudo teria que crescer em si como milho fermentando em goela de galinha. Viesse o que fosse, aceitaria calada. Seria surda, muda, cega e, talvez, teria de se fingir de morta. Xingou Deus. Passara a vida inteira apenas dizendo *sim* e, na única vez em que tentou se rebelar, naquele hotel, fora uma palhaça pública dos habitantes de Três Lagoas - escandalosa e vulgar. Pensava em pedir uma indenização à Justiça pelos anos de subserviência e de trabalhos prestados sem remuneração. Aliás, então que pensava melhor, não se considerava nem mesmo uma prostituta, já que tão raramente despertara a atenção do marido: era uma empregada doméstica que nunca recebera salário.

Sua irmã ligara. Apesar de pedidos de ME, estaria devolvendo as crianças - um compromisso a impedia de ficar com elas por mais tempo. Nem os preciosos segundos para se recompor teria Eugênia: os *fios do Sinhô* estavam chegando.

Lucas e Gabriela correram a seu encontro, mal haviam descido do carro. Estavam falantes; pareciam ter muitas novidades. Ela, porém, não conseguia esconder a insatisfação em ouvir calada. Lucas achou engraçada sua feição e gargalhou. Dos dois, era o mais parecido com Ricardo. Até no jeito de rir, inclinando a vasta cabeça para trás. Eugênia percebeu que seria muito mais difícil não pensar no ex-marido, tendo uma fotocópia dele o tempo todo a seu lado.

eu afogo ele no vaso

Maria Augusta veio ao seu encontro; parecia preocupada. Todos entraram. Eugênia disse aos filhos que fossem assistir à televisão no quarto para que pudesse conversar com a tia deles. Tão logo se retiraram, Maria Augusta fechou a porta do cômodo – ela, a irmã que Maria Eugênia pretendia usar como intermediária nas conversas com o ex-esposo. Somente pensar em Ricardo fez que ME se alterasse, e Maria Augusta esperou que se acalmasse para lhe dar seus conselhos. Ao contrário do que era de se esperar de uma irmã, no entanto, MÁ nada disse de confortante. Apenas alertou Eugênia para os problemas que uma recém-separada deveria enfrentar naquele estágio do rompimento. MÁ! Não era Augusta nenhuma especialista em assuntos de separações, no entanto possuía um grande círculo de amigas e tinha mil histórias para contar. Assim, instruiu ME em assuntos úteis-fúteis, como a melhor hora para estorquir dinheiro de um ex: logo após a separação, antes que ele se cansasse do novo estado de liberdade e uma outra qualquer entrasse no jogo. Também relembrou ME de suas adquiridas preocupações e lhe contou mil historinhas de inconvenientes que ela deveria, mais cedo ou mais tarde, encarar. Por fim, Eugênia odiou Augusta por lhe trazer mais preocupações e praticamente a enxotou de casa com sua costumeira falta de hospitalidade.

Após ter batido seu portão nas costas da visita, sentiu a realização por ter podido expressar livremente seus sentimentos. Porém, muito embora momentaneamente estivesse ignorando os conselhos fraternais de MÁ, sabia que logo teria de lhe dar ouvidos e ceder a mais aquelas exigências do próprio futuro. Voltando à sala, deu-se por si que já não ouvia os sons das crianças no quarto. Depois de tanto tempo, resolveu se permitir gastar seu tempo com eles novamente. Assim, andou até onde estavam apoiando-se nos velhos e grossos calos dos pés nus.

Parou para admirá-los, enquanto dormiam. Dormiram rápido. Sentiu uma certa ternura. Tantos anos passados e tão poucas vezes fora tomada por verdadeiros instintos maternais. Lembrou-se de uma observação feita por uma de suas irmãs perante suas constantes reclamações sobre as crianças: não que ela não amasse os filhos; tinha ciúmes deles mesmo antes de terem sido gerados. Sentia-se usada porque cresciam dentro de si seres que roubariam seu homem, assim como uma vez tentara roubar o macho materno. Somente resolveu parir os filhos e não os sufocar antes do nascimento para fazer Ricardo feliz. Então, ainda acreditava que ele poderia ser a ideal cópia de Dono Antônio, mas enfim percebeu que o máximo que Ricardo poderia lhe dar era o sobrenome, desconhecido. Odiou os filhos porque sabia que teriam com Ricardo a mesma relação realizadora que tivera com Dono Antônio e que tentara, em vão, repetir com o ex-marido. Um era perfeito e o outro, real. Enfim, logo as crianças perderam o único significado que tinham para si quando a vontade de satisfazer se acabou, pois o príncipe com que havia sonhado se tornara simplesmente um semi-homem que teria de aturar.

Então, que o homem que lhe dera um sobrenome lhe negava a companhia, entendia o verdadeiro significado da maternidade, com a velhice batendo-lhe na cara. Tivesse investido nos filhos, teria para sempre o amor deles. Mesmo que crescessem, que se casassem, que tivessem seus filhos, continuariam seus. existe ex-marido ex-empregado ex-namorado ex-tudo mas não existe ex-filho nem ex-mãe Tal amor deveria ser interminável, assim como o cuidado deles, garantia de que não passaria míseros anos de sua vida em um asilo. um laço que pessoa alguma consegue desmanchar um vínculo que não se desfaz uma afinidade que não se quebra um sentimento que não se acaba e que assim como a alma é para todo o sempre que nada ME as pessoas são egoístas aparece uma cadela ou um cachorro um genro ou uma nora balançando o rabo e eles te deixam de lado você acha que eles se importam te esqueceriam de pronto Lembrou-se de sua mãe e do alívio que sentiu em deixar sua casa. é sou só eu e as feras eles crescem dentro de você e te devoram logo que saem feito filhotes de aranha Lembrou-se de como interpretara cada tentativa de aproximação da mãe como falsidade e golpe para tirá-la, criança, do jogo pelo único homem da casa. ratazana desleal é mas ao menos as frescuras dela no leito de morte me fizeram sentir uma ponta de pena e se ela tivesse enviuvado do pai e envelhecido eu iria me culpar toda só de pensar em abandonar a infeliz à própria sorte

Pensou em colocar os filhos no carro e fazê-los úteis enquanto tinha poder sobre eles. Para que se preocupar com o futuro se no presente poderia fazer Ricardo sentir culpa e voltar, abanando o rabo? O cão seria ele. Censurou-se.

Sentiu uma necessidade fremente e imediatista de conquistar os filhos. Devia isso a eles e, mais até, devia isso a si mesma. Com tanto amor dentro de si se fermentando em rancor, por que não canalizá-lo para as pessoas certas? Para transformá-lo em algo útil? Temia saber quem mais saíra prejudicado pela atitude que tivera para com os filhos até aquele momento. Estava nervosa demais para separar os prejuízos deles todos, para averiguar quem era e quem seria o mais infeliz, o perdedor de então e o de alguns anos.

Colocá-los-ia no carro. Podiam ir dormindo - no dia seguinte, nem notariam que haviam saído de casa com a mãe no meio da noite. Somente se o pai estivesse com alguma mulher os mandaria para dentro confrontá-lo, chorar aos pés dele, implorar para que *não machuque* ME. Censurou-se ME.

De uma coisa Maria Eugênia tinha certeza: nunca era tarde para consertar um erro quando o que mais se tinha em mente era a vontade de acertar. Ali estavam eles, à mercê dela e do grande amor que precisava lhes dar. Amor que, só com a perda de Ricardo, aflorava com força total. Sentiu que esqueceria Ricardo mais cedo que pensava. A separação fora um mal necessário que viera na hora certa para que percebesse o erro que havia sido sua relação com os rebentos. antes agora que mais tarde já pensou se isso tudo tivesse acontecido quando os meus filhos já tivessem vidas próprias e eu velha demais para ter a minha aí sim eu estaria complicada Ela, que sempre tratara os filhos com secura, como intrusos, seria a intrusa. eles cuidariam de mim mais por obrigação que por amor deus quisesse que cuidassem poderiam me jogar na sarjeta como mais de uma vez tentei fazer com eles Mas, pelo momento, colocá-los-ia no carro. Sim, no carro.

eu preciso ver o que ele está fazendo se está dormindo ou se refestelando com alguma sirigaita

Percebia que os filhos nunca a haviam separado do marido. Ricardo nunca seria um pai de Lucas ou Gabriela ou, muito menos, de ME. Simplesmente a fizera mãe. Até onde iria o egoísmo de um homem?

não me separaram dele uma ova filhos era o que queria e bastaram para ele me deixar de lado

Ambos haviam errado muito: Ricardo, por sua masculina falta de comprometimento com suas sementes; Eugênia, por sua falta de visão de presente e futuro. Mas estava decidida a garantir sua velhice. Ricardo que cuidasse bem de seus próximos filhos com sua futura mulher, pois Lucas e Gabriela tomariam conta da velhice dEla. Então, a cada dia que passasse, um após o outro e cada vez mais, mE se esforçaria para aumentar e demonstrar o amor que devia àquelas criaturas dantes indesejadas. começaria pelo café da manhã do dia seguinte nem mesmo sabia do que eles mais gostavam de comer Ricardo sempre fora o centro das atenções preparava o que ele gostava e enquanto ele se fartava as crianças comiam o que ela fazia desde que eles começaram a se virar então nunca mais se levantara cedo para preparar o que fosse para eles antes de irem para a escola simplesmente porque o marido não queria comer nada de manhã parecia não existir mais ninguém ali que precisasse comer ficava na cama até mais tarde e os filhos que se virassem como podiam que comessem os pães duros deixados pelas formigas na noite anterior

bem que Maria Augusta sempre me alertou para investir mais em meus filhos ah Maria Augusta sempre tão sábia descobriu a razão da maternidade antes de mim sempre enxergou os erros que eu cometia sempre questionou a minha relação com meus filhos e a burra aqui achando que era implicância até a tapada da Zoraide me deu sermão

Idealizou o que seria sua vida com os filhos daquele instante para a frente. Homem nenhum jamais interferiria em seu relacionamento com eles, nem mesmo Ricardo, se, por um acaso, voltasse. Já não seria o único, portanto não teria prioridade nos sentimentos dela. Uma bela lição a vida lhe dera.

Quando iria a santíssima Igreja parar de falar por ela?

Ela, que reclamava de desamor, que não encontrara um homem feito o pai e que se desencantava a cada dia com o progenitor envelhecido, aprendia a duras penas que, adulta, haveria de se dar para receber. Faria tudo para dar muito amor a seus rebentos. ah queridos filhos Quanta ternura sentia despertar por eles agora. Entendia que não se poderia ser filha para sempre. Pais enrugavam-se e se tornavam cada vez menos heroicos. Mulher tinha de passar de filha para mãe no momento certo para garantir a felicidade própria – e homens, que não filhos, deveriam ser meios e, não, fins. Aprendia a lição tarde, mas não tarde demais. Sua morta mãe, esta, sim, era boa política: afastava as filhas de Dono Antônio – queria toda a atenção dele-, mas era calculista o suficiente para não ser jogada em um asilo caso sobrasse a se desmanchar em vida. Dava sinais de cidado para com as filhas vez ou outra, a tricotar roupinhas especiais. ME se preocupara demais com seus dois pais – o velho e o imperfeito – e se encantara além da conta com seu presente para se preocupar com seu futuro - as pobres crianças sempre rejeitadas por ela, esquecidas, ignoradas. No dia seguinte, iria com a irmã Maria Augusta até um terapeuta para aprender a se entregar de maneira igual às crianças, sem nenhuma divisão, inclinação, escolha, limite. Teria de fazer mais que cafés-da-manhã. Teria de acordar cedo. Teria de se fingir interessada e esconder o desprezo. Teria de aprender matemática para ajudar com as tarefas. Apenas amar, amar e amar com a mesma intensidade para fabricar memórias de que nunca havia feito cobranças ou tido recolhimentos. Era necessário se forjar como aquela que havia apenas se doado. Teria de gerar boas impressões para convencer noras e genros a mantê-la, inútil ao se decompor a seu lado, em seus núcleos familiares. Pois mulher ia de filha para mãe para filha - dona de casa nos intervalos - e só o recato profissional do lar para compensar pela vagina que tinha entre as pernas.

Mas, queria mesmo era saber o que o marido estava fazendo. Colocou as crianças no carro – colcha e tudo – e voltou ao hotel. Lá estacionou e ficou a observar até que a luz do quarto dele melancolicamente se extinguiu às 09:30 da noite. Permaneceu no automóvel, pois queria saber quem ia e quem vinha. A falta de movimento lhe trouxe o sono que dormiu, não antes de ter tentado acordar a filha para que fosse verificar se o pai estava mesmo só. Ao vê-lo sair para o serviço sem companhia no dia seguinte, presumiu que sim, estivera sozinho, a não ser que a sirigaita funcionária lhe tivesse feito companhia. Mas, não era o turno dela. Mas ME estava separada, mesmo. Mas, já era tarde. As crianças perderam a escola. Voltou para casa, direto para a cama. Após explodir com Haveria de Ser e planejar como faria para seguir Ricardo de carro quando ele deixasse o serviço, dormiu o sono dos justos para seu novo dia que começaria aquela tarde.